Maria Resco

Wo die Liebe nicht von selbst hinfällt

Montlake
Romance

Das Buch

Jana und Leonard sind getrennt, aber eigentlich steht Jana immer noch auf Leonard. Doch das würde sie nie zugeben.

Und Leonard? Der liebt Jana auch noch und würde ihr das gern sagen – wenn da nicht Janas esoterisch angehauchter Ex auf der Bildfläche erschienen wäre, und zwar mit sehr konkreten Vorstellungen für eine gemeinsame Zukunft.

Um in Janas Nähe zu sein, fällt Leonard nichts Besseres ein, als sich an ihre Mitbewohnerin heranzupirschen. Nicht gerade seine beste Idee, wenn er Jana, die Liebe seines Lebens, wirklich zurückgewinnen möchte …

Die Autorin

Maria Resco hat ihre Liebe zum Schreiben nach vielen Umwegen entdeckt. In einem Drehbuchstudium und verschiedenen Schreibseminaren vertiefte sie ihre Kenntnisse in der Dramaturgie und entwickelte ihre Vorliebe für Dialoge. Zahlreiche Aufenthalte in Frankreich inspirierten sie zu ihrem Debütroman »Jeder liebt auf seine Weise«. Es folgte die turbulente Urlaubs-Reihe »Urlaub für Anfänger«, »Urlaub für Fortgeschrittene« und »Urlaub für Profis« und die Liebeskomödien »Stockwerk Liebe« und »Wo die Liebe nicht von selbst hinfällt«. Maria Resco lebt und arbeitet in Bielefeld.

Kapitel 1

Eine Lösung musste her. Aber woher? Jana warf einen Blick auf die Anzeige des Ergometers. Heute hatte sie sich selbst übertroffen. Seit sechsundvierzig Minuten strampelte sie nun schon den Berg hinauf, doch ihr wollte partout nichts einfallen. Dabei hieß es doch, Sport mache den Kopf frei. Ihr Kopf fühlte sich an wie ein dicker Wattebausch, eine weiche Masse ohne jede Struktur.

Heute, am Sonntagnachmittag, war das Fit-&-Fun-Studio gähnend leer, im Ladybereich war sie sogar die Einzige. Bei zweiunddreißig Grad im Schatten tobten sich die Leute lieber im Wiesenbad aus oder suchten sich im Nordpark ein schattiges Plätzchen, dösten vor sich hin oder lasen ein spannendes Buch.

Nur der Kursraum war bis vor einigen Minuten noch gut belegt gewesen. Dort hatte Silke, ihre Mitbewohnerin, für ein paar disziplinierte Frauen einen Pilateskurs abgehalten. Manchmal nahm auch Jana daran teil, heute aber wäre ihr der Kurs eindeutig zu lahm gewesen. Aus einem ganz bestimmten Grund verspürte sie das dringende Bedürfnis, sich bis zum Anschlag auszupowern. Und dieser Grund hieß Leonard!

Was bildete der sich ein? Tauchte einfach so auf, ohne jede Vorwarnung, und tat gerade so, als käme er von einem

Wochenendausflug. Nach acht Monaten und sechzehn Tagen! Mit ihr reden wollte er! Das hatte sie natürlich boykottiert. Nach seinem überraschenden Abflug gab es nichts mehr zu reden. Absolut nichts. Oder glaubte er ernsthaft, nahtlos an die Vergangenheit anknüpfen zu können? In etwa so: »Hallo, da bin ich. Wir können jetzt da weitermachen, wo wir aufgehört haben.« Ja, das würde ihm so passen. Die Welt drehte sich ohne ihn ja auch nicht weiter! Alles stand still und wartete nur auf seine Rückkehr.

Aber von wegen! Hier war eine ganze Menge passiert, nämlich … zum Beispiel … Angestrengt suchte Jana nach erwähnenswerten Ereignissen, rief sich Monat für Monat in Erinnerung, den grauen November, nachdem er gegangen war, das trostlose Weihnachtsfest bei ihren Eltern, die verregneten Ostertage, die deprimierenden Saufgelage mit Silke, ihrer Kollegin Marina oder aber allein zu Hause. Hallo? War das etwa alles gewesen? In den gesamten acht Monaten? Was war mit Männern, mit Schmetterlingen im Bauch, mit Sex? Es war wie verhext, nicht die kleinste Episode, kein One-Night-Stand, nicht einmal ein harmloser Flirt fielen ihr ein. Nur der mehr oder weniger langweilige Thorsten, der ihr unermüdlich zu beweisen versucht hatte, dass andere Mütter auch nette Söhne haben. Seine eigene zum Beispiel. Treu wie ein Dackel hatte er sie durch die deprimierendste Phase ihres Lebens begleitet, war immer für sie da gewesen, wenn es ihr schlecht gegangen war, hatte sie mit Kino- oder Theaterbesuchen abgelenkt, zu einem Glas Wein oder einer Bootstour eingeladen; er war ein echter Freund. Leider hatte sie in letzter Zeit das dumme Gefühl, dass sein Engagement nur ein einziges Ziel verfolgte. Warum nur musste alles immer so kompliziert sein? Konnte er nicht wenigstens ein schwuler Freund sein? In jeder Komödie war der beste Freund der Hauptdarstellerin schwul, damit unerwünschte Verwicklungen von vornherein ausgeschlossen waren.

Das wahre Leben sah jedoch ganz anders aus. Aber Thorsten war zurzeit ihr kleinstes Problem.

Ihr Problem hieß Leonard. Sie versuchte, ihr Verhalten während der vergangenen acht Monate objektiv zu betrachten. Konnte irgendjemand ernsthaft in Erwägung ziehen, dass sie nichts weiter getan hatte, als auf Leonards Rückkehr zu warten? Nein, ausgeschlossen. Für so naiv konnte sie niemand halten. Oder doch? In Gedanken ging sie die Liste ihrer Freunde durch. Das Ergebnis war eindeutig. Okay, jeder durfte schließlich glauben, was er wollte. Jeder – nur einer nicht. Leonard würde sie früher oder später aufsuchen, so viel stand fest. Er hatte mit ihr reden wollen, gestern bei der Grillparty, auf der er aus heiterem Himmel aufgetaucht war, nach mehr als acht Monaten! Ohne Vorwarnung! Unverschämtheit! Was immer er mit ihr zu besprechen hatte, er würde es noch mal versuchen. So leicht gab er nicht auf. Genau deshalb musste eine Lösung her. Aber welche nur, verflixt?

Jana kletterte vom Ergometer, warf ihr Handtuch über die Schulter, griff nach der Wasserflasche und trank einen großen Schluck. Für heute reichte es. Völlig entkräftet tapste sie zu den Umkleideräumen, entledigte sich der nass geschwitzten Sportsachen und stellte sich unter die Dusche. Wie gut das tat. Minutenlang stand sie einfach nur da und ließ das herrlich kühlende Wasser an sich hinabrieseln. Und plötzlich war sie da, die Lösung. Warum war sie nicht gleich darauf gekommen? Jörg! Ihr Ex. Ein Mann zum Vorzeigen, zum Angeben, ein Adonis, der ideale Kandidat für ihre Zwecke. Sie musste nur dafür sorgen, dass er möglichst wenig zu Wort kam und seine esoterischen Weisheiten für sich behielt. Er neigte leider dazu, die ganze Welt bekehren zu wollen. Sie musste ihn anrufen. Sofort.

Mit einer großen Portion Zuversicht und einem Cappuccino, den sie sich am Tresen geholt hatte, ließ Jana sich wenig später in der Lounge des Fitnessstudios nieder und zog ihr Handy aus der Tasche. Sie betete inständig, dass Jörg seine Nummer inzwischen nicht gewechselt hatte, dass er sofort abkömmlich war und keine Freundin hatte, die klammerte und ihn nicht einfach so für ein paar Tage gehen ließ.

»Ja?«

Jana zuckte zusammen. Er war es! Jörg! »Äh, hi!«

»Ja, bitte?«

»Ich bin's. Jana.«

»Hey, Jana! Das ist ja eine Überraschung. Wie geht es dir?«

»Danke, gut. Und selbst?«

»Du, bei mir ist momentan alles im Umbruch, und ich hab noch keinen Schimmer, wie es weitergeht.«

»Oh, das klingt doch gut.« Hallo? Er erzählte ihr, dass er quasi vor dem Abgrund stand, und sie sagte lapidar »Das klingt doch gut«? Etwas mehr Einfühlungsvermögen, bitte sehr. »Äh, ich meine, inwiefern? Beruflich oder privat?«

»In allen Bereichen meines Lebens. Ich denke darüber nach, ein eigenes Yogazentrum zu gründen. Bin nur noch auf der Suche nach dem idealen Standort.«

Nach ihrer Trennung vor fast drei Jahren war Jana zufällig mal seiner Mutter begegnet. Von ihr hatte sie erfahren, dass Jörg eine Stelle als Yogalehrer in einer Privatklinik in Bad Wildungen angenommen hatte. Offenbar war er damit nicht mehr zufrieden.

»Komm doch hierher«, schlug sie ihm vor. »Bielefeld ist eine Esoterik-Hochburg.«

»Darüber hab ich in der Tat schon nachgedacht. Ich muss gestehen, ich hab auch etwas Heimweh. Hier kann ich mich nicht mehr weiterentwickeln.«

Noch weiter? Hatte er nicht damals schon den Gipfel seiner geistigen Entwicklung erreicht? Na, egal. Es waren nur ein paar Tage, die sie mit ihm verbringen musste; nur so lang, bis

Leonard begriff, dass es ihr während seiner Abwesenheit an nichts gefehlt hatte.

»Ich mache dir einen Vorschlag. Du besuchst mich einfach spontan. Was hältst du davon? Ich habe Urlaub und würde mich riesig freuen.«

Beredtes Schweigen am anderen Ende der Leitung. Jana befürchtete schon, dass ihre Einladung ihn überrumpelt haben könnte. Spontaneität zählte nicht zu Jörgs herausragenden Eigenschaften.

»Oder bist du inzwischen gebunden?«

»Ach, das ist alles etwas kompliziert. Aber weißt du was? Ich komme. Der Abstand wird mir guttun. Wann passt es dir?«

»Wenn du willst, sofort.«

Er wollte. Jana legte auf und schmunzelte vor sich hin. Jörg. Ihre erste ernst zu nehmende Beziehung. Sie war dreiundzwanzig gewesen, als sie sich kennengelernt hatten. Die Beziehung hatte zwei Jahre gehalten, das letzte Jahr hatten sie zusammengewohnt. Sie hätte gewiss noch länger gehalten, wenn sie beide sich nur ein bisschen mehr in dieselbe Richtung entwickelt hätten.

Jana trank von ihrem Cappuccino, lehnte sich zurück und kehrte in Gedanken zu ihrem letzten gemeinsamen Tag zurück.

Sie hatten beim Frühstück gesessen, er in seinem blütenweißen Yogadress und wie jeden Morgen um diese Zeit nach seiner Meditation und dem zwanzigminütigen Kopfstand mit frischem Teint und in geistiger Höchstform, sie ihm gegenüber und wie jeden Morgen um diese Zeit noch im Halbschlaf und weder aufnahme- noch gesellschaftsfähig.

»Jana, hör mir zu«, hatte er gesagt, während er den Bio-Apfel für sein Bio-Müsli in kleine Bio Stückchen schnitt, »was unser Thema angeht, da hab ich langsam irgendwie das Gefühl, also, ich meine, erst willst du, dann wieder nicht, dann wieder doch, aber dann will ich nicht, aber nur, weil ich irgendwie das

Gefühl habe, dass du nicht wirklich willst, und jetzt willst du echt ernsthaft, ja, das kann ich spüren, nur, wie soll ich sagen, um es kurz zu machen, inzwischen bin ich geistig so gereift, weißt du, und da bringe ich es nicht mehr fertig, ich finde es total verantwortungslos, ein Kind in die Welt zu setzen. Sieh dich doch um, Jana. Wir alle sitzen in einem Zug, der ungebremst auf eine Klippe zurast. Soll unser Kind schon zu Beginn seines jungen Lebens da hinunterstürzen. Ist es das, was du willst?«

Nein, das war es nicht, was sie gewollt hatte. Aber ihre kindische Reaktion darauf hätte sie sich besser verkniffen. Dafür schämte sie sich heute noch, denn sie hatte wirklich nicht von Reife gezeugt, selbst wenn ihre Enttäuschung durchaus berechtigt gewesen war. Ihr ganzes Denken und Handeln waren auf die Gründung einer kleinen Familie ausgerichtet, und wenn sie sich richtig erinnerte, war es bei ihm nicht anders gewesen. Am Anfang ihrer Beziehung jedenfalls. Wann sich das geändert hatte, war im Nachhinein nicht mehr festzustellen, vermutlich mit der Entdeckung seines brachliegenden geistigen Potenzials und dem darauffolgenden Beginn seines Esoterik-Trips.

»Ich verstehe dich sehr gut«, hatte sie zynisch geantwortet, »dein Geist, der ist nicht einfach nur enorm gereift, der ist schon überreif wie ein Harzer Roller. Und genauso stinkt er auch!« Impulsiv hatte sie ihm ihr dick mit Butter und Honig bestrichenes Brötchen entgegengeschleudert, sodass eine klebrige Masse über seinen weißen Yogaanzug kroch.

Mit der Gelassenheit eines Gurus hatte er an sich hinuntergeblickt. »Siehst du, genau das meine ich. Der eine entwickelt sich weiter, der andere nicht.«

Als sie am Abend nach Hause kam, war keine Yogamatte mehr zu sehen gewesen, kein Buddha mehr auf der Kommode, keine Räucherstäbchen auf dem Tisch und kein Lassi mehr im Kühlschrank. Der Wohnungsschlüssel hatte zusammen mit seiner letzten Botschaft auf dem Küchentisch geprangt. »Deine energetische Bremse ist die Angst vor falschen Entscheidungen. Arbeite daran! Nur die Erfahrung bringt uns weiter. Dein Jörg.«

Jana hätte ihn am liebsten erwürgt, wäre er in diesem Augenblick in Reichweite gewesen. Doch er hatte sich an jenem Abend nicht mehr blicken lassen. Und das war gut so, denn sie brauchte ihn jetzt lebendig. Wenn er immer noch so unwiderstehlich aussah, groß und schlank, mit langem blondem Schopf, dann würde seine Anwesenheit ihren Zweck erfüllen.

Sie überlegte, ob sie ihn in seine Rolle einweihen sollte, entschied sich jedoch dagegen. Er würde sie nur wieder belehren, dass man mit Authentizität im Leben am weitesten kam, würde womöglich eine Aussprache mit Leonard empfehlen, vorzugsweise in seinem Beisein, damit er das Gespräch in die richtige Bahn lenken konnte. Sie kannte ihn.

Die Tür vom Kursraum öffnete sich, und nacheinander schleppten sich etwa zehn Frauen abgekämpft an ihr vorbei. Kurz darauf kam auch Silke. Sie war nicht nur Janas Mitbewohnerin, sondern auch ihre Cousine und der Ersatz für eine große Schwester. Sie waren in einer Kleinstadt nahe Bielefeld quasi Tür an Tür aufgewachsen, bis es Silke, kaum den Führerschein in der Tasche, in die Stadt gezogen hatte. Nach der Trennung von Jörg war Jana ihr gefolgt und hatte das kleine, bis dahin als Rumpelkammer genutzte dritte Zimmer in Silkes Altbauwohnung bezogen. Ein Schritt, den sie nie bereut hatte. Auch wenn sie hier die größte Enttäuschung ihres Lebens erfahren musste. Aber Leonard war Schnee von gestern. »Durchstreichen – weitergehen«, hatte ihre Oma immer gesagt.

»Alles okay?«, fragte Silke.

»Alles okay. Warum?«

»Du guckst, als führtest du etwas im Schilde.«

»Wer weiß.« Jana gab sich geheimnisvoll. Ein Weilchen wollte sie ihre Neuigkeit noch für sich behalten. Silke kannte

Jörg nur flüchtig. Am Anfang ihrer Beziehung, als Jörg quasi noch normal war, hatten sie sie einmal in ihrer Wohnung in der Stadt besucht. Von seiner beachtlichen geistigen Entwicklung wusste sie nur aus Janas Erzählungen.

»Wir sehen uns nachher.« Silke ging weiter zu den Umkleideräumen.

Jana schulterte ihre Sporttasche, stellte die Cappuccino-Tasse auf dem Tresen ab und verließ das Studio. Sie führte tatsächlich etwas im Schilde. Jörg sollte ruhig ein wenig bedauern, dass er sie damals so leichtfertig verlassen hatte. Mit einem ganz besonderen Menü würde ihr das am besten gelingen, denn sie wusste, dass ihm nichts über ein stilvolles Essen ging. Da die Läden heute geschlossen hatten, würde sie ihren Eltern kurzerhand einen Sonntagsbesuch abstatten. Die freuten sich ganz bestimmt, ihre einzige Tochter nach Wochen mal wiederzusehen. Ganz nebenbei konnte Jana ein wenig bei der Gemüseernte im Garten helfen und den Eisschrank, der regelmäßig aus allen Nähten platzte, um ein schönes Stück Hühnerbrust oder Lammfilet erleichtern.

In der Stadt zu wohnen, hatte seine Vorteile. Sofern man kein Auto besaß. Das wurde Jana jedes Mal bewusst, wenn sie durch ihre Straße fuhr, um einen Parkplatz zu ergattern. Seit sie bei Silke wohnte, war ihr das noch nie gelungen, nicht in der Straße, und schon gar nicht direkt vorm Haus. Wer einmal einen Platz hatte, ließ den Wagen stehen und stieg auf öffentliche Verkehrsmittel um. Genauso musste es sein, anders war es nicht zu erklären. Doch sie würde nicht aufgeben. Eines schönen Tages würde sie einen Platz erwischen und es dann genauso wie die anderen machen. Dieser Tag war allem Anschein nach noch nicht gekommen. Also parkte sie ihren kleinen Seat gefühlte fünf Straßen weiter und schleppte die Sporttasche samt Gratiseinkauf bei ihren Eltern nach Hause.

Mit neidvollem Blick lief sie an zig parkenden Autos vorbei bis zu ihrem wunderschönen Jugendstilhaus ohne Aufzug und stapfte voll bepackt in die zweite Etage.

Das Radio in der Küche lief, und die Balkontür stand weit offen. Das konnte nur eins bedeuten. Sie ließ die Sporttasche auf den Boden sinken, stellte die Tüten auf dem Küchentisch ab und trat hinaus. Sie hatte richtig getippt. Die nackten Füße auf der Blumenbank abgestützt, lümmelte Silke in einem Korbstuhl und las einen ihrer blutrünstigen Thriller. Sie hatte die Gabe, sich so sehr in die Geschichten zu vertiefen, dass sie nichts mehr von der Außenwelt mitbekam. In diesem Zustand hätte man sie glatt entführen können, ohne dass sie es merkte, solange man ihr das Buch nicht wegnahm oder ihr die Augen verband. Allerdings hätte eine Entführung wenig gebracht, weil es in ihrer gesamten Verwandtschaft nichts zu holen gab.

»Hi!«, sagte Jana laut und deutlich.

Keine Reaktion.

»Hey, Silke? Jemand zu Hause?«

»Hmhm.«

»Willst du gar nicht wissen, was es Neues gibt?«

»Hmhm«, brummte Silke zwar, doch sie blickte nicht mal von ihrem Buch auf.

Jana wusste, dass sie nicht zuhörte. Da musste sie wohl zu einem kleinen Trick greifen. »Ich hab Leonard zum Essen eingeladen.«

Prompt schlug Silke ihr Buch zu. »Was? Hierher? In unsere Wohnung?«

Jana grinste innerlich. Es hatte gewirkt. Das Thema Leonard war eins der wenigen, mit denen man Silke aus der Reserve locken konnte. Allein sein Name bewirkte, dass sie prompt in den Angriffsmodus wechselte. Die beiden waren wie Hund und Katz, und niemand konnte ausschließen, dass eine Begegnung zwischen ihnen eines Tages in einer Gräueltat enden würde.

Jana hatte aufgehört, nach dem Grund für Silkes Verhalten zu fragen. Die behauptete ohnehin jedes Mal nur lapidar, dass ihr Leonards Überheblichkeit gegen den Strich ging. Das aber kaufte Jana ihr nicht ab, und sie hatte den Verdacht, dass da möglicherweise irgendwann mal etwas passiert war, das für Silke oder für Leonard oder für beide unschön geendet hatte. Aber das war reine Spekulation. Auch Leonard hatte sich diesbezüglich immer bedeckt gehalten. Jedenfalls lieferten sich die beiden seit Jahren eine Art verbalen Machtkampf, der nicht selten mit Frust auf beiden Seiten endete. Bei Treffen im Bekanntenkreis sorgten ihre gemeinsamen Auftritte für gemischte Gefühle. Für die einen war es kindisches Geplänkel, für die anderen eine erfrischende Abwechslung.

Seit es Leonard ins Ausland verschlagen hatte, verliefen ihre Feiern friedlich und gesittet. Bis gestern. Sie hatten eine kleine Grillparty geplant, und Jana hatte Thorsten gebeten, sie abzuholen und hinzubringen, weil sie allen Grund hatte, ein Glas mehr als üblich zu trinken. Sie hatte ihrer tyrannischen Chefin endlich einmal die Meinung gesagt. Und gekündigt. Das musste gefeiert werden. Fix und fertig hatte sie in der Küche gesessen und auf Thorsten gewartet, hatte ständig aufs Handy gestarrt und die Minuten gezählt, die er bereits überfällig war.

Kapitel 2

Das Paprika-Sahne-Hähnchen schmorte im Backofen. Es war Zeit, den Reis aufzusetzen. Jana füllte zwei Tassen Basmatireis in einen Topf, gab vier Tassen Wasser und etwas Salz dazu und stellte den Herd an.

Ihre Vorfreude war mittlerweile einer wachsenden Unruhe gewichen. Warum war sie nervös? Es war nur Jörg, ihr Verflossener, der gleich vor der Tür stehen würde. Sie hatte ihn weder vermisst, noch hegte sie irgendwelche Absichten – abgesehen von der kleinen Rolle, die sie ihm zugedacht hatte. Es lag wohl an den SMS, die er ihr in regelmäßigen Abständen schickte. Sie enthielten nur jeweils ein Wort, nämlich den Namen der Stadt, an der er gerade vorbeifuhr. Wie ein Countdown von Kilometer hundertfünfzig bis null. Er hatte schon immer gewusst, wie man die Spannung allmählich steigert, um die Aufmerksamkeit auf sich zu lenken.

Wieder piepste das Handy. Paderborn. Oje, nur noch gute fünfzig Kilometer. Es war ein Fehler gewesen, ihn einzuladen. War sie denn kein bisschen nachtragend? Immerhin hatte er sie Knall auf Fall verlassen! Andererseits, wenn er wirklich ein Yogastudio hier in der Stadt eröffnete, würden sie sich ohnehin in Zukunft öfter begegnen. Also, Augen zu und durch. Für einen Rückzieher war es ohnehin zu spät.

Der Reis begann zu kochen, sie nahm den Deckel ab und stellte die Temperatur herunter.

Silke betrat die Küche und schnupperte. »Hm, das duftet aber hier.«

Jana hatte ihre Cousine noch ein Weilchen in dem Glauben gelassen, dass Leonard zum Abendessen kommen würde. Die hatte gleich eine Tirade gegen ihn losgelassen und sich erst wieder beruhigt, als Jana ihr versicherte, dass es ein Scherz gewesen war und stattdessen Jörg kommen würde.

»In einer halben Stunde können wir essen. Deck doch schon mal den Tisch.«

»Drinnen oder draußen?«

»Auf dem Balkon ist es doch romantischer, oder? Wir können die Windlichter anmachen.«

»Hey, was hast du vor mit deinem Ex?«

»Es soll einfach nur gemütlich sein, weiter nichts. Wenn wir schon mal Männerbesuch haben, können wir das auch zelebrieren. Kommt ja nicht so oft vor.«

»Höre ich da etwa einen Vorwurf raus?«

»Du musst zugeben, du trägst nicht gerade zu einem regen Besucherstrom bei.«

»Im Studio habe ich genügend Begegnungen. Hier will ich meine Ruhe haben.«

»Wie lange bist du schon Single?«

»Seit zweieinhalb Jahren. Weißt du doch.«

»Ja stimmt. Da war die Geschichte mit Georg. Und? Vermisst du ihn manchmal?«

»Warum sollte ich ihn vermissen? Er hat mich betrogen.«

Mitleidig sah Jana sie an. Silke hatte ein paar unschöne Erfahrungen gemacht, okay, aber deshalb musste sie nicht gleich die Flinte ins Korn werfen. »Wir sollten mal wieder zusammen ausgehen. Vielleicht ins Movie, ein bisschen abtanzen, so wie früher. Da wird man immer angequatscht.«

»Seh ich aus, als wollte ich angequatscht werden?« Silke öffnete die Ofenklappe. »Ah, Hähnchen, lecker. Und was isst Jörg?«

Jana lächelte. »Es wird schon für uns drei reichen. Es gibt noch Reis und Salat dazu.«

»Ich dachte, er ist Vegetarier.«

Jana schlug entsetzt die Hand vor den Mund. Daran hatte sie gar nicht gedacht. »Ach herrje! Das stimmt.«

»Ich kann mich noch gut an seinen Vortrag über tierisches Eiweiß erinnern, als du ihn mal mitgebracht hattest. Danach war ich drei Wochen lang Veganerin.«

»Und was jetzt?«

Silke schloss die Ofentür und grinste frech. »Wir verkaufen es ihm als Soja-Geschnetzeltes. Das merkt er garantiert nicht.«

Ganz wohl war Jana nicht dabei. Am Ende würde er noch Magenprobleme bekommen und stundenlang das Bad blockieren. Er war ja so empfindlich. Aber sie hatte wohl keine Wahl. »Okay, auf deine Verantwortung.«

»Bin gespannt, was aus ihm geworden ist.«

»Ich auch«, sagte Jana.

»Du hast mir noch gar nicht erzählt, warum er sich plötzlich angekündigt hat.«

»Er hatte wohl Sehnsucht nach seiner alten Heimat«, erwiderte Jana. Silke brauchte nicht zu wissen, dass die Idee von ihr und nicht von Jörg stammte. Und schon gar nicht musste sie den Grund dafür kennen.

Dann klingelte es, und Jörg stand vor der Tür. Er lächelte Jana breit an und zog sie generös an seine Brust. »Komm her, mein Täubchen.«

Jana war überrascht, wie vertraut ihr seine Umarmung war. Seine Stimme, der Duft des Rasierwassers, seine zarten Hände, die ihr übers Haar fuhren, all das tat so gut. So musste es sein, wenn man nach einer langen Reise heimkehrte. Leonard kam ihr unvermittelt in den Sinn, und für den Bruchteil einer Sekunde meldete sich ihr Gewissen. Er *war* von einer langen Reise zurückgekehrt, aber wie hatte sie ihn empfangen? Sie verdrängte den Gedanken rasch und konzentrierte sich auf ihren Besuch. Wie gut er aussah! Sein Faible für helle Kleidung aus naturbelassenem Leinen hatte er offenbar immer noch nicht abgelegt. Zusammen mit seinem hellen Teint und dem langen blonden Schopf wirkte er ein bisschen wie ein Heiliger. Als sie sich kennengelernt hatten, war von dem Selbstbewusstsein, das er heute an den Tag legte, nichts zu erahnen gewesen. Auf Jana hatte er sogar hilfsbedürftig gewirkt und damit prompt ihr Helfersyndrom angesprochen. Doch er brauchte ihre Hilfe sicher nicht. Sie die seine schon eher, zumindest für die kommenden paar Tage.

Dann ließ auch Silke sich an der Tür blicken.

»Das ist Silke, meine Cousine. Ihr kennt euch ja noch, oder?«

Jörg musterte sie. »Ja, ich erinnere mich. Hi Silke, du hast dich kaum verändert.«

»Das kann man von dir nicht behaupten.«

Jörg warf seinen Blondschopf in den Nacken. »War ein weiter Weg.«

»Komm schon rein.«

»Hm, das riecht ja schon köstlich hier«, sagte Jörg, als er Jana in den Flur folgte.

Jana zeigte ihm die Wohnung, bevor sie wenig später auf dem Balkon Platz nahmen.

Jana hob den Deckel der Auflaufform an. »Das ist …«

»Hähnchen! Wie köstlich!«, unterbrach Jörg sie und rieb sich erfreut die Hände. Entschlossen griff er nach dem Servierlöffel. »Dann fang ich mal an, was?«

Jana blickte Silke verdutzt an. Sie war zum Glück um ihre kleine Notlüge herumgekommen, dennoch war sie erstaunt. »Du isst Fleisch?«

»Warum wundert dich das? Du hast es doch gekocht. Oder wolltet ihr mir das Hähnchen als Soja-Geschnetzeltes verkaufen?« Verschmitzt lächelte er zuerst Jana, dann Silke an.

»Na klar. Ich habe sogar darauf gewettet, dass du es nicht merkst«, gestand Silke frech. »Da hab ich mich wohl geirrt.«

Jörg reichte den Löffel an sie weiter, stützte die Ellbogen auf den Tisch und verschränkte die Hände. »Ich hatte einen Lehrer in der Schule, der hat immer gesagt: ›Wer mich täuschen will, muss früh aufstehen.‹ Den Spruch hab ich mir zu eigen gemacht. Getäuscht werden wollte ich nicht, also hab ich mir angewöhnt, früh aufzustehen, früher als alle anderen. Das tu ich bis heute, und tatsächlich ist es nicht leicht, mich reinzulegen.«

»Und dein Lehrer hat das nicht zufällig im übertragenen Sinn gemeint?«, fragte Silke.

»Redewendungen kommen nicht von ungefähr. Dahinter steht immer eine Wahrheit. Und tatsächlich ist der Geist am frühen Morgen am wachsten, also meiner jedenfalls.«

Jana bemerkte, dass sie ihn anstarrte, und wandte sich schnell dem Salat zu. Er hatte aber auch eine raumfüllende Präsenz. Noch mehr als früher wirkte er wie jemand, dem alles leicht von der Hand ging und auf Anhieb gelang. Jetzt spießte er ein Stück Hähnchen auf die Gabel und ließ es im Mund verschwinden.

Sie plauderten ein wenig über alte Zeiten und das aktuelle Weltgeschehen. Nach dem Essen verabschiedete Silke sich in ihr zweites Zuhause, das Fitnessstudio.

Jana und Jörg räumten das Geschirr in die Küche und verzogen sich, weil Wind aufgekommen war und es nach Regen aussah, mit der Weinflasche ins Wohnzimmer.

»Du hast noch gar nichts von dir erzählt«, meinte Jana. »Warum hast du deinen Job in der Kurklinik aufgegeben? War das nicht das Richtige für dich?«

»Doch, der Job war super. Es war ein Traumjob.«

»Aber?«

Jörg sah sie einen Moment schweigend an, als überlegte er, was er von sich preisgeben wollte. »Ach, es gab da ein paar Probleme.«

»Das kenne ich. Vorgesetzte machen gern Probleme.«

»Bei mir lag es nicht an den Vorgesetzten. Es war eine dumme Geschichte.« Er zögerte einen Moment. »Na ja, ich hatte mich da auf was eingelassen, also, auf eine Patientin.«

Jana zog die Augenbrauen hoch. »Du meinst …?«

»Genau das. Natürlich ist es nicht erlaubt, aber keiner hält sich dran, weder die Angestellten noch die Kurgäste. Die sind geradezu erpicht auf ein kleines Abenteuer. Wenn man diskret vorgeht, kriegt auch niemand Wind davon. Normalerweise.«

Normalerweise?, fragte Jana sich im Stillen. Das klang ganz so, als würden sich die Patientinnen dort reihenweise vernaschen lassen. Hatte ihm der Job deshalb so gut gefallen?

»Aber Veronika, also diese Patientin, hat das alles viel zu ernst genommen. Für sie waren das nicht einfach nur ein paar nette Stunden, sie wollte mehr. Das klingt jetzt vielleicht so, als würde ich jede Gelegenheit nutzen. So ist es natürlich nicht. Bei Veronika … na ja, sie hatte etwas an sich, irgendwie hat sie mich angezogen, und da ist es eben passiert.«

»Du bist mir keine Rechenschaft schuldig.« Jana nippte an ihrem Glas und überlegte, ob er sich auch während ihrer Beziehung schon öfter mal von der einen oder anderen Frau angezogen gefühlt haben könnte. An Gelegenheiten hatte es sicher nicht gefehlt.

»Das ist dann alles ein bisschen aus dem Ruder gelaufen. Veronika hat mich nach den Yogakursen abgefangen und sich nicht abwimmeln lassen. Das entging den anderen Patienten natürlich nicht und machte schnell die Runde. Der Klinikleitung hat das überhaupt nicht gefallen, kannst du dir ja vorstellen. Aber ich konnte sie damit beruhigen, dass Veronikas Kur in ein paar Tagen beendet sein und sie nach Hause fahren würde.«

»Das war dann aber nicht so?«

»Das war nicht so. Sie hat sich ein Hotelzimmer im Ort genommen und mich belagert. Sie war besessen von der Idee, mit mir zusammen zu sein, wollte meinetwegen Mann und Kinder verlassen und hat sich eingebildet, dass uns beide etwas ganz Besonderes verbindet und ich sie genauso liebe wie sie mich. Lauter solche Sachen. Dann kam ihr Mann mitsamt den Kindern im Gepäck, und das Ganze endete in einem Riesendrama. Tja, und schließlich hat sich die Klinik von mir getrennt. Wäre es nach ihnen gegangen, hätten sie mich behalten. Aber das waren sie wohl der Öffentlichkeit schuldig. Wie das immer so ist. Ein Kopf muss rollen. Und diesmal war es meiner.«

Jana ließ seine Geschichte einen Moment sacken. Es war ja nicht gerade nett, aber irgendwie beruhigte sie die Tatsache, dass bei Jörg auch mal etwas schieflief.

Er seufzte und lehnte sich zurück. »Aber du kennst mich ja. Ich denke, nichts passiert ohne Grund. Also versuchte ich, das Positive darin zu sehen. Nachdem ich tagelang gefastet und meditiert hatte, war es völlig klar und folgerichtig. Der Zeitpunkt war gekommen, etwas Neues zu starten. Wäre ich schon eher in mich gegangen, wäre das Drama nicht nötig gewesen. Dann hätte ich rechtzeitig erkannt, dass eine Veränderung anstand.«

»Fasten und Meditieren bringen also die Lösung?«

»Nicht die Lösung. Die Klarheit. Du erkennst den Sinn hinter den Vorgängen. Und wenn du den kennst, haderst du nicht mehr mit dem Schicksal. Dann nimmst du es an und findest deinen Weg.«

Jana hatte sich bisher nie sonderlich für Meditation interessiert. Vielleicht sollte sie es auch mal damit versuchen. Ein bisschen mehr Klarheit in ihrem Leben wäre nicht das Schlechteste.

»Den letzten kleinen Zweifel hat mir dein Anruf genommen. Das war für mich das Zeichen. Du musst zugeben, dass das wirklich unglaublich ist. Nach drei Jahren rufst du ausgerechnet in der Phase meines Lebens an, in der mir ein Umbruch bevorsteht. Und jetzt erfahre ich, dass auch du dich beruflich verändern willst. Ich staune immer wieder über die metaphysischen Zusammenhänge.«

Er blickte sie mit seinen stechenden blauen Augen an, und für einen Moment hatte sie das unheimliche Gefühl, dass die spontane Idee, ihn anzurufen, gar nicht ihre, sondern seine gewesen war und dass er sie ihr telepathisch übermittelt hatte. In seiner Gegenwart konnte man schnell auf solche Absurditäten kommen. Das war natürlich Quatsch. Jana räusperte sich und wechselte die Sitzposition, um diesen Gedanken abzuschütteln.

»Hier eröffnen sich mir völlig neue Möglichkeiten. Ein eigenes Yogastudio! Weißt du, dass ich schon immer davon geträumt habe? Jetzt kann ich meinen Traum verwirklichen. Meine Tante Inge hat mir und meiner Schwester ihr Haus in Zürich vererbt.«

»Birte? Lebt sie noch in der Schweiz?«

»Ja, da lebt sie immer noch. Vor einem Jahr hat sie sich mit ihrem Mann und den beiden Bälgern im Haus meiner Tante eingenistet. Es dürfte ein Schock für sie gewesen sein, dass die uns das Haus zu gleichen Teilen vererbt hat. Birte hat es sicher schon als ihr Eigentum betrachtet, weil sie sich angeblich so aufopfernd um Tante Inge gekümmert hat. Dabei war die bis kurz vor ihrem Tod fit wie ein Turnschuh. Ich hab regelmäßig mit ihr telefoniert.«

»Aha. Und wenn Birte mit ihrer Familie in dem Haus bleiben will, hast du quasi nichts davon?«

»Genau das ist unser Problem. Ich will verkaufen, sie nicht.«

»Da kann ich sie verstehen. Es ist das Zuhause ihrer Kinder. Und ihr eigenes sicher auch inzwischen. Aber sie könnte dir deinen Anteil doch ausbezahlen.«

»Das hat sie auch vorgeschlagen und mir einen lächerlichen Preis geboten. Aber mein Anwalt ist schon dran, und es ist nur noch eine Frage der Zeit, bis ich an mein Geld komme.«

»Tja, da hilft wohl auch kein Meditieren, was?« Jana lächelte ihn spitzbübisch an, und er lächelte zurück.

»Jetzt aber mal zu dir. Wenn ich das vorhin richtig verstanden habe, hast du deinen Job in der Kita spontan hingeworfen. Aus welchem Grund?«

»Der Schritt war längst überfällig. Meine Chefin ist eine Tyrannin. Sie sucht sich immer jemanden, den sie mobben kann. Ich bin da nicht die Erste gewesen. Aber dass ich kündige, damit hat sie wohl nicht gerechnet. Ich habe meinen Krempel zusammengepackt und gesagt, dass sie am Montag meine schriftliche Kündigung auf dem Schreibtisch hat und ich ab sofort meinen Resturlaub antrete. Du hättest ihr verdattertes Gesicht am Freitag sehen müssen. Das war echt eine Genugtuung. Aber ich war mindestens genauso überrascht über meine Courage. Als ich dann zu Hause war, hab ich erst mal losgeheult. Ich dachte, es war ein Fehler, ich nehme die Kündigung zurück, ich würde die Kinder schrecklich vermissen, und auch meine Kolleginnen. Und dann, nur einen Tag später, also gestern, war das mit einem Schlag vorbei, und ich war sicher, dass es genau die richtige Entscheidung war. Ich bin jetzt arbeitslos und habe keine Ahnung, was kommen wird, aber die Alte bin ich los.« Mit einem zufriedenen Seufzer beugte Jana sich vor und nahm das Weinglas vom Tisch. »Prost! Auf die Zukunft.«

Jörg prostete ihr zu, trank einen Schluck und schüttelte nachdenklich den Kopf. »Ist es nicht unglaublich, wie das Schicksal uns wieder zusammengeführt hat?«

»Ja«, sagte Jana milde lächelnd, doch so unglaublich fand sie es nun auch wieder nicht. Sie hatte ihn angerufen, deshalb saß er jetzt hier. Aber sie kannte ihn ja. Er hatte seine eigene Art, die Geschehnisse zu deuten. »Ich habe auch seit Langem einen Traum, genau wie du«, erzählte sie. »Und letztes Jahr stand ich kurz davor, ihn zu verwirklichen: meinen eigenen Kinderladen.«

»Einen Kinderladen? Das wundert mich nicht. Du bist schließlich Erzieherin. Woran ist es denn gescheitert?«

»Ach, das ist eine andere Geschichte.« Und zwar eine, über die sie mit Jörg lieber nicht reden wollte. Ihr Blick verlor sich im flackernden Kerzenlicht. Draußen war es längst dunkel, und Regentropfen liefen die Fensterscheibe hinunter. Hier drinnen aber war es urgemütlich, und Jana fühlte sich ausgesprochen wohl in Jörgs Gegenwart. Es tat gut, so ganz ungezwungen mit jemandem zu reden.

»Jetzt möchte ich aber doch noch gern wissen, warum du mich eingeladen hast, Täubchen«, sagte Jörg mit sanfter Stimme. »Also, was bedrückt dich?«

»Mich? Wieso?«

»War es einfach nur eine Intuition, oder gibt es da einen ganz bestimmten Grund? Hast du vielleicht Liebeskummer?«

»Nein! Wie kommst du denn darauf?« Jana lachte, als wäre es das Absurdeste überhaupt, dass sie Liebeskummer haben könnte.

»Was ist es dann?«

»Du, ich dachte einfach, wir haben uns so lange nicht gesehen, da wäre es doch schön …«

»Jana«, ermahnte er sie liebevoll, »du kannst mit mir über alles reden.«

Jana räusperte sich. »Du lässt dir nichts vormachen, was?«

»Kennst mich doch.«

Ja, sie kannte ihn ziemlich gut. Und sie hätte wissen müssen, dass sie ihm nicht eine Rolle zuschreiben konnte, ohne ihn einzuweihen. Also raus mit der Wahrheit, wenigstens zum Teil. »Na gut. Es geht um Leonard. Wir beide waren eine Weile ein Paar. Aber das ist jetzt vorbei, das heißt, es ist schon lange vorbei«, erklärte sie mit Vehemenz, damit bloß kein Missverständnis aufkam. »Das ist auch okay, das ist gar nicht das Thema.«

»Und was ist das Thema?«

»Wir waren gestern bei Helen und Philip und haben meine couragierte Entscheidung ein bisschen begossen. Die beiden sind die Einzigen in unserem engeren Freundeskreis, die schon Kinder haben und außerdem über ein Haus mit Garten verfügen. Wenn es was zu feiern gibt, dann treffen wir uns meistens dort, vor allem im Sommer. Und gestern haben wir meine spontane Kündigung gefeiert. Das fing auch ganz nett an …«

Kapitel 3

Schon seit zweiundzwanzig Minuten war Thorsten überfällig. Langsam aber sicher wurde Jana ungeduldig. Dann endlich klingelte ihr Handy. Thorsten hatte sich angewöhnt durchzurufen, kurz bevor er ankam, weil auch er nicht zu den Glücklichen gehörte, die immer einen Parkplatz erwischten. Ein kleiner Trost für Jana, dass sie nicht die Einzige war.

»Bin in zwei Minuten da. Was ist mit Fred?«, rief Thorsten so laut ins Telefon, dass Jana mit schmerzverzerrter Miene den Hörer vom Ohr weghielt.

»Du, keine Ahnung.« Sie ging hinaus auf den Balkon, lehnte sich über das Geländer und rief nach Fred, der nebenan wohnte. Die Balkone lagen so nah nebeneinander, dass man sich bei ausgestreckten Armen die Hände reichen konnte. Es dauerte nicht lange, und Fred tauchte unter seiner ausgefahrenen Markise auf. Er war extrem sonnenscheu, verhängte die Fenster mit dunklen Vorhängen und arbeitete bei künstlichem Licht. Deshalb war er auch käsig wie ein Pecorino, dazu noch lang und dünn, sodass er nicht gerade wie ein Casanova wirkte. Umso erstaunlicher, dass er sich dennoch mit ständig wechselnden Frauenbekanntschaften rühmen konnte. Allerdings tat er das nie, denn dafür war er viel zu bescheiden, ganz nach dem Motto: Ein Gentleman genießt und schweigt. Thorsten beneidete diesen grauen, nichtssagenden Hering um seine Anziehungskraft und ließ regelmäßig und nicht ohne Neid den abgegriffenen Spruch »Was hat der Typ, was ich nicht habe?« vom Stapel.

Er selbst war mit seinen vierunddreißig Jahren immer noch unfreiwillig Single. Und das, obwohl er sich für den begehrenswertesten Junggesellen von Bielefeld hielt. Einen gewissen Stil konnte man ihm tatsächlich nicht absprechen, denn bedingt durch seinen Weinhandel pflegte er einen regen Umgang mit den Schönen und Reichen der Stadt.

»Thorsten kommt gleich. Willst du bei uns mitfahren?«, fragte Jana Fred.

»Nein, ich warte auf Evelyn.«

»Okay, dann bis später.«

Zur Feier des Tages trug Jana ihre Lieblingsjeans mit einem brandneuen rosa Top und ihre Silberkette mit den rubinroten Steinchen um den Hals, hatte das lange braune Haar hochgesteckt, etwas Schminke und sogar Lippenstift aufgetragen. Sie setzte die Sonnenbrille auf, warf einen abschließenden Blick in den Spiegel und war zufrieden mit sich. Dann nahm sie ihren leichten Pulli über den Arm, die Tasche um die Schulter, ließ die Wohnungstür ins Schloss fallen und hüpfte die Treppen hinunter. Prompt kam Thorsten mit seinem Cabrio angefahren und hielt in zweiter Reihe. Jana warf ihre Sachen auf die Rückbank und sprang auf den Beifahrersitz. »Gib Gas!«, befahl sie übermütig, schnallte sich an und drehte die Musik auf.

Thorsten blickte sie mit großen Augen an. »Was ist los? Ist was passiert?«

»Jep.« Jana setzte ein geheimnisvolles Lächeln auf, wippte zur Musik und sang den Song mit.

Verdutzt blickte Thorsten abwechselnd zu Jana und auf die Straße. »Du hast es gemacht?«

Jana nickte eifrig.

»Nee, ne?«

»Doch! Ich hab gekündigt. Ich bin frei!« Mit einem Jubelschrei warf sie die Arme in die Höhe. »Ich hoffe, du hast reichlich Wein eingepackt. Ich will heute feiern.«

Wenn es etwas Besonderes zu feiern gab, ließ Thorsten sich nicht lumpen und versorgte die Mannschaft mit einem guten Tropfen.

Sie erreichten die Straße, in der Helen und Philip wohnten, und Thorsten parkte sein Cabrio vor einem hübschen Einfamilienhaus. Er stieg aus, öffnete den Kofferraum, reichte Jana einen Weinkarton und nahm selbst den anderen.

Ein Hupkonzert in einiger Entfernung ließ die beiden aufblicken. Eine bunt lackierte Ente wackelte die Straße hinauf und parkte auf der gegenüberliegenden Seite. Evelyn winkte ihnen aus dem offenen Fenster zu, Fred saß mit eingezogenem Kopf daneben.

Ungläubig starrte Thorsten auf das Gefährt. »Gehört die zu uns?«

»Ach, du kennst sie ja noch nicht. Das ist Evelyn. Freds Neue.«

Mit offenem Mund beobachtete Thorsten, wie Evelyn ausstieg, ihren knappen giftgrünen Rock ein Stück herunterschob und die hintere Wagentür öffnete. Sie beugte sich so weit über den Rücksitz, dass ihr türkisfarbener Slip zu sehen war. Thorsten konnte seinen Blick offenbar nicht von ihr abwenden. Evelyn war auch wirklich ein Hingucker, irgendwie. Ihr leuchtend orange gefärbtes Haar erinnerte an einen Orang-Utan, die Bluse hätte gut und gern zwei Nummern größer und der Rock zwanzig Zentimeter länger sein können.

»Ist die nicht ein bisschen zu alt für unseren Fred. Und irgendwie … äh … zu selbstbewusst?«

Jana kicherte. »So kann man es auch nennen. Aber immerhin, sie hat ein Auto. Und außerdem bringt sie etwas Farbe in sein Leben.«

»Farbe! Im wahrsten Sinn des Wortes. Wo hat er sie aufgegabelt?«

»Mitfahrzentrale. Er musste ein Modell für einen Wettbewerb in Berlin abliefern, und sie hat ihn mitgenommen.«

»Jetzt weiß ich, warum er keinen Führerschein macht, der Schlawiner. Da angelt der sich mal eben seine Mitfahrgelegenheit.«

»Na ja, es wird wohl andersrum gewesen sein. Oder kannst du dir vorstellen, dass Fred sich was angelt?«

Evelyn und Fred debattierten lautstark, während sie die Köpfe über der Rückbank zusammensteckten, sie von der einen, er von der anderen Seite.

»Stell dich nicht so an«, hörte man Evelyn meckern. »Es ist doch nur ein süßer Teddybär.«

»Den nehme ich nicht mit!«, protestierte Fred.

»Die Kinder werden sich freuen.«

»Mit dem Ding mache ich mich lächerlich!«

»Ich muss den Kartoffelsalat und meine Tasche tragen. Und du nimmst bitte schön den Teddy«, flötete Evelyn. Und damit war der Zweikampf offenbar entschieden.

»Oh!«, kommentierte Thorsten, als Fred in voller Lebensgröße mit einem Ungetüm auf dem Arm hinterm Wagen hervorkam. »Da hätte ich mich auch gesträubt.«

Der Teddy entpuppte sich als überlebensgroßer Pandabär in Schwarz-Weiß, halb so groß und doppelt so breit wie Fred. Evelyn trug eine Schüssel in der einen und eine Tasche in der anderen Hand.

»Ich habe uns einen Kartoffelsalat mitgebracht«, sagte sie, als sie bei Jana und Thorsten angekommen waren. »Ich dachte mir, den mögen alle.«

Thorsten und Evelyn machten sich miteinander bekannt. Jana klingelte, und kurz darauf öffnete Helen mit ihrem Töchterchen auf dem Arm die Haustür.

»Hallo, kommt rein und geht am besten sofort durch auf die Terrasse. Ich bin gleich bei euch. Ich bringe nur Selma ins Bett.«

Jana und Thorsten brachten den Wein in die Küche, wo Silke damit beschäftigt war, Oliven, Peperoni, Schafskäse und andere Köstlichkeiten in kleine Schalen zu füllen. Sie war schon am späten Nachmittag mit dem Rad hergekommen, um Helen bei den Vorbereitungen zu helfen.

Bei Helen und Philip war es immer urgemütlich. Der ausladende Gartentisch war mit bunten Tischdecken versehen und ansprechend gedeckt, auf den Stühlen lagen bequeme Polster, und im ganzen Garten verteilt hingen Lampions.

Philip stand am Grill und winkte ihnen zu, während er die Steaks auf den Rost legte.

Finn, sein vierjähriger Sohn, beobachtete den Vorgang interessiert. Doch als er Fred erblickte, lief er gleich auf ihn zu. »Was hast du da für ein komisches Ding?«

»Das ist Ludwig«, schaltete Evelyn sich ein und stellte die Schüssel auf dem Tisch ab. »Ludwig ist ein Pandabär. Er gehörte meinem Sohn, dem Benni, aber der ist jetzt zu groß dafür. Wenn er dir gefällt, kannst du ihn behalten.«

Finn schien sich darüber zu amüsieren. »Warum hast du mir kein richtiges Spielzeug mitgebracht?«

»Ah okay, ich verstehe. Du bist auch schon zu groß dafür.« Evelyn nahm Fred das Stofftier ab. »Dann setzen wir Ludwig einfach auf einen Stuhl, da kann er uns beim Essen zusehen, und nachher nehme ich ihn wieder mit, okay?«

Finn lachte nur und rannte wieder zu seinem Vater.

Silke kam mit einem Tablett aus der Küche und stellte die Schalen auf dem Tisch ab. Wie Thorsten führte auch sie schon viel zu lang ein Single-Dasein. Jana war sicher, dass Silke sich insgeheim einen Partner wünschte, auch wenn sie stets das Gegenteil behauptete. Schon mehr als einmal hatte sie versucht, ihre Cousine für etwas weiblichere Kleidung und ein dezentes Make-up zu begeistern. Bisher allerdings erfolglos. Silke blieb ihrem schlichten unscheinbaren Outfit treu.

Wenig später saßen alle am Tisch und füllten ihre Teller und Gläser. Niemand wunderte sich darüber, dass Fred schon wieder in fremder Begleitung erschienen war, und alle zeigten reges Interesse an dem Neuzugang.

»Was machst du denn so, Evelyn?«, fragte Helen.

»Na ja, wo soll ich anfangen? Ich habe einen Sohn, Benni; er ist acht, und ich lebe von meinem Mann getrennt. Wir teilen uns das Sorgerecht, und das funktioniert im Großen und Ganzen recht gut.«

Fred rümpfte die Nase. Offenbar wusste er es besser.

»Und beruflich?«, fragte Helen weiter.

Evelyn richtete sich ein Stück auf und lächelte stolz. »Ich schreibe gerade an meinem ersten Roman.«

»Ach! Interessant«, sagte Silke. »Ich lese sehr viel, und ich frage mich immer, woher ein Schriftsteller seine ganzen Ideen nimmt. Es ist erstaunlich, wie viel Fantasie in manchen Büchern steckt.«

»Die besten Geschichten schreibt das Leben. Ich bin immer auf der Suche nach interessanten Begebenheiten.«

Thorsten zog eine skeptische Miene. »Und davon kann man leben?«

»Das wird sich zeigen. Ich muss es natürlich erst fertig schreiben und dann noch einen Verlag finden.«

»Ach so«, bemerkte Thorsten mit einer Spur Geringschätzung. »Und so lange hält dein Ex-Mann dich aus?«

Evelyn stieß einen Lacher aus, als wäre das der Witz des Tages. »Nein, darauf bin ich zum Glück nicht angewiesen.

Meine Tante hat mir letztes Jahr zwei Mehrfamilienhäuser vererbt. Das versetzt mich endlich in die glückliche Lage, meinen Traum vom Schreiben zu verwirklichen.«

Jana wollte jetzt endlich ihre frohe Botschaft kundtun. Dezent tippte sie mit der Gabel gegen ihr Glas, und prompt richteten sich alle Blicke auf sie.

»Leute«, verkündete sie feierlich, »ich habe euch noch gar nicht erzählt, was wir hier heute feiern. Ich habe gestern meinen Job gekündigt.«

Ohs und Ahs machten die Runde, und einvernehmlich beglückwünschten sie alle zu diesem Schritt, denn sie waren bestens über den Dauerzoff mit ihrer Chefin informiert. Seit Monaten schon mussten sie Janas Gejammer ertragen.

»Und was hast du jetzt vor?«, fragte Philip.

»Erzieher werden doch immer gesucht«, meinte Thorsten.

»Jetzt setzt du endlich deinen Traum vom eigenen Kinderladen, deiner eigenen kleinen Kita, um«, sagte Silke mit Bestimmtheit. »Das wolltest du doch immer.«

»Das wäre ja großartig!«, rief Helen erfreut. »Wir haben immer noch keine Tagesmutter für Selma gefunden, und ich würde so gern wieder stundenweise arbeiten gehen.«

Janas Gewissen meldete sich. Helen und Philip hatten sich letztes Jahr fest darauf verlassen, dass Selma einen Platz in ihrem Kinderladen bekommen würde. Jana dachte nicht gern an diese Phase zurück, denn dann musste sie zwangsläufig an Leonard denken. Und wenn sie an Leonard dachte, stiegen Wut und Traurigkeit zu gleichen Teilen in ihr hoch.

»Du hättest es gleich durchziehen sollen, anstatt dich auf Leonard zu stützen. Ich habe dir immer gesagt, auf den ist kein Verlass«, wetterte Silke.

Thorsten legte seine Hand auf Janas. »Ich finde auch, du kriegst das allein hin, Jana. Das predige ich dir schon seit Monaten. Und ich bin ja auch noch da. Auf mich ist Verlass.«

Jana konnte es nicht leiden, wenn er so vertraut tat, als wären sie ein Paar, und zog ihre Hand weg.

»Verstehe ich das richtig«, fragte Evelyn, »du wolltest zusammen mit Leonard diesen Kinderladen gründen? Ist er denn auch Erzieher?«

Silke lachte höhnisch. »Leonard Erzieher? Hilfe, die armen Kinder.«

»Er ist Ingenieur für Wasserwirtschaft«, erklärte Fred. »Deshalb ist er in Peru. Er leitet dort ein Projekt für die Wasserversorgung.«

Mit fragendem Blick sah Evelyn zu Jana. »Ach so?«

Jana fühlte sich genötigt, Evelyn die Hintergründe wenigstens grob zu erklären, obwohl sie keine Lust dazu hatte. »Leonard wollte mich bei der praktischen Umsetzung des Kinderladens unterstützen, bei den baulichen Veränderungen zum Beispiel. Es gibt da nämlich bestimmte Auflagen vom Bauamt. Außerdem muss man die Einrichtung finanziell selbst tragen. Allein war mir das einfach alles zu viel. Tja, und dann hat er sich anders entschieden, und das war's dann für mich.« Janas Gedanken schweiften wieder in die Vergangenheit. Sie hatten Pläne gehabt, wollten ein Haus mit Garten mieten, das Erdgeschoss für den Kinderladen, im Obergeschoss wollten sie sich ein Zuhause schaffen. Wie sehr hatte sie sich darauf gefreut, mit Leonard zusammenzuziehen, die Wohnung gemeinsam einzurichten, Wände zu streichen, Möbel auszusuchen, jeden Morgen neben ihm aufzuwachen. Sie wollte nicht daran denken.

»Sei froh, dass du ihn los bist«, sagte Silke. »Das wäre doch niemals gut gegangen mit euch beiden. Du bist eine bodenständige Frau, und er ist ein Hallodri. Das passt einfach nicht zusammen.«

»Komm, Silke, du übertreibst mal wieder. Leonard ist nicht so verantwortungslos, wie du ihn immer darstellst«, verteidigte Helen ihren Bruder.

Silke stieß einen spitzen Lacher aus. »Sprechen wir von demselben Mann?«

Helen schüttelte verärgert den Kopf.

Philip schaltete sich ein. »Seine Vorgesetzten haben jedenfalls vollstes Vertrauen in ihn. Sonst hätten sie ihm nicht die Leitung eines solchen Projekts übertragen. Und offen gestanden, ich hätte bei dem Angebot auch nicht lange überlegt. Eine Weile ins Ausland zu gehen ist doch eine interessante Erfahrung.«

»Ach! So einfach ist das? Um der Erfahrung willen einfach alles stehen und liegen und die Menschen, die von dir abhängig sind, im Stich lassen?«, echauffierte sich Silke.

Jana war langsam genervt. Ständig hackte Silke auf Leonard herum. Und überhaupt. Das war doch alles längst vergessen. Warum kramten sie die alten Geschichten wieder hervor? Sie wollte nicht daran erinnert werden. »Was regst du dich so auf, Silke? Dich betrifft es doch gar nicht, also lass es gut sein.«

»Das ist Silkes Lieblingsthema. Das wissen wir doch alle.« Thorsten wandte sich Evelyn zu. »Richtig spannend wird es erst, wenn Leonard persönlich dabei ist. Dann fliegen hier die Fetzen. Du musst ihn doch schrecklich vermissen, was, Silke?«

Silke grinste schief.

»Die beiden verstehen es hervorragend, die gute Stimmung zu verderben.«

»Aber interessant ist doch die Frage«, meinte Thorsten mit gespielt nachdenklicher Miene, »wie Leonard es schon wieder schafft, im Mittelpunkt zu stehen. Ich meine, der Typ ist nicht mal anwesend, und trotzdem dreht sich alles nur um ihn. Wie ist das möglich?«

»Sei ein Arsch, Thorsten, dann stehst *du* im Mittelpunkt.«

»Jetzt reicht es aber, Silke!«, fuhr Jana sie an.

»Ist es etwa nicht so? Ich sag nur: Ilona Menke.«

Jana schluckte. Bei dem Namen kamen all die schmerzlichen Erinnerungen von damals wieder hoch. Leonard hatte sie angelogen, hatte erst behauptet, allein zu fliegen. Als sie zufällig erfahren hatte, dass seine attraktive Assistentin ihn begleitete, hatte er gemeint, dass ihr Ehemann, angeblich Schriftsteller, ebenfalls mitkommen würde. Aber auch das stellte sich schnell als Lüge heraus. Jana wusste bis heute nicht, wie Silke in Erfahrung gebracht hatte, dass Ilona Menke nicht verheiratet war, ja nicht mal in einer Beziehung lebte, und dass der einzige Mann, der sie begleiten würde, Leonard war – und dass der sogar mal eine Liaison mit ihr gehabt hatte. Nicht allein die Tatsache, dass er nach Peru ging, sondern vor allem seine Lügen hatten sie getroffen. Sie konnte ihm nicht mehr vertrauen.

»Wann kommt unser Global Player eigentlich zurück?«, erkundigte sich Thorsten.

Helen zuckte mit den Schultern. »Genau weiß ich es nicht. Er hat seit zwei Wochen nicht mehr angerufen.«

»Aber das halbe Jahr ist schon um, wenn ich richtig gezählt habe. Du hast auch keinen Schimmer, Jana?«

»Na klar. Er ruft mich jeden Tag an und hält mich über das Projekt auf dem Laufenden«, antwortete Jana patzig. Was für eine blöde Frage!

»Sorry. Ich dachte ja nur.«

»Ich weiß es nicht, und es interessiert mich auch nicht.« Jana setzte sich aufrecht hin, nahm die Weinflasche und schenkte sich nach. »Ich trinke jetzt auf meine Kündigung!« Damit sollte das leidige Thema beendet sein! Sie hob demonstrativ das Glas, die anderen taten es ihr gleich.

»Hast auch recht. Wir feiern heute deine Kündigung.«

Jana trank ihr Glas halb leer, sprang auf und durchforstete im Wohnzimmer die CD-Sammlung nach einem Stimmungsmacher. Salsa aus Kuba, das war genau das Richtige für die lahme Gesellschaft da draußen. Sie legte die CD ein und drehte die Lautstärke höher. Mit federnden Schritten kam sie zurück und griff nach Thorstens Hand. »Na komm, du faule Socke.«

Thorsten aber machte sich sanft los, und sogar die sonst so dynamische Evelyn ließ sich nicht zu einem Tänzchen hinreißen. Mit der einen Hand umklammerte sie ihr Glas und mit der anderen Freds Arm. Spielverderber! Jana streifte die Sandalen ab, lief auf die Rasenfläche und schwang die Hüften im Takt der Musik. Sie liebte Salsa und dachte darüber nach, mal wieder einen Tanzkurs zu belegen. Vielleicht konnte sie Thorsten überreden mitzumachen. Oder Fred. Allerdings fiel es ihr schwer, sich Fred bei einem Salsa vorzustellen. Außerdem hatte er ja Evelyn. Sie konnten einfach alle vier zusammen hingehen. Das war überhaupt die Idee.

Kapitel 4

Inzwischen dämmerte es, und überall im Garten setzten die Lampions bunte Lichteffekte. Während die anderen am Tisch ihre Konversation fortführten, träumte Jana sich tanzend in ihre Vorstellungswelt hinein. Ihr eigener Kinderladen! Das war schon immer ihr größter Wunsch gewesen. Vielleicht lag es am Wein, doch in dieser Stunde erschien ihr der Schritt nur folgerichtig, und sie verstand plötzlich gar nicht mehr, warum sie bisher überall nur Hindernisse gesehen hatte, anstatt ihr Augenmerk auf das Ziel zu richten. Hindernisse galt es zu überwinden, dafür waren sie da. Sie hatte die ganzen Sommerferien Zeit, sich vorzubereiten, eine passende Wohnung zu finden, sie einzurichten, Kinder zu akquirieren, eine Erzieherin einzustellen. Wenn sie zu zweit waren, konnten sie neun Kinder aufnehmen. Es wäre zu schön, wenn sie Marina, ihre Ex-Kollegin, davon überzeugen könnte, bei ihr einzusteigen. Die wollte sich ohnehin nach einer anderen Stelle umsehen.

In ihrer Begeisterung visualisierte Jana ihre zukünftige Arbeitsstätte. Sie stellte sich einen großzügigen Raum mit hellen Fenstern und Zugang zum Garten vor. Sie brauchten Regale für das Spielzeug, einen niedrigen, großflächigen Tisch, an dem sie mit den Mädchen und Jungen essen, malen und spielen konnten, ein paar Kinderstühle für die ganz Kleinen, in einem getrennten Raum Schlafmöglichkeiten für die Mittagsruhe … es gab so viel zu tun. Je konkreter ihre Vorstellungen wurden, umso leichter erschien ihr die Umsetzung. Ein tiefes Gefühl der Zufriedenheit durchströmte sie. Und als sie so ihren angenehm leichten Gedanken nachhing, die Arme ausbreitete und sich fühlte wie auf Wolken, durchfuhr es sie plötzlich wie ein Blitz, als ihr Blick zufällig die Terrassentür streifte. Abrupt hielt sie inne. Da stand er. Wie ein Phantom. Für einen Augenblick glaubte sie zu halluzinieren. Doch dann rief jemand seinen Namen.

»Leonard!« Helen sprang auf und umarmte ihren Bruder.

Mit einem Schlag war Jana wieder nüchtern, das herrliche Gefühl des Schwebens war verschwunden, jäh wurde sie in die Wirklichkeit zurückgeholt.

»Da komm ich ja gerade richtig.« Leonard grüßte in die Runde.

»Warum hast du nicht angerufen?«, fragte Helen vorwurfsvoll.

Das hätte Jana auch gern gewusst. Es wäre nur anständig gewesen, sie vorzuwarnen. Intuitiv suchte sie Schutz hinter einem Busch, wo sie den ersten Schock verdauen konnte. Wie gut, dass es schon dunkel war. Leonard hatte sie offenbar noch nicht gesehen. Von ihrem Versteck aus beobachtete sie, wie er jeden der Reihe nach begrüßte, und sie fragte sich, ob er sie in der Runde wohl vermissen würde.

»Uns bleibt heute aber auch nichts erspart«, maulte Silke. Sie konnte sich einen dummen Spruch mal wieder nicht verkneifen.

Helen verschwand im Haus, und Evelyn reichte Leonard hocherfreut die Hand. »Hi, ich bin Evelyn. Wie schön, dass wir uns nun kennenlernen. Ich hab heute Abend schon viel von dir gehört.«

»Von mir? Wirklich? Hoffentlich auch ein bisschen was Gutes.«

»Es gibt was Gutes über dich zu berichten?«, spöttelte Silke.

Thorsten reckte seinen Hals und blickte Richtung Garten. »Wo ist denn Jana abgeblieben?«

Verräter! Jana fühlte sich ertappt. Aber warum eigentlich? Sie hatte doch überhaupt keinen Grund, sich zu verstecken.

»Jana?«, rief Thorsten.

Jana atmete tief durch, straffte die Schultern und ging zurück an den Tisch. »Hallo Leonard.«

»Hallo Jana.«

Mit dem Anschein von Gleichgültigkeit schlüpfte sie in ihre Sandalen und setzte sich an ihren Platz. Sie nahm ein Stück Weißbrot aus dem Korb und bestrich es dick mit Schafskäseaufstrich. Sie war sicher, dass sie keinen Bissen davon runterbringen würde, doch sie musste sich irgendwie beschäftigen, um davon abzulenken, wie aufgeregt sie war. »Na, wieder zurück?«, fragte sie so beiläufig wie möglich.

»Ja, ich bin wieder zurück.«

Für Jana klang es ganz so, als hätte er sich ein oberschlaues »Sieht man das nicht?« gerade noch verkniffen. Ganz nebenbei registrierte sie, dass seine Haut einen schönen Braunton hatte und er das Haar etwas länger trug. Eine Locke war ihm in die Stirn gefallen und verlieh ihm etwas Rebellisches. Sein Blick blieb einen Moment an ihr haften, und sie fühlte sich davon unangenehm durchbohrt.

Zum Glück brachte Helen gerade Teller und Besteck und reichte es ihm. Leonard bedankte sich, öffnete eine Flasche Bier und bediente sich bei den Salaten.

Thorsten und Silke trugen ihren Missmut über Leonards plötzliches Auftauchen offen zur Schau. Beide zogen einen Flunsch. Silkes Motiv für ihre Abwehrhaltung blieb nach wie vor im Dunkeln, das von Thorsten allerdings war sonnenklar: Er witterte einen Rivalen in seinem Revier.

Evelyn richtete sich auf. »Ich wollte ja schon immer mal nach Südamerika. Erzähl uns doch mal etwas über Land und Leute. Wie leben die Menschen dort? Gibt es viel Armut? Was tut Europa, um zu helfen?«

Leonard räusperte sich, und seine Augen begannen zu leuchten.

Jana kannte das. Berichtete er von seiner Arbeit, war er in seinem Element. Er war ein begnadeter Rhetoriker, hatte eine angenehme Erzählstimme, und wenn man ihm zuhörte, war es, als würde er einem die Seele streicheln. Es versetzte ihr einen heftigen Stich, dass es möglicherweise die Seele dieser Ilona gewesen war, die in den letzten acht Monaten in diesen Genuss gekommen war. Sie wehrte sich gegen das scheußliche Gefühl und biss lustlos von ihrem Brot ab.

»Viele Peruaner haben keinen direkten Zugang zum Wasser, insbesondere die Indios in den Bergen. Und wir, das heißt unsere Firma, bauen dort in Zusammenarbeit mit dem peruanischen Staat entsprechende Wasserversorgungen.« Leonard war sofort mitten in seinem Thema und erzählte weiter. Evelyn, Fred, Helen und Philip lauschten interessiert, Silke zupfte gelangweilt an ihrer Serviette herum, und Thorsten zog ein Gesicht wie drei Tage Regenwetter. Irgendwann stand er auf und nahm die beiden leeren Weinflaschen. »Nachschub?«, fragte er in die Runde, doch niemand reagierte. Fasziniert hingen alle an Leonards Lippen.

Thorsten nickte Silke zu, und die beiden verschwanden im Haus. Für Jana eine willkommene Gelegenheit, sich ebenfalls dem Vortrag zu entziehen, denn ihr stand gerade nicht der Sinn nach Geschichten aus fremden Ländern und noch weniger nach Geschichten von fremden Assistentinnen. Sie gesellte sich zu Silke und Thorsten in die Küche.

»Dass er einfach hier auftaucht!«, regte Thorsten sich auf. »Keiner weiß Bescheid, keiner ist informiert, nicht mal seine

Schwester, und er steht einfach in der Tür und sagt: ›Hallo, da bin ich wieder!‹ Und kaum ist er da, zieht er schon wieder die gesamte Aufmerksamkeit auf sich. Kann mir mal einer verraten, wie er das anstellt?«

Silke zuckte lässig mit den Schultern. »Kennst ihn doch. Er lässt sich eben gern bewundern.«

Thorsten stellte die zwei leeren Weinflaschen in den Karton und nahm eine neue heraus. »Es war so friedlich, bevor er kam.«

»Na ja, also, es ist doch nicht weniger friedlich als vorher«, meinte Jana.

Thorsten starrte sie an. »Du lässt dich doch nicht wieder von ihm einwickeln?«

»Ich? Wie kommst du denn darauf?«

»Ich hab doch Augen im Kopf! Ich sehe doch, wie er dich anguckt!«

»Ich glaube, deine Wahrnehmung spielt dir heute einen Streich. Du solltest besser keinen Wein mehr trinken.«

»Ich trinke nie viel, das weißt du. Ich muss noch fahren.«

»Das ist mir aber auch aufgefallen, Jana. Er zieht dich förmlich aus mit seinen Blicken«, stellte Silke fest.

»Ihr seht immer nur das, was ihr sehen wollt. Selbst wenn es so wäre, ich hab da auch noch ein Wörtchen mitzureden, oder?«

»Wir wollen doch nur verhindern, dass es dir wieder so mies geht wie letztes Jahr. Thorsten und ich haben das nicht vergessen.«

»Ja, ich weiß, ich war eine ziemliche Plage für euch. Ich bin euch ja auch dankbar, dass ihr für mich da wart. Aber keine Sorge, ich mache nicht zweimal denselben Fehler.«

»Pass auf dich auf. Mehr will ich damit gar nicht sagen.«

Jana fühlte sich bevormundet. Warum mischten sie sich in Dinge ein, die sie nichts angingen?

»Wenn er dir zu nahe kommt, Süße, dann sag mir Bescheid.« Thorsten legte seine Hand auf Janas Schulter, die ihn aber unsanft abwehrte.

»Hört auf, euch einzumischen. Ich kann für mich selbst entscheiden!« Beleidigt verließ sie die Küche und ging hinaus. Ihre gute Laune war nun endgültig dahin. Sie war stinksauer. Im Wohnzimmer versperrte ihr plötzlich Leonard den Weg. Sie hatte den Eindruck, dass er nicht zufällig dort stand.

»Jana, kann ich mit dir reden?«

»Mit mir? Wozu?«

»Jana, bitte.«

»Ich wüsste nicht, worüber.« Jana wollte weitergehen, doch er hielt sie am Arm fest.

»Warum hast du nicht auf meine Briefe geantwortet?«

Mit finsterer Miene sah sie ihn an. »Weil ich sie nicht gelesen habe.« Ruckartig riss sie sich los, ging hinaus und setzte sich. Mit zitternder Hand nahm sie ihr Weinglas und trank es leer. Warum musste er ausgerechnet heute hier auftauchen? Warum musste er überhaupt wieder hier auftauchen? Von ihrem Platz aus konnte sie durch das große Fenster sehen, wie er noch eine Weile reglos auf dem Fleck verharrte, bis Silke und Thorsten an ihm vorbeimarschierten und er ihnen dann nach draußen folgte.

»Wo kommst du unter, Leonard? Hattest du deine Wohnung nicht untervermietet?«, fragte Fred.

»Ja, stimmt. Aber das hab ich mit meiner Untermieterin schon geklärt. Sie zieht am Montag aus.«

»Heute kannst du bei uns bleiben«, bot Helen an.

»Mach dir keine Umstände. Ich kann ins Hotel gehen.«

»Kommt gar nicht infrage«, erwiderte Philip. »Wir haben ein Gästebett im Spielzimmer.«

Thorsten öffnete die Flasche Wein und schenkte Evelyn und Helen nach.

Jana hielt die Hand über ihr Glas, als sie an der Reihe war. »Danke, für mich nicht.«

»Na, komm. Wir feiern heute deine Kündigung.«

»Vielleicht später.«

»*Jetzt* wird gefeiert, nicht später«, sagte Thorsten rigoros.

Jana registrierte Leonards missbilligenden Blick auf Thorsten. »Du siehst doch, sie will nicht.«

»Nett von dir, Leonard, dass du so um Jana besorgt bist, aber ich denke, sie kann das gut allein entscheiden, nicht wahr, Süße?« Mit vertrauter Geste legte Thorsten schon wieder seine Hand auf Janas Arm.

»Und warum lässt du sie dann nicht?«

»Ich lasse sie nicht?« Empört blickte Thorsten von einem zum anderen. »Selbstverständlich lasse ich sie. Jana, lasse ich dich nicht?«

»Merkst du nicht, dass du sie nötigst?«, fragte Leonard.

Fassungslos starrte Jana ihn an. Glaubte er wirklich, dass sie seine Unterstützung brauchte? »Ich kann für mich allein sprechen!«

»Da hast du's. Sie kann für sich allein sprechen. Also, was ist, Süße? Entscheide dich, ganz ohne Zwang, darf ich dir noch etwas Wein einschenken?«

Die Unterhaltung am Tisch schien eingefroren. Alle starrten auf Janas Glas, als wollte sie einen Zaubertrick vorführen. Dabei galt es nur, diesen albernen Zweikampf zu entscheiden, und es lag in Janas Hand, den Sieger zu bestimmen. Der Reihe nach blickte sie in die neugierigen Gesichter und blieb bei Leonard hängen. Sie hatte jetzt die seltene Chance, ihm eine kleine Niederlage zu bescheren, und die Vorstellung verschaffte ihr ein Gefühl der Genugtuung. »Okay, einen Schluck nehme ich noch.« Sie gab ihr Glas frei, während ihr Blick noch auf Leonard haftete. Seine Kiefer pressten sich aufeinander, wie immer, wenn er etwas nicht hinnehmen konnte. Er war nicht der Mann, der Niederlagen gut wegsteckte.

Thorsten grinste breit und goss Wein nach.

»Danke, Thorsten.« Jana hob ihr Glas und schenkte Leonard ein überlegenes Lächeln. »Trinken wir auf deine Rückkehr.«

Thorsten, der stolze Sieger, gab sich generös und nahm ebenfalls sein Glas. »Na komm, mein Freund. Stoßen wir auf dich an!«

Auch die anderen stimmten ein und prosteten Leonard zu.

»Ich denke, ich ziehe mich zurück. War ein anstrengender Tag«, sagte Leonard, nachdem alle einen Schluck getrunken hatten.

»Oh, wie schade. Du hast uns noch gar nicht erzählt, wie es Ilona geht.« Silke wandte sich an Evelyn. »Du kannst es ja nicht wissen. Ilonas Mann ist Schriftsteller, und er hat sie nach Peru begleitet, denn schreiben kann er schließlich überall. Ist das nicht ein Riesenglück?«

Intuitiv fiel Janas Blick auf Leonard. Auch er sah sie an, und ihr wurde wieder einmal schmerzhaft bewusst, dass seine Unaufrichtigkeit das Thema war, das zwischen ihnen stand und wohl immer stehen würde. Sie umfasste ihr Glas ein wenig fester und wandte ihren Blick zum Garten.

»Oh, ein Schriftsteller?«, fragte Evelyn interessiert. »Jemand, den man kennt?«

Silke lachte höhnisch. »Ja, sag doch mal, Leonard, wie heißt Ilonas Mann, und was schreibt er so? Historische Romane oder Thriller oder Liebesromane? Ist er im schönen Peru gut vorwärtsgekommen mit seinem aktuellen Buch?«

Leonard grinste süffisant, lehnte sich zurück und verschränkte die Hände hinter dem Kopf. »Wie habe ich deine scharfe Zunge doch vermisst. Da fühl ich mich gleich wieder zu Hause.«

»Na siehst du, ich will nur das Beste für dich.«

Die anderen lachten und ließen amüsierte Kommentare vom Stapel, während Evelyn verständnislos in die Runde blickte.

»Kleiner Insiderwitz«, erklärte Philip.

»Aber was ist denn nun mit dem Schriftsteller?«

»Es gibt keinen Schriftsteller«, sagte Thorsten.

»Ist er tot?«

»Können wir nicht mal das Thema wechseln?«, fragte Jana genervt.

Thorsten amüsierte sich offenbar köstlich. »Wieso? Ist doch lustig.«

»Es hat ihn nie gegeben«, erklärte Leonard an Evelyn gewandt. »Ich habe ihn erfunden.«

Evelyn starrte ihn wissbegierig an. »Erfunden? Wozu?«

»Das ist eine andere Geschichte. Silke hat das jedenfalls herausgefunden, indem sie meine Kollegin ausspioniert hat. Darauf ist sie so stolz, dass sie es der ganzen Welt verkünden muss: *Lügner entlarvt, Beziehung zerstört – die Heldentat der Silke Küster.* Davon wird sie noch erzählen, wenn sie eine verschrumpelte alte Jungfer ist.« Er blickte Silke von der Seite an. »Und wenn ich sie so ansehe, wird es darauf wohl hinauslaufen, ich meine, auf die alte Jungfer. Oder was meinst du, Silke, kriegst du doch noch mal die Kurve?«

Wieder lachten die anderen. Der Punkt ging an Leonard.

Verbissen kniff Silke den Mund zusammen. »Ich bin nur an der Wahrheit interessiert.«

»Die Wahrheit ist, dass du nicht ertragen kannst, wenn andere glücklich sind. Du gehst durch die Welt und musst jedes Glück, das dir begegnet, zerstören, nur weil du selbst keins hast. Und wenn dich einer abblitzen lässt, rächst du dich an ihm bis an dein Lebensende.«

»Du musst es ja wissen.«

»Ja. Schon vergessen?«

Silke wurde puterrot. »Du bist so selbstgefällig. Das ist zum Kotzen.«

»Kleiner Tipp von mir: Kauf dir mal ein nettes Kleid, dann klappt's auch mit den Männern.«

Wütend sprang Silke auf. »Du Arschloch!«, rief sie erbost und kippte ihm ihr volles Glas Rotwein ins Gesicht.

Erschrocken schnappte Leonard nach Luft und sah mit verzerrter Miene an sich hinab.

»Schönen Abend noch.« Silke griff nach ihrer Tasche und verschwand mit zackigen Schritten hinter der Hausecke.

Evelyn blickte ihr ungläubig hinterher. »Was ist denn jetzt los?«

»Silke!« Jana lief ihr nach und fand sie vor dem Haus, wo sie ihr Fahrrad aufschloss. »Was ist eigentlich los mit euch? Warum geratet ihr immer aneinander? Warum lässt du dich von ihm provozieren? Ich kapier das nicht. Erklär es mir bitte mal.«

»Da gibt es nichts zu erklären. Ich hab was gegen Machos, und er gegen selbstbewusste Frauen. Das ist das ganze Geheimnis. Aber lass dir nicht den Abend verderben. Tschau.« Silke stieg auf und düste davon.

Jana schüttelte verständnislos den Kopf und ging wieder zu den anderen.

Leonard war damit beschäftigt, sein Gesicht mit einer Serviette abzuwischen.

»Du hast dich kein bisschen verändert!«, fauchte sie ihn an.

»Hallo? Wer hat denn den Wein im Gesicht?«

»Ja! Zu Recht!«

Leonard warf die Serviette auf den Tisch. »Ich wollte sowieso gehen.«

»Wann werdet ihr endlich erwachsen?«, seufzte Helen. Sie erhob sich, um Leonard ins Haus zu begleiten.

»Bemüh dich nicht, Helen. Ich fahre doch lieber ins Hotel.«

»Okay. Wie du willst.«

Leonard hob kurz die Hand zum Abschied und verschwand.

»Da hast du unseren Verein ja gleich von der richtigen Seite kennengelernt«, sagte Philip zu Evelyn.

»Normalerweise vermeiden wir es, die beiden zusammen einzuladen. Sie versauen uns jede Party«, kommentierte Thorsten.

»Reicht das als Inspiration für deinen Roman?«, fragte Helen Evelyn.

»Hm, also, dass zwei sich streiten, ist ja noch nichts Besonderes. Aber mir scheint, dass noch mehr dahintersteckt als nur die Tatsache, dass sie sich nicht leiden können. Nein, also, irgendwie …« Evelyn legte die Stirn in Falten. »Mich erinnert es an ein Stück von Shakespeare. Da gibt es auch so ein zänkisches Gespann. *Viel Lärm um nichts,* so heißt das Stück. Es wurde erst kürzlich auf den Städtischen Bühnen gespielt.«

Thorsten beugte sich interessiert vor. »Ja, und? Erzähl doch mal.«

»Also, sie, Beatrice, und er, wie heißt er gleich?«

»Benedikt«, sagte Jana. Sie kannte das Stück.

»Benedikt, genau. Benedikt und Beatrice jedenfalls, das sind auch so zwei Streithähne, genau wie unsere beiden hier. Jedes Mal, wenn sie sich über den Weg laufen, liefern sie sich eine verbale Schlacht, ganz zum Vergnügen ihrer Freunde übrigens, die sich köstlich darüber amüsieren.«

»Das kann man von uns nicht behaupten«, meinte Fred.

»Nein, im Gegenteil. Wir lassen uns jedes Mal die Laune verderben«, fügte Philip hinzu.

»Das lässt sich doch ändern«, sagte Thorsten.

»Genau. Wir sollten das gar nicht so ernst nehmen.«

»Passt auf. Es geht ja noch weiter«, fuhr Evelyn fort. »Also, die Freunde hecken einen Streich aus. Sie wetten, dass sie es schaffen, die beiden ineinander verliebt zu machen. Sie stecken Benedikt, dass Beatrice ihn heimlich liebt, das aber aus Angst vor seinem Spott niemals zugeben würde, und Beatrice sagen sie, dass Benedikt sie heimlich liebt, aber dass auch er das niemals zugeben würde, weil er ja weiß, dass sie nichts von ihm hält.«

»Klingt doch witzig. Läuft das Stück noch?«, fragte Philip.

Thorsten klopfte sich begeistert auf die Schenkel. »Witzig? Das ist genial!«

Helen blickte skeptisch drein. »In einem Stück mag das ja funktionieren. Da machen die Darsteller, was der Autor will. Aber wir befinden uns in der Realität. Und wir reden von Silke und Leonard.«

Genauso ist es, dachte Jana.

»Aber Helen«, meinte Philip, »wenn es dazu führt, dass dein Bruder und Silke wenigstens wie normale Menschen miteinander umgehen, wäre es doch einen Versuch wert.«

»Das denke ich auch«, stimmte Evelyn überzeugt zu.

Thorsten schien ganz aus dem Häuschen. »Ja, logisch wäre das einen Versuch wert.«

»Ich finde, das wäre nicht fair«, gab Fred zu bedenken.

Thorsten starrte ihn an. »Nicht fair? Wem gegenüber nicht fair?«

Eingeschüchtert blickte Fred zu Jana.

»Ach! Wegen Jana?«, rief Thorsten lauter als nötig aus.

»Wegen mir?« Jana warf Fred einen strafenden Blick zu, und der sank immer mehr in sich zusammen.

»Für Jana ist Leonard Vergangenheit«, stellte Thorsten mit Bestimmtheit fest.

»Ich kann für mich allein sprechen!«, fuhr Jana ihn an.

»Oh sorry.«

Jana straffte die Schultern. »Für mich ist Leonard Vergangenheit!«

Mit zufriedenem Lächeln legte Thorsten seine Hand auf ihre. »Sag ich doch.«

Jana zog ihre Hand weg und blickte Evelyn entschlossen an. »Also, was muss ich tun?«

Kapitel 5

Den Kopf voller Ideen, lehnte Evelyn am Sonntagmorgen in Freds bequemem Bett und malte sich in glamourösen Bildern aus, wie sie als neuer Stern am Autorenhimmel gefeiert wurde: *Nach einer unvergleichlichen Laudatio, die ihr schon die ersten Tränen in die Augen treibt, wird sie auf die Bühne gebeten, mit einer Geste der Fassungslosigkeit springt sie von ihrem Sitz in der ersten Reihe auf und stolziert erhobenen Hauptes auf die Bühne, wo alle Welt sie in ihrer eleganten Designerrobe bewundern kann. Gratulationen für ihr Jahrhundertwerk seitens der Moderatorin, dann wird er ihr überreicht: der Annette-von-Droste-Hülshoff-Preis. Das Publikum jubelt, trotz des Mikrofons kann ihre Stimme nichts dagegensetzen, erst nach Minuten gelingt es ihr, sich Gehör zu verschaffen. Unter Tränen der Rührung bedankt sie sich bei allen, die Pate für ihre Figuren gestanden haben, bei Richie, ihrem Noch-Ehemann, der ihre Gabe erkannt und seine Schauspielkarriere hintangestellt hat, um sich ihres gemeinsamen Sohnes anzunehmen; er und Benni winken ihr begeistert aus der ersten Reihe zu, sie bedankt sich beim Publikum für den Applaus, bei den unzähligen Lesern für ihr durchweg positives Feedback, sie bedankt sich bei Gott und der Welt. Beim Abgang wieder Tränen und Standing Ovations.*

Evelyn stieß einen zufriedenen Seufzer aus. Jetzt wurde es ernst, denn ihr Traum war in greifbare Nähe gerückt. Seit gestern hatte sie die zündende Idee für ihren Erstling. Das nichtssagende Geschreibsel, das sie bisher zu Papier gebracht hatte, war ein Fall für die Tonne. Jetzt begann ein neues Kapitel.

Eins war schon mal klar: der Schluss. Nach einem Haufen teils witziger, teils dramatischer Verwicklungen würden Silke und Leonard sich kriegen. Ein Happy End war ein Muss für eine Komödie. Die Leser sollten das Buch am Ende mit einem tiefen Gefühl der Zufriedenheit zuklappen und im besten Fall schon voller Spannung auf das nächste warten.

»Evelyn Niewöhner, Schriftstellerin«, probte sie ihren neuen Titel. Wie gut das klang!

Abrupt schoss sie in die Höhe. Nein, das ging nicht. Sie brauchte unbedingt ein Pseudonym. Richie, der faule Hund, sollte nicht von ihrem Erfolg profitieren. Er durfte erst nach der Scheidung erfahren, wer hinter ihrem Alias steckte. Und überhaupt musste sie alle Namen ändern. Am besten, sie fing schon mal damit an. Sie griff nach Block und Stift auf dem Nachttisch, die von heute an stets in greifbarer Nähe zu liegen hatten. Ideen waren ja so flüchtig, kaum aufgetaucht, waren sie schon wieder im Nirwana verschwunden.

»Zuerst die Protagonisten, unsere beiden Streithähne«, sprach sie ihre Gedanken vor sich hin. »Silke heißt Sylvia, Leonard, hm, Leonard könnte Lennert sein, Jana ist Jasmin und Thorsten Theo.« Sie schrieb die Namen auf, entschied aber, diese erst am Schluss auszutauschen, damit sie nicht durcheinanderkam. Nun zum Inhalt. Silke und Leonard, die beiden waren das Paar. Und Thorsten und Jana … Thorsten und Jana? Nein, das ging ja gar nicht. Jana war viel zu kess, viel zu intelligent für den Langweiler. Da musste ein anderer her, einer mit Sex-Appeal, ein aufregender Typ. Wie sie Thorsten in die

Geschichte einflechten konnte, würde sich schon noch ergeben. Als Nebenfigur taugte er mit seiner streitbaren Art allemal.

Der Duft von frisch gekochtem Kaffee zog Evelyn magnetisch an. Sie sprang auf, schlüpfte in ihre Schlappen und marschierte nur mit T-Shirt und Slip bekleidet in die Küche. Die Kaffeemaschine gluckste, der frisch gepresste O-Saft stand schon auf dem Tisch, und der Speck für das Rührei brutzelte in der Pfanne. Fred stand mit Schürze und Pfannenwender davor. Ihr Schatz war ein begnadeter Koch. In dieser Hinsicht ergänzten sie sich wunderbar, fand sie, denn mit gutem Essen kannte sie sich aus. Hm, wie herrlich das duftete.

Sie küsste ihn auf die Wange, nahm voller Elan das Besteck aus der Schublade, die Käseglocke aus dem Kühlschrank, die Teller aus dem Schrank und platzierte alles auf dem Tisch.

»Man kann die Türen auch leise schließen«, ermahnte Fred sie und demonstrierte es ihr, indem er in Zeitlupe und fast geräuschlos eine der Schranktüren öffnete und wieder schloss.

»Hab ich doch genauso gemacht.«

»Hast du nicht. Du hast sie mit einem Schubs zufallen lassen. Und das produziert ein Knallgeräusch.« Fred nahm ein Ei und schlug es in die Pfanne.

»Aber Fredi-Maus. Es ist halb zehn. Wen sollte das um diese Uhrzeit stören?«

»Mich stört es. Wie du weißt, ist das hier ein Altbau, und das bedeutet, dass die Wände dünn sind und die Decken aus Holz. Da hört man den kleinsten Laut.«

Evelyn zog ein beleidigtes Gesicht. Fred plagte eine fast neurotische Sorge, seine Nachbarn irgendwie stören zu können. Dabei waren die meistens um einiges rücksichtsloser, insbesondere die Studenten im Erdgeschoss. »Im Schlafzimmer stört es dich doch auch nicht, wenn es mal lauter wird.«

»Da ist es was anderes.«

»Ach so?«

»Unter mir wohnt die alte Frau Körner. Die ist schwerhörig. Aber direkt neben meiner Küche befindet sich die Küche meiner Nachbarn. Und die sind nicht schwerhörig.«

»Aber da wohnen doch nur Silke und Jana«, erwiderte Evelyn, während ihr ein genialer Gedanke kam.

»Ja eben.«

Evelyn nahm die Kaffeekanne, schenkte ein und setzte sich.

»Rührei?« Mit der Pfanne in der Hand setzte Fred sich zu ihr.

»Danke, ja.«

Fred verteilte das Rührei, stellte die Pfanne hin und betätigte den Toaster, während sich Evelyn weder fürs Rührei noch für den Kaffee oder den Vollkorntoast interessierte. Aus heiterem Himmel hatte sich soeben eine neue Chance aufgetan. Mit prüfendem Blick scannte sie den gesamten Raum, in dem sie sich natürlich bestens auskannte, den sie jedoch ab sofort unter einem völlig anderen Aspekt betrachtete, der nicht zu unterschätzen war: die Nähe zum Geschehen. Ein Tisch, ein bequemer Stuhl, eine hellhörige Wand – was brauchte sie mehr? Dann der Balkon, dicht neben dem der Nachbarn. Einfach perfekt!

Fred wandte sich um und folgte ihrem Blick zur Balkontür. »Das Fenster müsste auch mal geputzt werden.«

»Ph, ich will doch nicht dein Fenster putzen!«, platzte es aus Evelyn heraus. Doch kaum hatte sie die Worte ausgesprochen, merkte sie, dass das nicht besonders clever gewesen war. Selbstverständlich würde sie sein Fenster putzen. Wenn es dazu beitrug, sein Herz zu erweichen, Zugeständnisse zu machen, Verständnis für ihre Arbeit aufzubringen, sie gewähren zu lassen, einzusehen, wie wichtig es für sie war, natürlich putzte sie dann sein Fenster. Wie aber konnte sie ihn davon überzeugen, dass diese Küche, und *nur* diese Küche, der einzige geeignete Raum für die Arbeit an ihrem Roman war? Sie brauchte die Nähe zum Geschehen. Wie sonst sollte sie den

Verlauf der Geschichte mitverfolgen? Leider hatte Fred so seine Prinzipien. Unter der Woche duldete er sie nicht in seiner Wohnung, weil er volle Konzentration brauchte, wenn er an seinen Architekturmodellen bastelte. Mit etwas Geschick ließ sich das ändern, denn sie konnte nicht nur leise sein, sie konnte sich auch unsichtbar machen wie ein Mäuschen.

»Du hast ja recht«, räumte sie zuckersüß ein, »vielleicht hab ich die Schranktüren nicht ganz leise zugemacht.«

»Du hast sie geschubst.«

»Ich hab sie nicht geschubst, ich hab sie nur nicht bewusst leise zugemacht«, entfuhr es ihr verärgert, doch sie besann sich gleich wieder. So würde sie ihr Ziel nicht erreichen. »Normalerweise achte ich darauf. Ich weiß ja, wie sehr es dich stört, also achte ich darauf.«

Mit hochgezogenen Augenbrauen blickte Fred sie an, sagte aber nichts.

Evelyn stand auf, öffnete eine Schranktür und schloss sie genauso leise, wie Fred es ihr demonstriert hatte. Dasselbe tat sie mit der Kühlschranktür und der Besteckschublade. »Siehst du? So mach ich es normalerweise.«

»Ist mir noch nie aufgefallen.«

»Wie denn auch, wenn es nicht zu hören ist?«

Fred zuckte nur mit den Schultern und ließ sich sein Frühstück schmecken.

»Eigentlich ist die Wohnung perfekt aufgeteilt, finde ich«, begann Evelyn vorsichtig.

»Das Wohnzimmerfenster könnte kleiner sein, damit nicht so viel Licht reinfällt.«

»Ich meine räumlich gesehen. Dein Arbeitszimmer liegt am anderen Ende des Flurs, das heißt, wenn jemand hier in der Küche sitzt, während du in deinem Büro arbeitest, dann kommt man sich gar nicht in die Quere.« Evelyn pustete eine orangefarbene Strähne aus ihrer Stirn.

Fred hörte auf zu kauen und starrte sie an. »Worauf willst du hinaus?«

»Sieh mal, Fredi-Maus. Hier an diesem Tisch wäre für mich der ideale Platz zum Schreiben, natürlich nur vorübergehend, als Zwischenlösung gewissermaßen. Ich kann mich auf den Balkon setzen, und wenn es draußen ungemütlich wird, verziehe ich mich in die Küche. Perfekter geht es nicht. Hier bin ich mitten im Geschehen. Auch akustisch, meine ich.« Evelyn biss sich auf die Zunge. Die letzte Bemerkung war nicht sehr clever gewesen.

»Ach, jetzt verstehe ich. Du willst deinen Roman in meiner Küche schreiben, weil du meine Nachbarn hier besser belauschen kannst?«

»Wieso belauschen? Ich nutze deinen Balkon zum Schreiben. Weiter nichts. Dass die Balkone so dicht beieinanderliegen, dafür kann ich doch nichts. Ich habe das Haus nicht konstruiert.«

»Nein, nein, nein, schlag dir das aus dem Kopf. Du kannst dich hier nicht breitmachen. Ich bin den ganzen Tag zu Hause. Meine Wohnung ist mein Arbeitsplatz.«

»Wir können es doch wenigstens versuchen.«

»Aber ich kann nicht kochen, wenn dein Krempel hier rumliegt. Und wo soll ich essen?«

»Auf dem Küchentisch steht weiter nichts als mein Notebook. Und das kann ich jederzeit zusammenklappen. Und außerdem«, fuhr sie sanft fort, »hab ich überlegt, ob ich dir meinen ersten Roman widme. Also? Was sagst du?«

Evelyn vernahm ein unwilliges Murren ihres Gegenübers.

»Eine Woche. Testweise«, sagte Fred. »Und nur, wenn Benni bei seinem Vater bleibt.«

»Aber ihr beiden kommt doch prima klar.«

»Eben drum. Wenn er da ist, mach ich alles Mögliche, nur nicht arbeiten.«

Evelyn strahlte und warf ihm ein Küsschen zu. »Du bist ein Schatz.« Sie biss in ihren Käsetoast und überlegte, wie sie ihr neues Leben am besten organisieren konnte. Es war jedes Mal ein Drahtseilakt, mit Richie eine Vereinbarung für die Ferien zu treffen. Sie war heilfroh gewesen, als sie sich endlich darüber verständigt hatten, dass Benni ab morgen drei Wochen bei ihr und die letzten drei Ferienwochen bei ihm bleiben würde. Aber jetzt war ein Notfall eingetreten. Sie hatte gerade ihre schöpferische Phase, das musste er doch verstehen! Schließlich war er auch ein Künstler. Gewissermaßen. Jedenfalls, wenn er denn ein Engagement hatte. Leider fühlte er sich aus den Rollen, die ihm angeboten wurden, herausgewachsen. Er wartete auf die großen Charakterrollen und hoffte auf Neuverfilmungen von *Doktor Schiwago, Vom Winde verweht, Die Dornenvögel,* wobei er insgeheim schon die Texte von Juri, Rhett und Pater Ralph vor dem Spiegel probte. Die Drehbücher hatte er auch schon umgeschrieben, und seine waren um einiges besser als die alten Schmonzetten, fand er. Na ja, er konnte es sich leisten, solange sie ihm Unterhalt zahlte. Und genau deshalb war er ihr etwas schuldig.

Nach dem Frühstück holte sie ihr Handy, wählte seine Nummer und ging zurück in die Küche.

»Hallo Richie, wie geht's?«

»Evelyn? Was ist los?«

»Sag mal, kann Benni noch ein paar Tage bei dir bleiben?«

»Warum so plötzlich? Wir hatten eine Vereinbarung.«

»Ja, ich weiß. Aber du hast doch gerade kein Engagement, und da dachte ich …«

»Doch! Doch, ich hab ein Engagement.«

»Tatsächlich? Hast du die Rolle bekommen?« Sie hielt die Hand auf den Hörer und wandte sich verzückt an Fred, der gerade den Tisch abräumte. »Er hat für eine neue Krimiserie vorgesprochen.«

»Sie wollen mich haben, ich soll den Kommissar Beckstein spielen«, erklärte Richie.

»Das ist ja großartig! Wann gehen die Dreharbeiten los?«

»Sie haben ganz konkrete Vorstellungen von dem Typ, verstehst du?«

»Äh, nein, nicht ganz.« Evelyn stemmte die Faust in die Hüfte. Sie ahnte, was jetzt kommen würde.

»Ich sollte mir erst zehn Kilo anfressen.«

»Sollte? Wieso sollte? Das hast du doch nicht etwa abgelehnt?«

»Natürlich hab ich abgelehnt. Entweder sie nehmen mich so, wie ich bin, oder sie lassen es.«

Evelyn schnaubte vor Wut. »Sag, dass das nicht wahr ist.«

»Du weißt doch, wie das bei mir ist. Jedes Kilo macht sich im Gesicht bemerkbar.«

»Richie, du bist einen Meter sechsundachtzig groß und hast Idealgewicht, was machen da schon zehn lächerliche Kilo mehr aus?«

»Versteh doch, das ist als Serie angedacht, das Image als Kommissar Moppelchen werde ich nie wieder los. Und die Kilos auch nicht.«

»Fehlt nur noch, dass du sagst: Das sieht man doch an dir.«

»Leg mir nicht die Worte in den Mund. Das hab ich nicht gesagt.«

»Aber gedacht.« Evelyn schnappte nach Luft. Natürlich hatte er das gedacht. Er hatte immer was an ihrem Gewicht herumzunörgeln gehabt. Insbesondere wenn er sich mit ihr in der Öffentlichkeit zeigen musste. Aber so war das nun mal, wenn man ein Kind zur Welt brachte. Man legte ein paar Kilo zu. Je nach Veranlagung. Und sie war nun mal so veranlagt. »Jetzt bin ich aber neugierig, für welches grandiose Engagement du den Kommissar Beckstein sausen lässt.«

»Es ist ein Theaterprojekt. Du weißt, ich wollte immer ans Theater. Jetzt hab ich die Chance dazu.«

»Richie, meinetwegen kannst du die Elefantenkuh aus dem *Dschungelbuch* spielen, Hauptsache, die Gage stimmt. Ich kann und will dich nicht länger durchfüttern.«

»Das ist mal wieder typisch. Du bist praktisch Großgrundbesitzerin …«

»Ja. Und damit habe ich einen Haufen Verantwortung. Was ist jetzt? Kann Benni noch bei dir bleiben?«

»Ja, okay. Aber nur ein paar Tage.«

»Gut. Gib ihm einen Kuss von mir.« Evelyn legte auf. »Hat man so was schon gehört? Er lehnt die Rolle seines Lebens ab, weil er zehn Kilo zunehmen soll. Ich hätte damit kein Problem.«

Fred runzelte die Stirn und musterte sie, sagte aber nichts. Dann legte er ein Tab in die Spülmaschine. »Tja. Er kann sich seine Eitelkeit offenbar leisten.«

»Aber nicht mehr lange.« Ihr Pseudonym hatte jetzt höchste Priorität. Richie durfte auf keinen Fall von ihrer bevorstehenden Karriere als Schriftstellerin erfahren. Er wusste genau, wie er sich möglichst bequem durchs Leben schummeln konnte. Apropos Gewicht. »Sag mal, Fred, wie heißt das Fitnessstudio, in dem Silke arbeitet?«

»Irgendwas mit Fit. Wieso?«

Evelyn zog die Augenbrauen hoch. »Na, das hilft mir ja prima weiter.« Sie holte ihr Notebook aus dem Schlafzimmer, setzte sich damit an den Tisch, den Fred inzwischen abgewischt hatte, und googelte die Fitnessstudios im Ort. »MacFit?«

»Hm, weiß nicht.«

»Ladies' Fitness?«

»Kann nicht sein. Thorsten geht auch hin.«

»Fix und Fit?«

»Versuch es mal mit Fit & Fun. Aber warum willst du das wissen?«

Evelyn reagierte nicht auf die Frage, sondern surfte weiter im Internet. »Da ist es. Oh, là, là, nicht schlecht. Sauna, Solarium, Wassermassage, die haben sogar einen extra Lady-bereich. Probemonat neunzehn fünfundneunzig. Prima! Fredi-Maus, ab morgen bin ich sportlich.« Sie zupfte ihren Rock zurecht, schnappte sich die Zigarettenpackung und das Feuerzeug, ging hinaus auf den Balkon und steckte sich eine an.

Mit verschränkten Armen stellte Fred sich in die Tür und schwieg einen Moment. »Es ist nicht richtig.«

»Ein bisschen Sport kann nicht schaden.«

»Ich meine, dass du im Leben anderer herummanipulierst, nur, damit du eine Geschichte für deinen Roman hast.«

»Ich glaube, du überschätzt meinen Einfluss. Das Schicksal lässt sich nicht hinters Licht führen. Allerdings schadet es nicht, wenn man ihm manchmal etwas auf die Sprünge hilft.«

»Und was ist mit Jana?«

»Jana! Du hast sie doch gehört. Sie ist mit Leonard fertig. Die beiden passen auch gar nicht zusammen. Nein, nein, Silke und Leonard sind das ideale Paar.«

Fred seufzte. »Du machst weiter nichts als beobachten. Du mischst dich nicht ein, okay?«

»Natürlich nicht. Was denkst du von mir?«

»Und mich hältst du bitte aus allem raus.«

Evelyn sog den Rauch tief ein und lehnte den Kopf an die Wand. »Wie findest du Ella M. Carrington?«

»Wer soll das sein?«

»Das bin ich. Das ist mein Pseudonym.«

»Klingt amerikanisch.«

»Eben!« Zufrieden grinsend drückte Evelyn die Kippe aus. »Ella M. Carrington. Ein Name, den man sich merkt.«

Kapitel 6

Leonard verstaute seinen Kulturbeutel im Koffer und klappte den Deckel zu. Ihm reichte es endgültig mit Hotelzimmern, und er freute sich auf sein Zuhause. Auf diesen Moment hatte er lange gewartet. Der Bau der Wasserversorgungsleitungen hatte sich hingezogen, und aus den geplanten sechs Monaten waren schließlich mehr als acht geworden. Zum einen hatten sie das teils unzugängliche Gelände in den peruanischen Anden unterschätzt, zum anderen hatte die Unterstützung eines kompetenten Partners gefehlt. Ilona hatte bereits nach einem Monat die Flinte ins Korn geworfen, war zum Weihnachtsfest nach Hause geflogen und nicht zurückgekehrt. Seine Firma hatte es nicht für nötig befunden, einen Ersatz zu schicken; die peruanischen Kollegen seien ja auch noch da, hatte es geheißen, und so war die gesamte Verantwortung auf ihn abgewälzt worden.

Was Ilona anging, so hatte er geahnt, dass sie nicht lange durchhalten würde. Ohnehin hatte er sich gefragt, wie sie die Geschäftsleitung davon überzeugt hatte, ausgerechnet sie nach Peru zu schicken. Sie musste alle Register gezogen haben, denn für den Job gab es in ihrem Unternehmen mindestens zwei weitaus qualifiziertere Kollegen, die sich um ein Auslandsprojekt gerissen hätten. Doch jede Intervention seinerseits war zwecklos gewesen, die Geschäftsleitung hatte sich nicht umstimmen lassen.

Ilonas Interesse aber hatte weniger dem Projekt als seiner Person gegolten. Seit ihrem ersten Tag im Unternehmen war sie scharf auf ihn. Von Peru hatte sie sich wohl versprochen, dass er angesichts der engen Zusammenarbeit ihren Avancen nicht länger Widerstand leisten würde, ganz nach dem Motto: Gelegenheit macht Liebe.

Okay, da war mal was gewesen. Eine gemeinsame Nacht bei einem Betriebsausflug. Das gute Essen, der Wein, die super Stimmung, da war es eben passiert. Das war doppelt dumm von ihm gewesen, denn erstens war es den Kollegen nicht entgangen, und zweitens verkomplizierte es die Zusammenarbeit im Betrieb. Zumal für ihn klar war, dass es kein zweites Mal geben würde. Damit keine Missverständnisse aufkamen, hatte er bei nächster Gelegenheit deutlich gemacht, dass er an einer Beziehung kein Interesse hatte. Damit sei die Sache vom Tisch, hatte er geglaubt, doch Ilona hatte das nicht ohne Weiteres geschluckt.

Jana hatte er nie davon erzählt. Wozu auch? Es war vor ihrer Zeit gewesen und längst in Vergessenheit geraten.

Dank Silke hatte sie dann doch davon erfahren. Und woher die es wusste, war leicht zu kombinieren. Sein Kollege Karl, der Neidhammel, war zufällig Mitglied in dem Sportstudio, bei dem Silke arbeitete. Und der war bestens über alle Details informiert, denn Ilona schüttete ihm regelmäßig ihr Herz aus. Leonard hatte sich oft vorgestellt, wie Silke und sein Kollege zusammengluckten und sich über ihn ausließen. Nichts verband doch mehr als ein gemeinsamer Feind.

Wenige Tage vor seinem Abflug hatte Jana ihn zur Rede gestellt, wollte wissen, was genau da laufe mit Ilona und warum er es vor ihr geheim gehalten habe. Er hatte ihr versichert, dass es eine einmalige und für ihn unbedeutende Sache gewesen sei und er keinerlei Interesse an seiner Kollegin habe. Sie glaubte ihm, zunächst, bis sie von Silke dann noch erfuhr, dass Ilona ihn nach Peru begleiten würde. Es war natürlich ein Fehler gewesen, Jana nichts davon zu sagen, wie er bald feststellen musste. Klar, dass es aussah, als hätte er etwas zu verheimlichen. Dabei wollte er nur nicht noch mehr Staub aufwirbeln für eine Sache, die es nicht mal wert war, erwähnt zu werden.

Um Jana zu besänftigen, erfand er kurzerhand den Ehemann, der Ilona nach Peru begleiten würde. Das war seine größte Eselei. Er hätte sich doch ausrechnen können, dass Silke auch wieder dahinterkommen würde, dass niemand außer ihm Ilona begleitete. Das war es dann. Jana war für ihn nicht mehr erreichbar, sie blockte ab, ließ sich verleugnen, stellte sich taub und verabschiedete sich nicht einmal von ihm. Und ohne Abschied abzureisen, war bitter. Wäre er nicht davon überzeugt gewesen, dass es sich spätestens Weihnachten wieder einrenken würde und dass diese dumme Geschichte ihre gefestigte Beziehung nicht zerstören konnte, dann hätte er seinen Flug möglicherweise sogar gecancelt. Janas Ticket nach Cusco war zu dem Zeitpunkt längst gebucht. Es war sein vorgezogenes Weihnachtsgeschenk für sie, und sie hatte sich unglaublich auf die zehn gemeinsamen Tage in Peru gefreut.

Er hatte nicht aufgehört zu hoffen, dass sie doch noch plötzlich in der Hotellobby stehen und nach ihm fragen würde. Doch sie war nicht gekommen. Und irgendwann, als keine Antwort auf seine Briefe kam, als sie seine Anrufe wegdrückte und ihn bei Facebook entfreundete, da hatte er endgültig begriffen, dass sie nichts mehr von ihm wissen wollte.

Er verstand ihre Wut sogar. In den zwei Jahren ihrer Beziehung hatte es nie Geheimnisse zwischen ihnen gegeben, sie hatten einander absolut vertraut. Doch er konnte nicht glauben, dass es aus sein sollte. Er liebte sie immer noch, und sie musste ihm eine zweite Chance geben! Das war sie ihm schuldig.

Er hob den Koffer vom Bett, ging hinunter an die Rezeption und zahlte für die beiden Nächte, die er sich hier einquartiert hatte. Um neun Uhr war er mit Nathalie, seiner Untermieterin, in seinem Apartment verabredet, um sich die Schlüssel geben zu lassen. Es war gerade acht, doch er hatte keine Lust, noch länger hier herumzuhängen. Mit dem bescheidenen Frühstücksbüfett hatte er gestern bereits Bekanntschaft geschlossen, deshalb verzichtete er heute. Er träumte von Ciabatta, Oliven, Schinken, Mozzarella, von eingelegten Paprika und Champignons, von einem fürstlichen Antipasti-Teller. Die italienische Küche war eins der Dinge, die ihm schmerzlich gefehlt hatten. Außerdem sein alter Benz, den er in Helens Obhut gegeben hatte, seine Plattensammlung und natürlich Jana.

Die wenigen Straßen bis zu seinem Apartment lief er zu Fuß, stattete unterwegs dem Supermarkt einen Besuch ab und deckte sich fürs Frühstück ein. Schließlich erreichte er den Kirchplatz mit dem alten Baumbestand und den im Halbkreis angeordneten Fachwerkhäusern, die vor Jahren nach und nach saniert worden waren. Er hatte das Glück gehabt, in einem davon ein Apartment unterm Dach zu bekommen, kleiner Balkon und Blick auf die Kirche inklusive.

Der Hibiskus neben dem Eingang blühte in kräftigem Blauviolett, darunter wucherten pinkfarbene Buschrosen. Zusammen mit der blau lackierten Holztür boten sie das Bild einer ländlichen Idylle. Leonard mochte eine üppige Flora. Er hätte große Freude an einem eigenen Garten gehabt, und eines Tages würde er einen haben. Zusammen mit Jana.

Er blickte auf das Klingelschild und war doch tatsächlich ein wenig aufgeregt. Nach so langer Zeit würde er gleich wieder in seinen eigenen vier Wänden stehen. Der Türdrücker summte, er ging ins Haus und trug seinen Koffer und den Einkauf hinauf.

»Hey, du bist schon da?«

Vor ihm stand die junge Studentin mit verdutztem Gesichtsausdruck. Sie trug nur einen Slip und ein weites T-Shirt, das lockige Haar war zerzaust und die Mascara verwischt. Bei diesem Anblick fiel Leonard sofort seine eigene Studentenzeit ein, die Saufgelage, die oft bis zum frühen Morgen gedauert hatten, die Unordnung, die vielen oberflächlichen Kontakte. Zum Glück war das lange her.

»Ich hatte mich doch angekündigt.«

»Ist es schon so spät? Komm doch rein. Habe schon mit Aufräumen angefangen.«

Leonard ließ den Koffer im Flur zurück und ging weiter in den Wohnbereich. Dort verschlug es ihm die Sprache. Es sah aus, als hätte eine Bombe eingeschlagen. »Was ist denn hier passiert?«

»Shit«, sagte Nathalie und verzog den Mund. »Eigentlich sollte alles aufgeräumt sein, wenn du kommst. Bist irgendwie eine Stunde zu früh.«

»Das scheint mir auch so.« Leonard blickte sich um, starrte ungläubig auf den Küchenbereich, wo ein kleines Vermögen in Form von Flaschenpfand herumstand, ließ den Blick weiterwandern auf die von Wäsche übersäte Couch und auf den Boden, auf dem Nathalie offenbar ihr Nachtlager aufgeschlagen hatte.

»Oh, shit.« Nathalie blickte entschuldigend auf die Matratze und das zerwühlte Bettzeug. »Die Glocken sind der Horror, wie kannst du dabei schlafen, ich meine, die läuten jede Stunde, bumm, peng, bumm, sogar nachts, und wenn sie zur Messe läuten, hören sie gar nicht mehr auf; da haben wir einfach die Matratze rübergeholt und hier gepennt; da ist ja auch der Fernseher und so, also echt voll gemütlich, kannste ja mal ausprobieren.«

Leonard spürte, wie Ärger in ihm aufstieg. Auf so einen Empfang war er nicht vorbereitet. Er hatte sich bewusst für eine

Frau als Untermieterin entschieden, weil er aus Studienzeiten wusste, wie männliche Hausgenossen es allgemein mit der Hausarbeit hielten. Und jetzt das hier! »Zieh dir erst mal was an«, sagte er missmutig und suchte einen freien Platz, wo er seine Einkäufe abstellen konnte.

Nathalie kramte in den Sachen auf der Couch herum. »Aber deine Platten haben wir nicht angerührt. Echt nicht. Und geraucht haben wir nur draußen.« Sie klemmte ein paar Klamotten unter den Arm und huschte mit schuldbewusster Miene an ihm vorbei in Richtung Bad.

Leonard warf einen Blick auf das Regal, in dem er seine Plattensammlung fein säuberlich nach Interpreten sortiert aufbewahrte. Wie es aussah, war sie tatsächlich unversehrt. Er hatte es zur Bedingung gemacht, dass sie die Finger davon ließ und dass in der Wohnung nicht geraucht wurde. Er hätte noch weitere Bedingungen stellen sollen, zum Beispiel, dass das Leergut regelmäßig weggebracht und am besten überhaupt keine Partys hier gefeiert wurden. Aber wer konnte denn so was ahnen? Er hätte sich nicht gewundert, wenn er da von den Nachbarn noch was zu hören bekam.

So sah es also aus, wenn man ein gutes Werk tun wollte. Ein Bekannter aus dem Badmintonverein hatte zufällig eine Bleibe für seine Nichte gesucht, die letzten Herbst ihr Studium hier beginnen wollte. Er hatte ihm Nathalie als »anständig« und »ordentlich« beschrieben. Also hatte Leonard sich breitschlagen lassen und gedacht, dass grundsätzlich nichts dagegensprach, wenn sich jemand um Blumen, Treppenhausreinigung und so weiter kümmerte. Doch an den Zweigen seiner einst üppigen Birkenfeige hingen nur noch ein paar traurige Blätter, und auch die anderen Pflanzen konnte er komplett entsorgen.

Er stieß einen tiefen Seufzer aus, schob ein paar leere Bierflaschen auf der Arbeitsfläche zusammen und stellte die Einkaufstüte daneben. Eigentlich hatte er sich vorgestellt, dass sie noch ein halbes Stündchen zusammensitzen, einen Kaffee trinken und ein bisschen plaudern würden, das aber hatte sich definitiv erledigt. Er wollte so schnell wie möglich allein sein.

Nathalie kam aus dem Bad.

»Du, ich hätte nichts dagegen, wenn du deinen Kram zusammenpackst und gehst. Ich muss das hier erst mal verdauen.«

»Shit, du bist sauer, oder?«

Leonard ärgerte sich über die naive Frage und reagierte entsprechend ungehalten. »Natürlich bin ich sauer. Also, mach hin.«

»Ja, ist ja gut.« Trotzig fing sie an, ihre Sachen, die sie aus allen Ecken zusammenholte, in einen großen Rucksack zu stopfen, und setzte ihn auf. »Und du bist sicher, dass ich nicht helfen soll?«, fragte sie im Hinausgehen.

»Halt, warte.« Er sammelte einige leere Pizzakartons ein und drückte ihr den Stapel in die Hand. »Mülltonnen stehen im Hof. Und tschüss.«

Nathalie verzog den Mund und verließ vollbepackt das Wohnzimmer. In der Tür drehte sie sich noch mal um. »Ach so, die letzte Miete hab ich noch nicht gezahlt, aber wenn du die Flaschen wegbringst, das müsste in etwa hinkommen.«

»Sag mal, geht's noch?« Er warf Nathalie einen finsteren Blick zu. Die verzog sich ohne ein weiteres Wort und ließ die Tür ins Schloss fallen.

Leonard blieb mitten in dem Chaos zurück. Er öffnete die Balkontür, trat hinaus und traute auch hier seinen Augen nicht. Mehrere leere Bierkästen stapelten sich an der Wand, in einer Ecke stand ein altersschwacher Grill und auf dem Tisch ein von Kippen überquellender Blumentopf. Okay, sagte er sich, es war ein Fehler gewesen und würde nicht wieder vorkommen. Er hatte keine Lust, sich den Tag verderben zu lassen, krempelte die Ärmel hoch, legte eine Platte von Dire Straits auf, machte sich mit Eifer an die Arbeit und konnte sich zwei Stunden später endlich an den gedeckten Tisch setzen.

Während des Frühstücks blätterte er die Zeitung durch, las hier und da die Schlagzeilen, stellte aber schnell fest, dass ihn nichts sonderlich interessierte. Seine Gedanken kreisten mal wieder um Jana. Konnte es wirklich sein, dass sie seine Briefe nicht einmal geöffnet hatte?

Sein Blick fiel auf die Couch, wo das Geschenk für sie lag. Es war ein Pullover aus Alpaka in ihren Lieblingsfarben Grün und Rosa, dazu passende Socken, weil sie im Winter so leicht kalte Füße bekam. Er hatte die Sachen auf dem Weihnachtsmarkt in Cusco entdeckt und sofort an sie denken müssen. Genau genommen hatte er unentwegt an sie gedacht. An diesem Tag jedoch ganz besonders intensiv. Auf dem zentralen Platz der Stadt, der Plaza de Armas, hatten sich an Heiligabend die Indios, die aus allen Bergregionen angereist waren, versammelt und an Ständen oder auf Decken ihre Handarbeiten angeboten. Bei angenehmen zwanzig Grad wurde gefeilscht, gelacht, getanzt, gegessen und getrunken, ein Trio spielte Panflötenmusik – es war ein unvergessliches Erlebnis, und es hätte Jana gefallen.

Aber anstatt Hand in Hand mit ihr über den Markt zu schlendern und die einmalig schöne Atmosphäre zwischen all den fröhlichen Menschen zu genießen, war er allein umhergetrottet, ohne Ziel, ohne rechtes Interesse an irgendwas, und er hatte sich nie einsamer gefühlt.

Dass er vorgestern ausgerechnet in die Grillparty platzen musste, wo Silke und Thorsten ihn prompt mit ihrer Feindseligkeit empfangen hatten, war Pech gewesen. Er hätte Jana lieber allein getroffen, zwei, drei Tage nach seiner Ankunft, wenn er sich vom Jetlag erholt hatte und richtig zu Hause angekommen war. Er war sicher, dass sie ihm die Chance gegeben hätte, mit ihr zu reden. Aber so hatte sich Silke, die eifersüchtige Kratzbürste, mal wieder eingemischt und diese Chance vereitelt.

Immerhin sah es nicht so aus, als hätte Jana einen Neuen. Thorsten hatte sich als ihr Beschützer aufgespielt, doch Thorsten war ein Blender. Dass Jana sich auf ihn einließ, traute Leonard ihr nicht zu.

Er trank den letzten Schluck Kaffee und räumte den Tisch ab. Dann wickelte er das Geschenk für Jana in Papier und verstaute es in seinem Rucksack. Sie hatte gerade Urlaub und plante, die Idee von ihrem Kinderladen in die Tat umzusetzen, wie er bei dem Grillfest erfahren hatte. Jetzt konnte er wiedergutmachen, was er verbockt hatte, konnte sie in allem unterstützen, wollte an ihrer Seite sein. Das und noch viel mehr würde er ihr gerne sagen. Mit etwas Glück würde er sie allein zu Hause antreffen. Jetzt musste er erst mal den Bus nehmen, seinen Wagen bei Helen abholen und bei der Gelegenheit die Kids begrüßen. Er war schon neugierig auf die beiden Racker. Helen hatte ihn regelmäßig mit Fotos versorgt, sodass er ihre Entwicklung ein wenig mitverfolgen konnte.

»Ich werde ihn vermissen«, sagte Helen, als sie Leonard schweren Herzens den Schlüssel für seinen Mercedes-Benz übergab. »Mit zwei Kindern ist ein Zweitwagen einfach unbezahlbar.«

»Du kannst ihn jederzeit haben. Gib mir nur rechtzeitig Bescheid. Ich kann das Fahrrad oder auch den Bus nehmen.«

»Das ist lieb. Philip hat die Kindersitze rausgenommen und einmal durchgesaugt. Aber wundere dich nicht, wenn die Ritzen voller Kekskrümel sind.«

»Macht nichts. Wo sind sie denn, die Kleinen?«

»Im Garten.«

Leonard ging durchs Wohnzimmer hinaus auf die Terrasse. Geschützt durch einen Sonnenschirm, saß Selma im Sandkasten und versuchte sich am Kuchenbacken. Finn kniete vor einer beachtlichen Sandburg, in die er offenbar einen Tunnel grub. Beide waren so sehr in ihr Spiel vertieft, dass sie nicht bemerkten, wie Leonard sich ihnen näherte. Erst als er Hallo sagte, blickten sie auf, Selma mit erstaunten großen Augen, Finn mit breitem Grinsen.

»Leonard!«, rief er. »Guck mal, was ich gebaut habe. Das ist meine Burg, und hier sollen die Autos durchfahren.«

»Wow. Das sieht ja phänomenal aus!«

»Hilfst du mir bei dem Tunnel? Gestern ist mir die ganze Burg zusammengekracht.«

»Oh. Dann müssen wir wohl ganz vorsichtig buddeln. Du gräbst von der einen Seite, ich von der anderen. Und in der Mitte reichen wir uns die Hände, okay?«

Das schien Finn aufrichtig zu freuen. Leonard kniete sich in den Sand und baute zusammen mit Finn an der Burg weiter, buddelte Tunnel, backte Sandkuchen für Selma und bewunderte die Begeisterungsfähigkeit dieser beiden kleinen Wesen. Wie wenig es doch bedurfte, um Kinderaugen zum Leuchten zu bringen, ging es ihm durch den Sinn, und mit einem Mal konnte er fast körperlich nachempfinden, was Jana ihre Arbeit bedeutete. Und er stellte sich vor, wie es heute sein würde, wenn er geblieben wäre, den Flug gecancelt und den Job in Peru abgesagt hätte. Um bei ihr zu sein. Um seine Beziehung zu retten. Das war eine bittere Erkenntnis.

Er hatte sich eingeredet, dass er keine Wahl hatte, dass nur er für den Job infrage gekommen war. Das aber stimmte nicht. Sein Ehrgeiz war sein Motor gewesen, damit hatte er alle Bedenken ausgeblendet und sogar Jana angelogen. Er hatte nach Peru gewollt, um jeden Preis, und hatte in Kauf genommen, dass er Jana enttäuschen musste, dass seine Beziehung daran zerbrechen würde.

»Ich kann deine Finger anfassen!«, kreischte Finn los.

Selma erschrak und fing an zu weinen. Da kam auch schon Helen, nahm die Kleine auf den Arm und beruhigte sie.

»Schönen Gruß von Papa«, sagte sie. »Er fragt, ob du einen Karton Wein bei Thorsten abholen und ihm bringen kannst. Er hat doch nächsten Sonntag Geburtstag.«

Leonard stand auf und fegte mit den Händen den Sand von der Hose. »Hm, eigentlich habe ich noch was vor.«

»Na komm, unsere Eltern wollen dich sicher sehen nach so langer Zeit. Ich habe Thorsten schon angerufen, er hat den Karton bereitgestellt, du musst ihn also nur abholen.«

Leonard verzog den Mund.

»Willst du zum Friseur, oder was hast du vor?«, fragte Helen.

»Zum Friseur müsste ich auch mal. Aber heute will ich zu Jana.«

»Zu Jana? Aber was willst du von ihr?«

Leonard druckste herum. »Ich will ihr was geben. Außerdem …«

»Außerdem was?«

»Vielleicht wäre es angebracht, mich bei ihr zu entschuldigen. Es ist ja ein bisschen blöd gelaufen am Samstag. Ich weiß, es ist keine Entschuldigung, aber ich hatte einen verdammt harten Tag hinter mir.«

»Ehrlich, Leonard? Ich finde, du solltest dich bei Silke entschuldigen, nicht bei Jana.«

»Soll das ein Witz sein?«

»Ganz und gar nicht. Du bist ihr gegenüber immer so fies! So kenne ich dich sonst gar nicht. Sie hat doch auch ihre Probleme. Und du triffst sie immer zielsicher an ihrer empfindlichsten Stelle.«

»Du weißt doch, was Mama immer gesagt hat: Wer austeilt, muss auch einstecken können. Silke teilt ordentlich aus, aber einstecken kann sie nicht. Sie steht wütend auf und verschwindet. Und ich bin dann der Bösewicht.«

Finn schob sein Plastikauto auf der einen Seite in den Tunnel und holte es auf der anderen wieder heraus. Seine Augen leuchteten vor Freude. Leonard verabschiedete sich von ihm und ging aufs Haus zu. Mit Selma auf dem Arm begleitete Helen ihn.

»Wohnt Jana noch bei Silke?«

»Ja, sie wohnt da noch. Aber willst du meine Meinung hören?«

»Bin mir nicht sicher.«

»Lass sie in Ruhe. Es war nicht einfach für sie, weißt du.«

»Ja, das weiß ich.«

»Eure Trennung war für uns alle ein Schock. Ihr wart immer so was wie ein Traumpaar, da passte einfach alles, und jeder hat gedacht, dass euch nichts auseinanderbringen würde.«

»Genau genommen hat es eine Trennung nie gegeben. Jana war wütend und hat sich eine Auszeit genommen, okay, das verstehe ich, aber das muss nicht heißen, dass unsere Beziehung vorbei ist. Wir müssen miteinander reden. Mehr will ich doch gar nicht, die Chance auf ein Gespräch. Ohne Silke!«

Helen zuckte mit den Schultern. »Dann versuch dein Glück.«

Mit einem Sack voller Schuldgefühle stieg Leonard in seinen Benz und fuhr los.

Kapitel 7

Jana stand in der Küche und versuchte sich zu erinnern, welche Teesorte Jörg am Morgen bevorzugte. Er war ein passionierter Kräuterteetrinker, Kaffee lehnte er rigoros ab. In den letzten Monaten ihrer gemeinsamen Zeit hatte er ihr quasi jeden Morgen ihren leckeren Cappuccino madig gemacht und ihr einen Herzinfarkt mit spätestens dreißig vorausgesagt. Demnach hatte sie noch zwei Jahre Zeit, ihren Kaffee zu genießen.

Ihn bei seiner Meditation zu stören, um nach der Teesorte zu fragen, war völlig ausgeschlossen. Er konnte ziemlich ungenießbar werden, wenn man ihn wegen einer Lappalie aus seinen hochgeistigen Übungen riss. Die Frage erledigte sich ohnehin, als Jana die dürftigen Bestände inspizierte. Mangels Auswahl griff sie zur Pfefferminzteepackung. Sie war ziemlich sicher, dass getrocknete Kräuter bei richtiger Lagerung nicht verderben würden, und ignorierte das zwei Jahre zurückliegende Haltbarkeitsdatum.

Sie stellte den Wasserkocher an und suchte die Zutaten für das Müsli zusammen, während sie sich den gestrigen Abend in Erinnerung rief. Sie hatte lange keine so harmonischen Stunden verlebt. Nicht eine Minute lang hatte sie bereut, ihn eingeladen zu haben. Im Gegenteil. Es tat so gut, sich die Sorgen von der Seele zu reden, jemanden zu haben, der ihr mit Interesse zuhörte und die Dinge aus einer objektiven Perspektive betrachtete. Quasi lückenlos hatte sie ihm alles Erwähnenswerte aus den letzten drei Jahren berichtet, von ihrem spontanen Entschluss, nach Bielefeld zu ziehen, von der Beziehung mit Leonard, von dessen Job in Peru, von ihrer Trennung und schließlich seiner Rückkehr auf der gestrigen Grillparty. Es war bewundernswert, wie schnell Jörg den Kern eines Problems erfasste und immer sofort einen Rat auf Lager hatte, manchmal sogar einen umsetzbaren.

Irgendwann zu später Stunde hatte sie gespürt, dass es Zeit fürs Bett war. Die Sinne vom Wein vernebelt, von der romantischen Atmosphäre und seiner einnehmenden Art verzaubert, hätte sie um Haaresbreite zugelassen, dass er sich in ihrem Bett breitmachte. Er wolle nur ein bisschen kuscheln, hatte er gebettelt, doch in einem klaren Moment der Einsicht hatte sie die Reißleine gezogen und ihn freundlich, aber bestimmt auf die Couch im Wohnzimmer verwiesen, woraufhin er mit einem Schmollmund das Bettzeug entgegengenommen und sich verzogen hatte. Er war eben doch nur ein Mensch, der nicht über jeglichen Gefühlen stand.

Jetzt, wieder bei klarem Verstand, konnte Jana nur sagen: Glück gehabt! Noch mehr Komplikationen konnte sie in ihrem Leben derzeit wirklich nicht gebrauchen.

»Einen wunderschönen guten Morgen.« In Sportschuhen und Joggingoutfit betrat Silke die Küche. Sie zählte zu der glücklichen Gruppe von Menschen, die stets ausgeschlafen und voller Tatendrang in den Tag starten, egal, wie kurz die Nacht war. Flüchtig kam Jana der Gedanke, ob Jörg nicht ein Kandidat für Silke sein könnte, denn die geistige Wachheit und die körperliche Fitness hatten sie auf jeden Fall gemeinsam.

Silke steuerte das Radio an und drehte es lauter.

»Oh, lieber nicht«, schritt Jana ein. »Jörg meditiert.«

Silke drehte die Lautstärke wieder runter. »Oh, sorry. Hab ganz vergessen, dass wir Besuch haben. Und, wie ist er so? Habt ihr euch gut unterhalten?«

»Ja, es war echt nett. Wir haben bis zwei Uhr gequatscht, und nie sind uns die Themen ausgegangen.« Jana setzte sich an den Tisch, griff nach einem Messer und nahm sich einen Apfel vor.

Silke lehnte sich an die Küchenzeile und beobachtete Jana beim Apfelschälen. »Worüber redet man denn so mit seinem Ex? Darüber, wie super der Sex mal war? Trauert man gemeinsam alten Zeiten nach? Oder spricht man ehrlich an, was besser hätte laufen können?«

»Mit Jörg kann ich offen über alles reden; er ist wie ein Freund, fast wie ein Therapeut.«

»Du redest mit ihm über deine Probleme mit Leonard?«

»Ich habe keine Probleme mit Leonard.«

»Ja, schon gut. Dann eben generell über deine Probleme?«

»Ja, warum nicht? Jörg ist so … ja, so ganz ohne Hintergedanken.«

»Mit meinem letzten Ex würde ich nicht mal übers Wetter reden wollen. Sollte ich ihm zufällig mal begegnen, was zum Glück noch nie vorgekommen ist, aber wenn, dann wechsle ich garantiert die Straßenseite.«

Jana grinste. »Falls er dir nicht zuvorkommt, meinst du?«

»Hey, nicht frech werden, Kleine. Du kennst ihn doch gar nicht.«

»Nein, ihn nicht.«

»Aber mich, hm? Weißt du was? Nur weil ich Leonard nicht ausstehen kann, heißt das nicht, dass ich nicht auch ziemlich nett sein kann. Kommt immer auf den Mann an. Ich hab einfach noch nicht den Richtigen gefunden.«

Jana hatte schon überlegt, wie sie die Brücke zu ihrem Auftrag schlagen konnte. Das war jetzt die passende Gelegenheit. Nach wie vor fand sie, dass das Shakespeare-Spielchen eine Schnapsidee war. Aber bitte, sie hatte ihr Versprechen gegeben, und das würde sie nicht brechen. Wenn irgendjemand es tatsächlich schaffen sollte, Silke und Leonard zu verkuppeln, würde sie ihr gesamtes letztes Kita-Gehalt inklusive Urlaubsgeld an den Verein unfreiwilliger Singles spenden. Sofern es den gab.

»Und wie muss er sein, der Richtige?«

Silke schnappte sich einen Apfel, biss hinein und überlegte einen Moment. »Also, eigentlich weiß ich nur, wie er nicht sein soll.«

»So wie Leonard, nehme ich an?«

»Ja, das könnte es ziemlich genau treffen.«

Jana hielt mit dem Apfelschneiden inne und setzte eine mitleidige Miene auf. »So richtig unglücklich verliebt war ich noch nie. Ich stelle es mir grausam vor. Ich meine, da liebst du jemanden von ganzem Herzen und traust dich nicht, das zuzugeben, weil du glaubst, dass deine Liebe nicht erwidert wird, schlimmer noch, weil du weißt, dass du ausgelacht wirst, wenn du sie gestehst. Was für ein hartes Los.« Jana gab sich gedankenversunken und schüttelte den Kopf.

Silke hörte auf zu kauen. »Jana? Alles in Ordnung?«

Jana musste sich insgeheim loben. Ihre Darbietung schien zu überzeugen. Vielleicht sollte sie sich für eine Theatergruppe anmelden. »Er tut mir so unendlich leid.«

»Jana, wovon redest du? Wer tut dir leid?«

Mit großen Augen blickte Jana Silke an. »Na, Leonard.«

Silke runzelte die Stirn. »Leonard? Leonard ist unglücklich verliebt? In wen? In diese Ilona?«

»Doch nicht in Ilona! In dich, Silke, in dich ist er verliebt!«

Silke starrte sie einen Moment an, dann prustete sie los.

»Du lachst. Aber hast du dich noch nie gefragt, warum er so empfindlich auf dich reagiert?«

Nach und nach beruhigte Silke sich. »Weil er mich nicht leiden kann?«, bemerkte sie sarkastisch.

»Nein, Silke. Am Samstag, nachdem ihr euch mal wieder gezofft hattet, da ist es mir klar geworden. Ich bin mir ziemlich sicher, dass er in dich verschossen ist. Hast du ihm irgendwann mal vor meiner Zeit eine Abfuhr erteilt? Vielleicht traut er sich deshalb nicht, dir seine Liebe zu gestehen.«

»Leonard ist ganz sicher nicht der Typ, der sich irgendwas nicht traut.«

»Er ist vor allem nicht der Typ, der gern eine Abfuhr kassiert. Und es würde mich nicht wundern, wenn es dir genauso geht.«

In Silkes Gesicht zeichnete sich Verärgerung ab. »Ich soll Leonard lieben? Jetzt bist du völlig übergeschnappt.«

»Hallo Silke.« Jörg war plötzlich lautlos in der Tür aufgetaucht. Groß und schlank, wie er war, auf nackten Füßen wie einst Jesus, im hellen Leinengewand, das blonde Haar über seine Schultern drapiert, sah er so heilig aus, dass selbst Jana für einen Moment die Luft wegblieb.

Jörg faltete die Hände vor seinem Bauch und lächelte sanft, während er Silke von oben bis unten eingehend musterte. »Sportlich, schlank, intelligent, nehme ich an. An deinem Äußeren kann es nicht liegen.«

Silke zog die Augenbrauen hoch.

»Jana hat mir von deinem Problem mit Männern erzählt, speziell mit diesem einen Mann.«

Silke warf Jana einen strafenden Blick zu; diese griff mit Unschuldsmiene nach der Müslipackung.

»Nein, Silke, nimm es Jana nicht übel. Es ist gut, dass es mal raus ist. Wir können darüber reden, wenn du willst.«

Silke zögerte einen Moment, dann richtete sie sich auf und warf den Rest des Apfels in den Mülleimer. »Vielen Dank, vielleicht ein andermal. Ich geh jetzt joggen.« Sie verließ den Raum, nicht ohne Jana vorher noch einen finsteren Blick zuzuwerfen.

Jana fühlte sich wie eine Verräterin. Dass Jörg aber auch gleich mit der Tür ins Haus fallen musste! Hatte er denn überhaupt kein Taktgefühl? Immerhin hatte er ihr noch die Zeit gelassen, ihren Shakespeare-Auftrag zu Ende zu führen, bevor er in die Küche geschlichen kam. Niemand von ihren Freunden konnte ihr vorwerfen, nicht ihr Bestes gegeben zu haben. Silke hatte wie erwartet mit Sarkasmus reagiert, damit war die Sache wohl vom Tisch.

Jörg grinste sie breit an und setzte sich ihr gegenüber. »Wie – kein Kaffee?«

»Du trinkst Kaffee? Aber ich dachte …«

»Ja, ich weiß, ich habe Kaffee verteufelt. Aber weißt du, ich sage mir immer: Höre niemals auf zu lernen. Es gibt ja so unglaublich viele Dinge, die wir lernen können. Und heute weiß ich, es ist alles eine Frage der Einstellung. Wenn du denkst, Kaffee schadet dir, dann schadet er dir. Zuerst ist immer der Gedanke da, dann erst das Gefühl. Wenn du also denkst, Kaffee ist gut für dich, dann ist er gut für dich.« Jörg warf einen abschätzigen Blick auf die trockenen Haferflocken und die mittlerweile bräunlich angelaufenen Apfelstückchen. Er rieb sich kräftig die Hände. »Also? Wo ist der nächste Bäcker?«

Jana war sprachlos. Er war doch immer für eine Überraschung gut. Gemeinsam zogen sie los, kauften Weißbrot, Croissants, Butterhörnchen, Marmelade, Leberwurst, Eier, Speck, quasi genau das, was früher Geist und Körper krank gemacht hatte. Alles nur eine Frage der Einstellung, wie Jana jetzt wusste. Sie deckten den Tisch auf dem Balkon und zelebrierten ihren Brunch.

»Weißt du, Täubchen«, sagte Jörg, »ich hab mir da so meine Gedanken gemacht über das, was du mir gestern von der Grillparty erzählt hast. Und irgendwie hab ich das Gefühl, dass du den eigentlichen Kern des Problems ausgelassen hast.«

»Echt? Wie kommst du darauf?«

»Dieser Leonard, der ist also ins Ausland gegangen. Richtig?«

»Ja.«

»Und plötzlich ist er wieder da. Richtig?«

»Ja.«

»Jetzt will er mit dir reden. Du hast zwar keine Ahnung, was er dir zu sagen hat, lässt ihn aber dennoch stehen. Auch richtig?«

»Äh, ja, irgendwie.«

»Lassen wir deine Weigerung zunächst mal außen vor. Was ihn angeht, gibt es für mich nur eine Erklärung.«

»Ach ja?«

»Er liebt dich noch und will dich zurückerobern.«

»Was? Nein, ja, vielleicht, ach, keine Ahnung.«

»Verständlich wäre es schon. Du bist schön, intelligent, hast das Herz am rechten Fleck, und wie wir beide wissen, steckt in deinem Innern ein kleiner Vulkan. Und wer weiß, wie man ihn zum Lodern bringt, kann sich auf ein glühend heißes Feuerwerk gefasst machen.« Verschmitzt grinste Jörg sie an. »Hat das nach mir noch einer geschafft?«

»Also, Jörg!« Jana spürte, wie ihr die Röte ins Gesicht schoss, während ihr das eine oder andere Bild aus ihrem gemeinsamen Schlafzimmer durch den Kopf spukte. In Sachen Erotik hatte Jörg sich während ihrer Beziehung stetig weiterentwickelt, wie er es nannte. Inzwischen war er wohl der einzige Mann auf Erden, der wusste, wovon Frauen wirklich träumten, und er besaß die unerhörte Gabe, so ziemlich jedes Gespräch auf das Thema Sex zu lenken. Das war ganz und gar nicht das, worüber sie mit ihm reden wollte. »Aber darum geht es doch gar nicht!«

»Nein, natürlich nicht. Entschuldige. Es geht darum, was *du* willst.«

»Was *ich* will? Für mich ist die Geschichte abgeschlossen. Es ist aus und vorbei. Ich bin drüber hinweg.«

»Verstehe, verstehe.« Jörg zog ein nachdenkliches Gesicht und schwieg einen Moment. »Aber irgendwas ist da noch nicht im Reinen.«

Jana druckste herum. »Also, es ist gut möglich, dass Leonard noch mal versucht, mit mir zu reden.«

»Das ist die Gelegenheit, klare Verhältnisse zu schaffen. Du sagst ihm, dass es endgültig aus ist, und fertig.«

»Ja, das könnte ich machen«, antwortete Jana halbherzig.

»Aber?«

Sie seufzte und legte das Messer hin. »Ich will nicht, dass er einen falschen Eindruck von mir bekommt.«

»Inwiefern denn? Komm, jetzt mal raus damit!«

»Du weißt doch, wie Männer sind. Sie beziehen alles auf sich. Und wenn er mitkriegt, dass es da gerade keinen anderen in meinem Leben gibt, glaubt er womöglich noch, ich hätte die ganzen acht Monate wie eine Nonne gelebt und nur darauf gewartet, dass er zurückkommt.«

Skeptisch musterte Jörg sie. »Und du bist sicher, dass da nichts mehr ist?«

»Aber ja. Warum glaubt mir das denn keiner?«

»Na gut, Täubchen, ich bin dabei.«

Jana blickte ihn erstaunt an. »Wobei?«

»Ich soll deinen Lover spielen. Deshalb hast du mich doch eingeladen, oder?«

Jana räusperte sich verlegen. »Dir kann man nichts vormachen, was?«

Sein Grinsen zeigte, dass er dem zustimmte.

»Und du würdest es tun?«

»Aber selbstverständlich. Ich tue, was immer für dich wichtig ist.« Er nahm ein Croissant und bestrich es dick mit Butter und Marmelade. »Ich muss gestehen, ich bin ein bisschen neugierig auf meinen Nachfolger.« Mit einem selbstzufriedenen Lächeln auf den Lippen biss er in sein Croissant.

Jana konnte sich des Eindrucks nicht erwehren, dass es ihm eine Freude sein würde, sich mit Leonard zu messen. Und das wiederum ließ den Schluss zu, dass er sich wohl für unübertrefflich hielt.

Kapitel 8

Die Weinhandlung Mahler befand sich in einer Gasse am Rand der Altstadt. Thorsten hatte sie vergangenen Sommer von seinem Großvater übernommen und gleich darauf im mediterranen Stil umgestaltet. Nach eigenen Vorstellungen – in Stilfragen war er schon immer sicher gewesen – hatte er den schmucklosen Innenhof pflastern lassen und neben dem Eingang eine schmiedeeiserne Sitzecke mit ein paar Kübelpflanzen platziert, sodass er zu einem echten Blickfang geworden war.

Seine Wohnung lag über den Geschäftsräumen. Hier bevorzugte er einen puristischen Stil, funktionales Mobiliar, ein paar moderne Kunstobjekte, er brauchte keinen Firlefanz.

Mit verschränkten Armen stand er vor dem Laden und ließ sich die Vormittagssonne ins Gesicht scheinen. Der Montag war in der Regel ein ruhiger Tag, und Kai, sein Azubi, konnte Überstunden abfeiern. Auch heute trudelte er erst am späten Vormittag ein.

»Morgen, Chef«, grüßte er gut gelaunt, als er in den Hof radelte.

»Morgen, Kai. Es ist Ware gekommen. Kannst gleich die Regale auffüllen.«

Thorsten beobachtete, wie Kai sein Mountainbike ankettete. Er hatte großes Glück mit seinem Azubi. Neben seinem sympathischen Äußeren hatte er, was noch viel wichtiger war, ein Händchen für anspruchsvolle Kunden, von denen es so einige gab. Aber auch Kai hatte Glück mit seinem Chef, fand Thorsten. Er hielt sich für einen guten Freund seines Angestellten, auch wenn er ihm manchmal Höchstleistungen abforderte.

Das Telefon klingelte. Thorsten ging hinein und nahm den Hörer ab.

»Er ist auf dem Weg zu dir«, sagte Helen.

»Prima.«

»Willst du das wirklich durchziehen? Es ist albern und wird nicht funktionieren.«

»Schauen wir mal.« Thorsten legte auf und rieb sich die Hände. Natürlich würde es funktionieren. Wenn nicht von allein, dann mit etwas Nachhilfe. Er musste Jana aus der Schusslinie bringen beziehungsweise Leonards Flinte auf ein neues Ziel umlenken. Und genau dafür war das kleine Manöver bestens geeignet. Nicht, dass er irgendwas gegen Leonard hätte. Absolut nicht. Er mochte ihn, nur kam er ihm gerade in die Quere.

Da fuhr auch schon Leonard in seiner alten Karre in den Hof und parkte auf einem der Stellplätze gegenüber der Sitzecke. Thorsten empfing den Weltenbummler an der Tür.

»Hi, Alter.«

Leonard blickte sich um. »Hast du den Innenhof neu gestaltet?«

»Ach, stimmt. Du hast das noch gar nicht gesehen. Kommst ja nicht so oft hierher.«

Anerkennend nickte Leonard. »Gefällt mir.«

»Weinliebhaber mögen es südländisch. Da muss man sich anpassen. Du weißt ja, der Kunde ist König.« Ein bisschen Small Talk kann nicht schaden, dachte sich Thorsten.

»Helen schickt mich. Ich soll einen Karton Wein abholen. Dann bin ich auch schon wieder weg.«

»Warum die Eile? Ich hab momentan nicht viel zu tun. Sommerflaute. Die halbe Stadt ist anscheinend verreist.« Thorsten ging in den Laden.

Leonard folgte ihm und begrüßte Kai, der damit beschäftigt war, Weinflaschen auszuzeichnen.

Thorsten deutete auf den Karton, der vor dem Tresen stand. »Da ist der Wein. Ich setze ihn auf Philips Rechnung.«

Leonard bückte sich und hob den Karton hoch.

»Du willst doch nicht schon wieder gehen? Komm, setzen wir uns doch noch ein bisschen in den Hof.«

»Na gut, warum nicht?«

»Wasser oder Apfelschorle?«

»Apfelschorle ist gut.« Leonard ging hinaus und lud den Karton in seinen Wagen. Thorsten stellte inzwischen zwei Gläser mit Apfelschorle auf den Tisch im Innenhof und setzte sich, Leonard gesellte sich dazu.

»Was hast du denn jetzt vor? Bleibst du vorläufig im Land, oder hast du schon das nächste Projekt im Auge?«

»Ich bleibe hier und nehme meinen alten Platz wieder ein.«

Thorsten hörte die Alarmglocken läuten. »In der Firma?«

»Ja, in der Firma. Wo denn sonst?«

An Janas Seite, schoss es Thorsten durch den Kopf. Aber er würde sich hüten, das laut auszusprechen. »War ja schon ein komischer Zufall, dass du ausgerechnet am Samstag zurückkommst, wo wir alle zusammensitzen.«

»Ja, damit hatte ich nicht gerechnet.«

»War aber ein nettes Fest, finde ich.«

»Ja, war ganz nett.«

»Blöd nur, dass es so geendet hat, ich meine, für Silke und dich.« Thorsten war stolz auf seine Moderation. Es war ihm gelungen, das Gespräch in die richtige Richtung zu lenken.

»Das ist doch nichts Neues.«

»Stimmt. Bei euch endet es immer so. Aber warum eigentlich? Gibt es dafür irgendeinen Grund, eine alte Geschichte vielleicht, von der wir nichts wissen?«

»Wie kommst du denn darauf?«, fragte Leonard amüsiert.

»Wenn man sich einfach nur nicht ausstehen kann, mein Gott, dann geht man sich aus dem Weg oder beachtet sich nicht. Silke aber geht sofort in die Luft. Du musst nur auftauchen und den Mund aufmachen, und schon ist sie in Angriffsstellung. Dafür muss es doch einen Grund geben.«

»Da fragst du sie am besten selbst.«

»Ich mach mir eben meine Gedanken. Es ist nämlich so: Wenn *ich* sie blöd anquatsche, reagiert sie nicht einmal. Das tangiert sie überhaupt nicht.«

»Ja, und?«

»Na ja, ich meine ja nur. Es heißt doch so schön: Was sich neckt, das liebt sich.«

»Was willst du denn damit sagen?«

»Bist du wirklich so beschränkt, oder was? Silke ist in dich verschossen. Das sieht doch ein Blinder.«

Leonard lachte frech drauflos. »Das ist der Witz des Jahres. Aber ich kann dich beruhigen, Silke interessiert mich herzlich wenig.«

Das beruhigte Thorsten keinesfalls. Im Gegenteil. »Du rechnest dir aber nicht ernsthaft wieder Chancen bei Jana aus? Also, da kann ich nur sagen, spar dir die Mühe. Jana ist fertig mit dir. Außerdem …«

»Außerdem hat sie ja jetzt dich?«, unterbrach Leonard ihn.

»Jana und ich? Nee du. Ich mag sie, ja, wir sind gute Freunde. Aber, weißt du, es ist ein Dilemma mit den Frauen. Die fliegen alle auf einen bestimmten Männertyp, freiheitsliebender Abenteurer, Dreitagebart und so. Kennst das ja. Bist ja auch einer von denen. Aber wenn sie dann merken, dass das genau der Typ Mann ist, auf den man sich nicht verlassen kann, dann ist das Gejammer groß. Und da spring ich dann ein. Zum Trösten bin ich gut. Ich habe Mitgefühl, und genau das ist mein Problem. Männer mit Mitgefühl sind Weicheier. Keine Frau will ein Weichei.« Als Thorsten sich so reden hörte, erkannte er mit einem Mal, wie richtig er damit lag. Er war viel zu einfühlsam. Vielleicht sollte er sich bei Leonard was abgucken und etwas mehr Egoismus an den Tag legen. »Na ja, und dazu kommt noch, dass ich Single bin.«

»Wo ist denn da die Logik? Eine Frau sucht man meistens dann, wenn man Single ist.«

»Suchen ja, aber finden? Du, ich beschäftige mich schon lange mit der weiblichen Psyche, und ich hab da eine hochinteressante Entdeckung gemacht: Nichts ist unattraktiver für eine Frau als ein Single-Mann. Sie denkt nämlich so: Wenn den keine haben will, dann stimmt was nicht mit dem, und das assoziiert sie automatisch mit zu wenig Stehvermögen, wenn du verstehst. Echt, Leonard, das ist so. Sieht man doch an mir. Ich meine, guck mich an, ich sehe gut aus, gepflegtes Äußeres, wie gesagt, ich bin eine super Partie, und trotzdem will mich keine. Die denken alle: Wieso hat dieser klasse Typ keine Frau? Da stimmt doch was nicht. Ja, so sind sie gestrickt. Und welchen Schluss ziehen wir daraus?«

»Da bin ich aber gespannt.«

»Ist doch klar. Wenn du die Richtige willst, fang mit der Falschen an.«

Leonard schmunzelte und stand dann auf. »Danke für den Tipp. Ich werde drüber nachdenken.«

Auch Thorsten erhob sich. »Mach das. Grüß Helen und Philip von mir.«

Leonard stieg in seinen Wagen und fuhr vom Hof. Die Fäuste in die Hüften gestemmt, blickte Thorsten ihm noch einen Moment nach. »Wenn du die Richtige willst, fang mit der Falschen an«, murmelte er vor sich hin. Manchmal hatte er Einfälle, die unmöglich von ihm stammen konnten. Wenn du die Richtige willst, fang mit der Falschen an, wiederholte er im Geist. Aber Momentchen mal. So falsch war das gar nicht. Wenn nämlich Leonard glaubte, Jana sei die Richtige für ihn, was Thorsten für sehr wahrscheinlich hielt, dann müsste er dieser Theorie zufolge mit der Falschen, also mit Silke, anfangen. Und spätestens dann würde er merken, dass sie und er im Grunde ihres Herzens füreinander bestimmt waren.

Thorsten wusste jetzt, was er zu tun hatte. Er musste Jana festnageln, und zwar noch ehe Leonard ihm zuvorkam. »Ich bin mal für ein Stündchen weg«, rief er Kai zu und sprang in sein flottes Cabrio.

Kapitel 9

Evelyn blickte von ihrem Notebook auf. Hatte sie richtig gehört? Ja, sie hatte richtig gehört. Nebenan hatte es geklingelt. Sie sprang auf, schlurfte auf Socken zur Wohnungstür und spähte durch den Spion. Gegenüber öffnete jemand die Tür. Was war denn das? Eine Art Guru stand da. Wer war der Kerl? Was hatte er bei Jana und Silke verloren? Seit wann war er da? Und warum war ihr entgangen, dass er gekommen war? Sie hatte doch praktisch Tag und Nacht Wache gehalten.

Er stand da in seiner weißen Kluft und guckte die Treppe hinunter; Schritte wurden lauter, gleich darauf tauchte Thorsten in Evelyns Blickfeld auf.

»Kann ich dir irgendwie helfen?«, fragte der Guru mit der Freundlichkeit, mit der man die Zeugen Jehovas empfing.

»Äh … ich … äh …«, stammelte Thorsten verdattert. Offenbar hatte es ihm die Sprache verschlagen.

»Ja?«, fragte der Guru von oben herab.

Er überragte Thorsten um mehr als einen halben Kopf. Armer Thorsten. Evelyn konnte sich nur allzu gut vorstellen, wie er sich jetzt fühlen musste. Damit kannte sie sich aus. Paradoxerweise hatte sie ein Faible für große Männer, obwohl sie sich in deren Gegenwart ziemlich klein vorkam. Kein Wunder, dass sie zum Ausgleich ein ungehobeltes Mundwerk hatte, wie viele behaupteten.

Thorsten lachte verlegen. »Äh, ach so … eigentlich wollte ich zu Jana.«

Der Guru wandte seinen blonden Schopf um und rief: »Jana, Täubchen, Besuch für dich.«

Thorsten fuchtelte nervös mit seinen Händen am Hemd herum, als wüsste er nicht recht, wohin damit.

Fred stand plötzlich neben Evelyn. »Was machst du da?«

»Pst, nicht so laut. Guck mal da drüben. Wer ist der Typ?«

»Ich spioniere meinen Nachbarn nicht nach.«

»Na, los doch. Gleich geht die Tür wieder zu.«

Fred seufzte und stellte sich an den Spion. »Kenn ich nicht. Nie gesehen.«

»Das gibt's doch gar nicht. Der muss doch irgendwer sein. Lass mich noch mal.« Evelyn schob Fred zur Seite und schaute durch den Spion.

Jana kam jetzt dazu. »Hallo Thorsten. Waren wir verabredet?«

»Äh, nein, nicht direkt. Ich wollte nur … ach, egal.« Thorsten machte Anstalten zu gehen.

»Habt ihr euch schon bekannt gemacht?«, fragte Jana. »Also, das ist Thorsten, ein guter Freund, und das ist Jörg, mein Ex.«

Evelyn ging ein Licht auf. Er hieß Jörg und war ihr Ex. Das war ja hochinteressant.

Thorsten schien diese Information vollends aus der Bahn zu werfen. »Äh, ja. Ich glaube, ich komme ein andermal wieder.«

»Gute Idee«, sagte der Guru, schob Jana sanft zurück und schlug Thorsten die Tür vor der Nase zu.

Der verharrte noch einen Moment reglos auf dem Fleck, dann fiel sein Blick auf Freds Tür.

Erschrocken wich Evelyn zurück. Sie fühlte sich ertappt, obwohl man sie von außen gar nicht sehen konnte. Jetzt klingelte er auch noch. Auf leisen Sohlen tapste sie in die Küche. »Fredi-Maus«, rief sie von dort aus, »es hat geklingelt. Wer kann das sein?« Demonstrativ laut polterte sie zur Wohnungstür und öffnete sie.

»Thorsten. Na, so was. Komm doch rein.«

Das ließ Thorsten sich nicht zweimal sagen. Aufgebracht stürmte er in den Flur.

Fred tauchte im Türrahmen seines Arbeitszimmers auf.

»Habt ihr den Kasper drüben schon gesehen?«, echauffierte sich Thorsten.

»Bitte? Wen meinst du?«, fragte Evelyn mit Unschuldsmiene.

»Diesen Clown, der sich bei Jana eingenistet hat. Als ihren Ex hat sie ihn vorgestellt. Wisst ihr, wie er sie nennt? *Täubchen* nennt er sie! Ja, spinne ich denn? Wie lange kenne ich Jana jetzt schon, hm? Ich dachte, wir sind beste Freunde. Ich dachte, sie vertraut mir. Von dem Typen da hat sie mir noch nie erzählt. Taucht plötzlich hier auf, der Lackaffe, und tut so, als hätte er einen Besitzanspruch auf sie. Ja, wie finde ich denn das? Aber wenn der glaubt, er hat schon gewonnen, dann hat er die Rechnung ohne mich gemacht. Ich schieß doch nicht die Burg sturmreif, damit ein anderer sie einkassiert.«

Evelyn entwich ein kurzer Lacher. Der Spruch war genial. Man schießt die Burg nicht sturmreif, damit ein anderer sie einkassiert! Okay, das war frauenfeindlich, charakterisierte aber wunderbar einen bestimmten Typ Mann. »Entschuldigt mich bitte«, sagte sie und verzog sich in die Küche an ihr Notebook. Das musste festgehalten werden.

Die beiden Männer blieben im Flur stehen.

»Fred, du musst mir einen Gefallen tun«, hörte sie Thorsten im Flüsterton sagen. Sie spitzte die Ohren. »Du bist doch meistens zu Hause. Kannst du mir Bescheid geben, wenn der Typ mal verschwindet? Ich muss unbedingt mit Jana allein sprechen.«

»Du«, meinte Fred zögerlich, »mir wäre es eigentlich lieber, du hältst mich da raus.«

»Hey, Fred, du musst mir nur sagen, wann Jana allein ist. Mehr will ich doch gar nicht. Das kannst du doch für einen alten Freund mal machen.«

»Also gut.«

»Bist ein feiner Kerl. Hast was gut bei mir.« Thorsten marschierte an der offenen Küchentür vorbei, verabschiedete sich mit einem kurzen Tschau von Evelyn und verließ die Wohnung.

Evelyn saß vor ihrem Notebook und staunte, wie sich die Dinge manchmal von selbst fügten. Da schickte ihr der Himmel ganz unerwartet den Mann, der in ihrer Geschichte noch fehlte, den passenden Kandidaten für Jana. Und wie passend er war! Jörg und Jana. Allein die Namen ließen keinen anderen Schluss zu, als dass die beiden füreinander geschaffen waren. Jörg und Jana. Harmonie pur. Für ihren Roman musste sie nur noch seinen Namen ändern. Johann wäre gut. Johann und Jasmin. Perfekt. Auch an seiner äußeren Erscheinung musste sie etwas basteln. Als *Engel auf Erden* würde er Leonard glatt die Show stehlen, und der war neben Silke schließlich die Hauptfigur. Jörg brauchte einen neuen Haarschnitt. Die langen Zotteln mussten weg, die machten ihn unmännlich. Dreitagebart? Hm, lieber nicht. Blond und Bartstoppeln, das wirkte meist ungepflegt. Und andere Klamotten brauchte er. Etwas Normales, Hemd und Jeans, und einen Gürtel in der Hose. Unbedingt. Nichts war erotischer für eine Frau, als sich an ihren Liebsten zu schmiegen und die Gürtelschnalle zu öffnen. Ein heißer Schauer durchströmte Evelyn. Fred saß nur zwei Türen weiter. Die Versuchung war groß. Doch sie blieb standhaft, musste die

Phase der Inspiration nutzen. Also weiter im Text. Disziplin war oberste Maxime, wenn man etwas erreichen wollte.

Euphorisch tippte sie drauflos. Noch vor einer halben Stunde hatte sie um jeden Satz, um jedes Wort gerungen, mit einem Mal flossen die Wörter nur so aus ihr heraus. Das Schreiben ging quasi von allein, ihre Finger schienen nur noch das Werkzeug einer höheren Macht zu sein, die ihnen den Text diktierte. Bis es nebenan schon wieder klingelte. Evelyn spürte leichten Ärger aufsteigen. Das war sicher wieder Thorsten. Sie stellte sich vor, wie er unruhig auf dem Gehsteig vor dem Haus auf und ab getigert war, um sich eine Strategie für den Kampf gegen den großen Blonden mit den Jesuslatschen zu überlegen. Nein, Evelyn, sagte sie in Gedanken zu sich selbst, du bleibst schön sitzen und schreibst weiter. Doch als sie eine Stimme hörte, die eindeutig nicht zu Thorsten gehörte, siegte die Neugier. Leise stahl sie sich zum Spion und entdeckte zu ihrer Überraschung Leonard vor der Wohnungstür der Nachbarinnen. Jörg hatte ihm wohl gerade die Tür geöffnet. Verdutzt sah Leonard ihn an und richtete dann seinen Blick auf das Türschild. Vermutlich glaubte er, versehentlich im falschen Stock oder gar an der Himmelspforte gelandet zu sein. Jeder, der Jörg zum ersten Mal sah, musste sich unwillkürlich fragen, ob er eine Erscheinung vor sich hatte.

»Willst du auch zu Jana?« Ohne eine Antwort abzuwarten, wandte Jörg sich nach hinten. »Jana, Täubchen, schon wieder Besuch für dich.«

Mit einem Lächeln auf den Lippen kam Jana dazu. »Oh, hallo Leonard.«

Wenn da noch Gefühle im Spiel wären, ging es Evelyn durch den Kopf, würde sie ihn nicht so unbekümmert begrüßen. Fred irrte sich. Jana war über Leonard hinweg. Aber was war mit Leonard? Warum war er hier? Darauf gab es eigentlich nur eine Antwort.

»Nein!«, rief Jörg verzückt, und er musterte sein Gegenüber von oben bis unten. »Du bist also Leonard? Du siehst, ich bin überrascht. Mehr als überrascht.« Er legte seinen Arm um Janas Schulter und drückte sie an sich. »Jana, Täubchen, du hast ihn mir ganz anders geschildert. Er sieht doch eigentlich ganz nett aus.« Er wandte sich Leonard zu. »Keine Sorge, mein Lieber, das ist ganz normal. Wut ist die erste der vier Phasen des Loslösungsprozesses. Die hast du lange hinter dir, nicht wahr, Täubchen? Also, wenn es da noch was gibt, was ihr zu bereden habt, ich kann mich gern zurückziehen.«

Gerührt verfolgte Evelyn die Szene. Dieser Jörg wurde ihr immer sympathischer. Er war ganz offenbar so weise, wie er aussah. Und was für ein schönes Pärchen er und Jana doch abgaben.

Leonard räusperte sich. »Äh, da liegt ein kleines Missverständnis vor. Ich will nicht zu Jana. Ich will zu Silke.«

Evelyn blieb der Mund offen stehen. Hatte sie richtig gehört, er wollte zu Silke?

Mit großen Augen löste Jana sich aus Jörgs Umarmung. Die Überraschung schien gelungen. »Zu Silke?«, fragte sie mit belegter Stimme.

»Du, da müssen wir dich enttäuschen. Silke ist gar nicht da«, sagte Jörg.

Leonard warf einen Blick auf seine Armbanduhr. »Na, das ist ja komisch. Da hab ich mich wohl in der Zeit vertan. Macht nichts. Schau ich später noch mal rein.«

Jörg machte ein mitfühlendes Gesicht. »Tut mir wirklich leid. Aber wir richten Silke einen lieben Gruß von dir aus.«

»Ja, das ist nett, danke.«

»Aber ich bitte dich, mein Freund. Das ist doch das Mindeste, was wir für dich tun können.« Jörg schloss die Tür, Leonard blieb genau wie zuvor Thorsten reglos einen Moment stehen, bevor sein Blick auf Freds Tür fiel.

Vorsorglich huschte Evelyn in die Küche, und prompt ertönte die Klingel. Fred war diesmal schneller als sie. Er marschierte zur Tür, öffnete sie und bat Leonard herein.

Evelyn gesellte sich zu den beiden Herren in den Flur, damit ihr nichts Wichtiges entging. »Ach, Leonard, du bist es.«

»Hallo. Sagt mal, wer ist denn der Typ da nebenan?«, fragte er ohne Umschweife.

»Du meinst den mit den langen Haaren? Das ist wohl …«, begann Fred.

Evelyn fühlte sich gezwungen, einzuschreiten, bevor Fred wieder die Tatsachen verdrehte. »Das ist Janas Verflossener«, unterbrach sie ihn rasch.

Leonard lachte amüsiert. »Die Dumpfbacke?«

»Er ist ihr Verflossener, ihr Gegenwärtiger und ihr Zukünftiger. Wenn ich das richtig verstanden habe.«

Leonard starrte sie an, als hielte er das für völlig absurd.

»Ich finde, sie sind ein nettes Paar. Man sieht ihnen gleich an, wie gut sie harmonieren.«

»Wohnt der jetzt etwa bei Jana?«

»Also …«, setzte Fred erneut an.

»Wie das so ist bei frisch Verliebten. Man möchte jede Minute beisammen sein. So wie Fred und ich, nicht wahr, Fredi-Maus?«

Fred grinste verlegen und kratzte sich am Kopf.

»Es scheint ja ziemlich ernst zu sein mit den beiden. Wen wundert's? Die erste große Liebe ist und bleibt nun mal für viele die einzige. Ein Leben lang. Leider hat nicht jeder das Glück, sie zu finden. Wenn ich da so an Silke denke. So eine liebe Person.«

»Mich wundert, dass du das sagst. Du hast die Furie doch am Samstag live erlebt«, bemerkte Leonard.

»Du kennst vermutlich nur die eine Seite von ihr. Sie ist großartig darin, ihre Gefühle zu verstecken. Es ist ein weitverbreiteter Irrtum zu glauben, dass das eine Domäne der Männer wäre. Zu schade, dass sie nicht da ist. Sie hätte sich gefreut ...« Evelyn stutzte. Sie war gerade im Begriff, sich selbst zu verraten. »Ich nehme doch an, sie war nicht da?«

»Nein, sie war nicht da.«

»Hab ich mir gedacht. Ich habe sie nämlich vorhin weggehen sehen.« Jetzt sollte sie aber besser mal die Klappe halten. Sie hatte schon genug gesagt.

»Fred, kannst du mir einen Gefallen tun?«, fragte Leonard in vertraulichem Tonfall.

»Na klar.«

Leonard blickte kurz zu Evelyn, dann zu Fred, und Fred schien zu verstehen. Er bedeutete Leonard, ihm in sein Arbeitszimmer zu folgen, und schloss doch tatsächlich die Tür hinter sich! Er ließ sie einfach draußen stehen. Unverschämtheit! Na, das würde er noch bereuen. Wusste er denn nicht, wie wichtig jedes Detail für sie war? Es ging um ihren Roman! Um ihre Karriere!

Kapitel 10

Jana nahm die Mascara von der Ablage im Bad und tuschte ihre Wimpern. Sie konnte es immer noch nicht glauben! Es war einfach ungeheuerlich! Leonard war gekommen, um Silke aufzusuchen! Was zum Henker wollte er von ihr? Alle möglichen Varianten hatte Jana in Gedanken durchgespielt, angefangen von fachlichen Fragen in Bezug auf Sport über Ernährungstipps, mit denen Silke sich auskannte, Urban Gardening, das Silke experimentell und wenig vielversprechend auf dem Balkon betrieb, bis hin zu einer Buchempfehlung, weil Silke eine Leseratte war. Doch nichts von alledem hielt Jana für so bedeutend, dass Leonard dafür über seinen Schatten springen und seine Erzfeindin um Rat fragen würde. Jedes Thema dieser Welt konnte man heutzutage googeln, es gab nichts, wofür er ausgerechnet auf Silkes Erfahrung zurückgreifen musste.

Und dann fiel es ihr wie Schuppen von den Augen. Ihr Spiegelbild anstarrend, rekonstruierte sie, wie es gewesen sein musste: Thorsten hatte sich auf dem Grillfest bereit erklärt, nein, er hatte sich darum gerissen, bei Leonard den Kuppler zu spielen. Nur zwei Tage später stand Leonard vor ihrer Tür, um mit Silke zu reden. Daraus konnte man schließen, dass Thorsten verdammt überzeugend gewesen sein musste. Das traute Jana ihm durchaus zu, denn seit Leonards Rückkehr sah er seine Felle im Hinblick auf sie davonschwimmen. So war es denkbar, es war sogar die einzig logische Erklärung. Und weiter? Okay, angenommen, er hatte es geschafft, Leonard von Silkes heimlicher Schwärmerei zu überzeugen, und der suchte daraufhin Silke auf. Aber um *was* mit ihr zu bereden? Dass er sich freute, von ihr geliebt zu werden, ihre Liebe aber leider nicht erwiderte? Ein Gefühl der Ernüchterung stellte sich bei Jana ein. Leonard konnte gemein sein, aber so gemein auch wieder nicht.

Silke hatte es lediglich für einen von Leonards schlechten Scherzen gehalten, als Jörg ihr den lieben Gruß von ihm übermittelt hatte. Damit war die Sache für sie offenbar erledigt. Für Jana allerdings nicht. Irgendwie wurde sie das Gefühl nicht los, dass Leonard ein eigenes Interesse verfolgte. Aber welches?

Sie schraubte die Mascara zu und grinste ihr Spiegelbild an. Jörg hatte seine Rolle als ihr Lover grandios gespielt, besser, als sie es ihm zugetraut hatte. Allein die Umarmung und sein zuckersüßes »Täubchen« dürften kaum Zweifel an ihrer innigen Vertrautheit offengelassen haben. Genauso hatte sie sich das vorgestellt. Allerdings hatte Leonard nicht einen Hauch von Betroffenheit gezeigt. Er hatte weder überrascht noch gekränkt, noch traurig oder empört gewirkt, hatte sie behandelt wie eine flüchtige Bekannte, wie jemanden, dem man zufällig irgendwo einmal begegnet war, an den man sich aber kaum erinnerte. Und das ärgerte sie maßlos!

Es klopfte an der Badezimmertür. »Bist du so weit, Täubchen?«

»Ich komme.« Sie verließ das Bad, hängte ihre Tasche über die Schulter und folgte Jörg aus der Wohnung. Sie liefen um zwei Häuserblocks zu seinem Wagen. Er betätigte die Fernbedienung, und die Zentralverriegelung eines nagelneuen VW California klackte.

Jana war verblüfft. »Gehört der dir?«

»Den hab ich mir letztes Jahr zugelegt. Von Tante Inges Barhinterlassenschaft. Du weißt ja, ich bin gern unabhängig, und mit diesem Vehikel kann ich übernachten, wo immer ich will.«

»Du bist seit drei Tagen bei mir, lässt dich in meinem kleinen Seat durch die Stadt chauffieren und verheimlichst mir, dass zwei Straßen weiter dieses traumhafte Wohnmobil steht?«

»Ist nicht so leicht, in der Innenstadt einen Parkplatz dafür zu finden.« Er öffnete ihr die Tür, sie stieg ein und bestaunte das Innenleben des Gefährts: Spüle, Gasherd, Sitzecke mit Tisch, in allen Ecken Fächer und kleine Türen, einfach klasse. »Das muss fantastisch sein, damit zu verreisen.«

»Wir können morgen starten, wenn du willst. Von mir aus durch ganz Europa. Das Bett ist erstaunlich geräumig. Man kann sich wunderbar darin austoben. Soll ich es dir zeigen?« Neckisch grinste er sie an.

»Nein danke. Nicht nötig. Lass uns lieber losfahren.« Jana war nicht sicher, ob er die Vertrautheit des gestrigen Abends falsch verstanden hatte. Er tat fast so, als wäre es nur folgerichtig, wenn sie sich jetzt das Bett teilten.

»Wir fahren nicht, wir gehen. Ich wollte dir nur nicht länger mein neues Lieblingsspielzeug verheimlichen.«

»Wir gehen? Wohin denn?«

»Überraschung.«

Zu Fuß marschierten sie Richtung Innenstadt.

Dann und wann warf Jana einen heimlichen Blick auf Jörg. Er hatte schon früher eine Vorliebe für hochwertige Kleidung gehabt. Was ihn umgab, war aus edlem Material, aus reinster Seide, feinstem Leinen, hochwertigem Leder. Und jetzt der nagelneue Campingbus! All das stand im krassen Gegensatz zu dem bescheidenen Eindruck, den er – vermutlich in voller Absicht – vermittelte.

»Weißt du«, unterbrach er ihre Gedanken, »ich habe nachgedacht.«

»Worüber?«

»Über uns. Na ja, also, ich habe darüber nachgedacht, warum es mit uns beiden auseinandergegangen ist, und jetzt ist mir klar geworden: Es hat an mir gelegen.«

Jana wunderte sich. Das war ihr bereits am Tag der Trennung klar gewesen. »Wie kommst du zu der verspäteten Einsicht?«

»Es ist so einfach wie logisch, und ich frage mich, warum ich das nicht viel früher erkannt habe. Es lag an der Geschwindigkeit. Ich habe ein Tempo vorgelegt, bei dem du nicht mithalten konntest.«

»Ein Tempo? Wobei?«

»Bei meiner geistigen Entwicklung, Täubchen. Ich bin dir so dankbar, dass du mich eingeladen hast. Denn erst hier, in deiner süßen Gegenwart, bin ich zu dieser Erkenntnis gelangt.«

In deiner süßen Gegenwart, wiederholte Jana im Geiste. Das klang ja wirklich zu poetisch, wenn nicht gar ein wenig kitschig.

»Und nur ich allein kann das Problem lösen, kann dir helfen, mir dahin zu folgen, wo ich jetzt stehe. Ich muss dich nur abholen und Schritt für Schritt nach vorn gehen, nicht allein, wie bisher, sondern mit dir zusammen, in deinem Tempo. Ein Mentor muss sich immer der Geschwindigkeit seines Schülers anpassen, verstehst du?«

Jana schluckte. Er betrachtete sich als ihren Mentor und degradierte sie zu seiner Schülerin? Wie kam er nur auf so was? »Aber Jörg. Jeder geht einen anderen Weg, und offen gestanden mache ich mir nicht viel aus Yoga und Meditation.«

»Ich weiß. Aber das liegt nur daran, dass du dich nicht darauf einlässt.«

»Ich lasse mich nicht darauf ein, weil ich mir nichts daraus mache.«

»Und woraus machst du dir etwas? Hoffst du insgeheim darauf, dass du wieder mit Leonard zusammenkommst? Also, ich muss ja sagen, meinen Nachfolger habe ich mir anders vorgestellt, sensibler, feinsinniger. Hast du denn gar nichts von mir gelernt?«

Jana ärgerte sich. Wie anmaßend er doch sein konnte. »Ich hatte eine schöne Zeit mit Leonard. Und die möchte ich nicht missen.«

»Und wie war das Ende, hm?«

»Darf ich dich an unser Ende erinnern? War das etwa schöner?«

»Das Ende einer Beziehung ist immer schmerzlich.«

»Ja, eben!«

»Lass uns später weiterreden, Täubchen. Wir sind da.«

Er stoppte vor einem großen Schaufenster, in dem Immobilienangebote aushingen; im oberen Bereich stand in großen Lettern der Name *Franz & Krüger Immobilien.*

»Was tun wir hier?«

»Lass dich überraschen.«

Jana runzelte genervt die Stirn. »Du weißt, ich mag keine Überraschungen.«

Jörg schloss die Augen und vollführte demonstrativ eine meditative Atmung. »Pass auf. Wir beide, wir sind ein starkes Team. Wenn wir uns zusammentun, dann können wir alles schaffen.«

»Kannst du bitte mal Klartext reden?«

»Wir verwirklichen zusammen unsere Träume.«

»Wie meinst du das?«

»Deine Idee war ja gar nicht so schlecht. Zwei getrennte Wohnungen anmieten, in einer der Kinderladen, in der anderen – kleine Abweichung von deinem Plan – mein Yogastudio. Das ist perfekt.«

Jana war baff. Das war allerdings eine Überraschung. Eine, über die sie gern in Ruhe nachdenken würde. »Aber so was kann man doch nicht überstürzen.«

»Sieh doch mal, Täubchen. Es ist kein Zufall, dass wir uns ausgerechnet zum jetzigen Zeitpunkt wieder begegnen. Du hast deinen Job verloren und ich ebenfalls. Glaub mir, es ist die Zeit für einen kompletten Neustart, die Zeit für etwas Größeres, für unsere Träume.«

Seine Augen sprühten Funken vor Begeisterung, dass es Jana fast bang wurde. Er meinte es ernst. »Aber das geht mir alles viel zu schnell. Du kannst mich doch nicht einfach zum Makler schleppen, ohne mir vorher auch nur ein Wort von deinen Plänen zu verraten. Ich hasse solche Überraschungen, das weißt du.«

»Du hast natürlich recht. Aber heute werden wir nichts entscheiden. Es ist ein rein informatives Gespräch, das wir mit dem Makler führen.«

Dennoch fühlte Jana sich überrannt. Warum hatte er so ein Geheimnis daraus gemacht? Wenn sie überhaupt zusammen ein Projekt auf die Beine stellen würden, dann nur mit ihr als gleichberechtigter Partnerin. Und das bedeutete, dass sie in alles eingeweiht werden musste. Und zwar rechtzeitig! Überraschungen dieser Art gehörten dann der Vergangenheit an.

»Komm, Täubchen. Wir werden schon erwartet.«

Jana seufzte. Grundsätzlich war sie ja nicht abgeneigt. Es war einfach seine Art, sie zu überrumpeln, die sie ärgerte. Er behandelte sie wie ein unmündiges Kind. Und genauso fühlte sie sich in diesem Moment.

Jörg hakte sich bei ihr ein und zog sie mit sich in das Maklerbüro.

Kapitel 11

Evelyn hatte sich an der Rezeption eine vorläufige Mitgliedskarte für den Probemonat im Fit-&-Fun-Studio ausstellen lassen. Auf eine Einweisung hatte sie verzichtet, sie kannte ihre Problemzonen selbst am besten. Neugierig stapfte sie an der Lounge vorbei und schielte hinüber zu dem ausgedehnten Trainingsbereich. Zufällig wusste sie, dass sowohl Jana als auch Silke gerade hier waren. Na ja, so zufällig auch wieder nicht. Sie entdeckte jedoch nur einige Muskelprotze, die ihr Bestes an den Geräten gaben. Ein paar fesche Jungs waren schon dabei, alle Achtung! Und alle hielten sich brav an die Vorschrift, langärmlige Oberteile zu tragen. Frauen waren davon zum Glück ausgenommen. Es wäre doch zu schade gewesen, wenn sie ihren flotten ärmellosen Einteiler, den sie im Internet bestellt und per Express hatte liefern lassen, nicht hätte anziehen dürfen. Silke und Jana waren vermutlich im Kursraum, ging es ihr durch den Kopf, als sie auf die Umkleideräume der Damen zusteuerte. Sie packte ihren schwarzen Einteiler aus der Originalverpackung und hielt ihn in die Höhe, um ihn zu bewundern. Aber was hatten sie ihr denn da geschickt? Das Ding sah aus wie ein Taucheranzug für eine Elfjährige, das Material aalglatt und kein bisschen elastisch! Das konnte unmöglich Größe achtunddreißig sein. Sie suchte nach einem Schildchen. Größe M. Typisch! Das konnte so ziemlich alles bedeuten. In Billigläden vierunddreißig bis vierundfünfzig, in Kaufhäusern sechsunddreißig bis zweiundfünfzig, und in Nobelboutiquen existierte Größe M überhaupt nicht. Da ging es nur bis S. Sie war mal in einer solchen Boutique gewesen, vor ihrer Schwangerschaft. Das Einzige, was ihr halbwegs gepasst hätte, wäre ein Halstuch gewesen.

Nun, es nützte nichts. Mit den Füßen zuerst stieg sie in ihren Trainingsanzug und zwängte sich Zentimeter für Zentimeter weiter, zog dann mit beiden Händen an den Trägern wie an einem Expander und ließ sie auf die Schultern schnellen. Autsch! Nachdem sie ihre Sachen in einem der Schrankfächer deponiert hatte, dackelte sie in den Ladybereich, vorbei an mehreren Spiegeln, die ihr bestätigten, dass sich der Kauf allemal gelohnt hatte. Wenn man erst mal drinsteckte, machte das Ding eine super Figur. Ihr Bauch war plötzlich fast verschwunden. Im Ladybereich trainierten drei Frauen, und zu ihrer Freude entdeckte sie auch Jana auf dem Laufband.

»Evelyn! Was machst du denn hier?« Jana begrüßte sie atemlos und mit erhitztem Gesicht.

»Ich muss was für meine Ausdauer tun. Für die Figur natürlich auch. Und da dachte ich mir, geh ich doch dahin, wo ich schon jemanden kenne.«

»Gute Idee!«

Evelyn setzte die Wasserflasche ab, legte ihr Handtuch um die Schultern, wie es die Profis tun, und stellte sich auf das Laufband neben Jana. »Wie funktioniert das Ding?«

»Start drücken und dann die Geschwindigkeit nach und nach erhöhen, je nachdem, ob du walken oder joggen willst.«

Evelyn drückte den Startknopf, das Band setzte sich gemächlich in Bewegung, und sie erhöhte die Geschwindigkeit auf ein Spaziertempo. »Eigentlich, also indirekt, bin ich wegen Fred hier.« Irgendwie musste sie von ihrem tatsächlichen Motiv ablenken, damit erst gar nicht der Verdacht aufkam, sie könne herumschnüffeln wollen.

»Fred geht ins Fitnessstudio?«, fragte Jana belustigt.

»Nein, nein. Er hat mir nur zu verstehen gegeben, dass mir etwas Sport nicht schaden könnte. Der genaue Wortlaut war folgender: ›Wie wär's, mein Schatz, wenn du dir mal ein paar Klamotten in deiner Größe zulegst?‹«

Jana zog erstaunt die Augenbrauen hoch. »Das hat er gesagt?«

»Genauso hab ich auch geguckt. Ich dachte, ich hör nicht richtig. Klamotten in meiner Größe? Ich hab ihn gebeten, das zu konkretisieren. Du glaubst nicht, was er geantwortet hat. Er hätte sagen können, na ja, vielleicht etwas Lockeres, Bequemes, es ist doch Sommer. Aber nein, er sagte wortwörtlich, zwei Nummern größer. Ist das ein Ding? Zwei Nummern! Das wäre zweiundvierzig!«

»Das ist ja … wirklich … also echt …«, hechelte Jana.

»Find ich auch. Seine Mutter trägt achtunddreißig/vierzig, und ich soll mir *zweiundvierzig* kaufen? Männern mangelt es an Taktgefühl, das ist traurig. Wie die Elefanten im Porzellanladen. Ich meine, ich weiß ja, dass ich ein paar Kilo zu viel auf den Rippen habe, aber er hätte mich ja nicht nehmen müssen. Er hätte ja Nein sagen können und sich eine andere suchen, eine mit Schlabberblusen, oder etwa nicht?« Erwartungsvoll blickte Evelyn zu Jana rüber und wartete auf Zustimmung. Doch die zuckte nur leicht mit den Schultern.

»Was soll ich dazu sagen?«

»Zweiundvierzig! Jetzt mal ehrlich, Jana, findest du, dass meine Klamotten zu knapp sind?«

»Ist doch … Geschmackssache … oder?«

»Genau das hab ich ihm auch gesagt. Es ist Geschmackssache. Und Richie, mein Ex, der hat Geschmack. Den hat das nie gestört. Er ist nämlich Schauspieler.« Dass das nur zum Teil stimmte, musste Evelyn Jana ja nicht auf die Nase binden. Es änderte schließlich nichts an Freds herzlosem Verhalten. Mit Schrecken beobachtete sie, dass Jana ihre Geschwindigkeit drosselte. Jetzt sollte sie aber flott zu ihrem eigentlichen Anliegen kommen, bevor diese mit dem Training fertig war und sich vielleicht verabschiedete. »Du hast einen neuen Verehrer, hab ich gehört?«

Jana stieg vom Laufband runter und wischte sich mit ihrem Handtuch übers Gesicht. »Meinst du Jörg? Verehrer würde ich das nicht nennen. Er ist mein Jugendfreund.«

»Jana und Jörg. Klingt doch wie gedichtet, wie füreinander geschaffen.«

»Ja, das haben wir oft zu hören gekriegt.«

»Er ist also deine erste große Liebe?«

»Hm, ja, könnte man so sagen.« Jana nahm ihre Wasserflasche und trank einen Schluck.

»Hast du ihn verlassen, oder hat er dich verlassen?«

»Er ist gegangen, und zwar ziemlich überraschend.«

»Oh, das war bestimmt nicht leicht für dich.«

»Es ging so. Ich hab dann schnell Leonard kennengelernt. Ich geh jetzt auf die Matten.«

»Matten? Matten sind gut. Bodenturnen ist *meine* Sportart.« Evelyn stellte ihr Laufband ab und folgte Jana zu den Gymnastikmatten, legte sich auf den Rücken, guckte sich bei Jana die Übungen ab und imitierte sie halbherzig. »So, dann steht also dieser Jörg plötzlich vor der Tür«, sagte sie währenddessen, »hat seine Fehler erkannt, gesteht dir, wie sehr du ihm gefehlt hast, will sich für dich ändern, und alles wird wieder gut?«

Als würde es sie nicht die geringste Kraftanstrengung kosten, legte Jana eine Reihe perfekter Sit-ups hin. Evelyn versuchte, es ihr nachzutun, doch ihr Oberkörper klebte auf der

Matte fest. Um sich nicht vollends zu blamieren, machte sie ein paar Dehnübungen und streckte Arme und Beine in die Länge.

»Oje«, antwortete Jana, »das klingt ja wie aus einem Groschenroman. Aber ein bisschen ist es tatsächlich so. Zumindest meint er, verstanden zu haben, woran unsere Beziehung gescheitert ist. Und ich muss zugeben, er hat sich wirklich ganz schön verändert.«

Das sanfte Lächeln auf Janas Lippen verriet Evelyn, dass da noch mehr war als nur Freundschaft. »Verändert? Inwiefern?«

»Als ich ihn kennengelernt habe, mit dreiundzwanzig, war er ein netter, bodenständiger Kerl, steckte noch im Soziologiestudium und sah seine Zukunft in der freien Wirtschaft. Einer seiner Studienkollegen hat ihn dann mal zu einem Vortrag über Reinkarnation mitgenommen. Danach war er nicht mehr zu bremsen, hat massenweise esoterische Bücher verschlungen und Kurse in Astrologie, Reiki, Yoga und was weiß ich besucht.«

»Das passt zu ihm. Er sieht ja auch aus wie ein Yogi.«

»Ja, das stimmt. Aber das ist nur äußerlich. Stell dir vor, er isst Brötchen mit Leberwurst oder Croissants mit Butter und trinkt Kaffee mit Milch und Zucker!«

Evelyn kräuselte die Lippen. Das konnte sie sich sehr gut vorstellen. Sie tat das jeden Morgen.

»Und weißt du was?« Jana hielt inne mit ihren Sit-ups und wandte sich Evelyn zu. »Er will mit mir den Kinderladen eröffnen. Es ist noch nicht ganz spruchreif, und ich muss auch noch darüber nachdenken, aber wir waren schon beim Makler, damit der schon mal nach einem passenden Mietobjekt Ausschau hält.«

Wie stolz sie lächelt, dachte Evelyn. Die beiden lieben sich noch, das sieht doch ein Blinder. »Wie steht es eigentlich um unser Shakespeare-Pärchen? Tut sich da was?«

»Was? Keine Ahnung.« Mit einer flotten Bewegung stand Jana auf und marschierte schnurstracks zum Butterfly.

Evelyn überlegte, ob sie ihr schon wieder folgen sollte, doch den Ruf einer Klette wollte sie sich nur ungern einhandeln. Sie hob ein paar Mal das rechte, dann das linke Bein, ließ die Schultern kreisen, streckte die Arme und dehnte die Waden. Das Gespräch war nicht sonderlich ergiebig gewesen, aber immerhin bestand kein Zweifel mehr daran, dass Jana und Jörg zusammengehörten. Für ihren Roman ging ihr das jedoch alles ein bisschen zu glatt, sie brauchte noch ein kleines Drama. Also, Jana und Jörg haben einen gemeinsamen Plan, ein großes Projekt, es muss kein Kinderladen sein, sie wollen zusammen eine Firma gründen, eine Eventagentur, Betriebsfeste, Hochzeitsplanungen, so was in der Art. Kurz vor Vertragsunterzeichnung dann die Wende. Irgendwas funkt ihnen dazwischen, ein Unfall zum Beispiel.

Und während Evelyn sich von den Strapazen des Trainings auf der Matte erholte, formulierte sie in Gedanken die Szene aus:

Zum x-ten Mal blickte Jana zur Uhr. Mit bedauernder Miene sah sie den Notar an, der ungehalten an seinem Kugelschreiber herumspielte, vor sich den Gesellschaftervertrag für ihre gemeinsame Agentur. Er wird gleich kommen, vertröstete sie ihn, obwohl sie sich dessen mittlerweile nicht mehr sicher war. Machte er in letzter Minute einen Rückzieher? Sollte sie sich tatsächlich so sehr in ihm getäuscht haben? Nein, er würde sie nicht hängen lassen, das war nicht sein Stil. Sie kannte doch ihren Jörg. Allerdings war er in letzter Zeit so anders gewesen, nervös, ungeduldig, gar nicht mehr er selbst. Von seiner anfänglichen Euphorie war nichts mehr zu spüren gewesen. Beunruhigt griff sie ein weiteres Mal zum Handy und wählte seine Nummer. Wieder nur die Mailbox. Ein kalter Schauer lief ihr plötzlich über den Rücken. Irgendwas musste passiert sein, das spürte sie. Sie schrak zusammen, als ihr Handy klingelte. Mit zitternder Hand griff sie danach und ging ran: »Jörg?« »Frau Heinrichs?« »Ja.« »Hier ist die Polizei. Ihr Freund hatte einen Unfall. Er ist …«

Mit einem Ruck saß Evelyn aufrecht. »… tot?«, rief sie in den Ladybereich hinein und erschrak über ihre eigene Fantasie. Zum Glück war die Musik so laut, dass keine der Frauen an den Geräten Notiz davon nahm. Evelyn legte sich zurück auf die Matte. Nein, Jörg durfte nicht sterben. Vielleicht später, aber jetzt noch nicht. Wie wäre es damit? Jana sitzt also beim Notar und wartet auf Jörg. Und dann:

Sie schrak zusammen, als die Tür sich ruckartig öffnete. Doch es war nicht Jörg, es war eine Frau, und diese Frau stürmte geradewegs auf sie zu. »Lass die Finger von dem Vater meines Kindes«, fauchte sie Jana an. Jana, im ersten Moment verdutzt, fing sich rasch. »Was geht mich der Vater Ihres Kindes an?« Die Frau schnappte nach Luft. »Spiel doch nicht die Ahnungslose. Du weißt sehr gut, dass Jörg Frau und Kind hat.« Jana lachte ungläubig. »Das ist doch lächerlich«, sagte sie. Doch insgeheim mehrten sich ihre Zweifel. Vielleicht war das die Erklärung für sein sonderbares Verhalten in den letzten Tagen. Bevor sie den Gedanken weiterverfolgen konnte, öffnete sich erneut die Tür. Diesmal war es Jörg. Erleichtert atmete sie auf. Jetzt würde sich der Irrtum aufklären. Jörg starrte die Frau an. »Beate! Was tust du hier?« Die Frau, die er offenbar kannte, ging auf ihn zu und griff nach seinen Händen. »Jörg, Liebling, komm zurück zu uns. Wir vermissen dich, wir lieben dich.« Jana schluckte. »Was hat das zu bedeuten, Jörg? Ist diese Frau etwa …?« Der Satz blieb ihr in der Kehle stecken. Jörg blickte beschämt zu Boden, dann sah er sie an und nickte. »Ja. Sie ist meine Frau. Aber …« Jana hatte genug gehört. Mit Tränen in den Augen griff sie nach ihrer Tasche und verließ fluchtartig das Notariat.

Ja, so könnte es gehen. Zufrieden lächelnd erhob sich Evelyn, schlenderte zum Rudergerät und begann zu trainieren. Eigentlich macht es doch Spaß, dachte sie und nahm sich vor, den Probemonat voll auszunutzen.

Kapitel 12

Zum dritten Mal kurvte Leonard mit seinem Mercedes-Benz um den Block auf der Suche nach einem Parkplatz. Das war ihm noch nie passiert. Normalerweise gehörte er zu denen, die kamen, sahen und siegten. Wohl oder übel musste er sich heute mit einer engen Parklücke einen Block weiter zufriedengeben. Er stieg aus und legte das Stück bis zu Janas Haus zu Fuß zurück.

Der kleine Marsch ließ ihm reichlich Raum für Überlegungen. Er sollte umkehren. Es war eine bescheuerte Idee. Thorsten hatte ihn darauf gebracht mit seinem dummen Spruch: Willst du die Richtige finden, fang mit der Falschen an. Im ersten Moment klang das natürlich völlig Banane, in seiner Verzweiflung aber hatte er angefangen, in seinen bisherigen Beziehungen nach Indizien zu suchen, die diese These bestätigten. In der Tat hatte es immer gerade dann, wenn er gebunden war, auffallend viele Angebote seitens der Damenwelt gegeben, teils offenkundig, teils subtil, und vor allem von Ilona. In den Single-Phasen dagegen hatte sich oft lange Zeit nichts getan, sodass ihn schon arge Zweifel an seiner Wirkung auf Frauen beschlichen hatten. Seine Erfahrungen bestätigten also Thorstens Beobachtungen. Offenbar übte ein gebundener Mann einen besonderen Reiz auf Frauen aus, sei es aus einer Art

Jagdtrieb oder einem Sicherheitsdenken heraus. Oder lag es an einer vermehrten Testosteronausschüttung seitens des Mannes?

Da war ihm die Idee gekommen. Aber sie war bescheuert. Er sollte umkehren. Silke war nicht irgendeine Falsche, sie war die Falscheste, die man sich vorstellen konnte, sie hasste ihn, er hasste sie … Unvermittelt blieb er stehen. Hasste er sie? Er konnte ihre provokante Art nicht ausstehen, aber hassen? Nein, er hasste sie nicht. Er setzte seinen Weg fort, wild entschlossen, über seinen Schatten zu springen. Sie würde ihn auslachen, das war gewiss. Alle würden ihn auslachen. Es war besser umzukehren. Jetzt war noch Zeit dafür. Sein innerer Mentor meldete sich zu Wort. »Denk an das Ziel! Denk an das Ziel!«, flößte er ihm immer wieder ein. »Es ist die einzige Möglichkeit, Jana nahe zu sein. Nur wenn du ihr nahe bist, kannst du sie zurückerobern. Oder willst du dem Spacko das Feld kampflos überlassen?« Nein, das wollte er nicht.

Auf dem Klingelschild standen nach wie vor nur die Namen von Jana und Silke. Daraus konnte man schließen, dass Jörg zumindest nicht hier wohnte. Das war beruhigend. Die Tür summte, er sprintete die Treppen hinauf, und wieder stand der ungebetene Besucher in der Tür. Gab er jetzt den Butler?

»Leonard! Das ist ja eine nette Überraschung.«

»Du schon wieder? Hast du kein Zuhause?«

»Ich bin überall zu Hause, wo Platz für meine Yogamatte ist.«

Breit grinste er Leonard an mit seinen weißen Zähnen. »Blendendes Gebiss. Gibt's das im ganzen Satz zu kaufen?«, fragte Leonard.

Der Guru grinste noch ein Stück breiter. »Nein, das ist alles echt. Das Rezept heißt schlicht und einfach Natron. Das verwenden viele Amerikaner, übrigens auch Julia Roberts. Gibt's für ein paar Cent. Kann ich dir unbedingt empfehlen. Die Frauen stehen auf gepflegte Männer.«

»Danke für den Tipp«, sagte Leonard so trocken, wie es ihm möglich war.

»Mensch, komm doch rein. Du willst sicher zu Silke.«

Leonard spazierte an Jörg vorbei und trottete gemächlich auf Silkes Zimmer zu, das im hinteren Bereich der Wohnung lag. Aufmerksam schaute er sich um. Die Tür zu Janas Zimmer war angelehnt, die zum Wohnzimmer stand weit offen. Sein Herz machte einen kleinen Freudensprung, als er das Bettzeug auf der Couch entdeckte. Das konnte nur eins bedeuten: Dort befand sich das Nachtlager des Gurus, er schlief also nicht in Janas Bett. »Ist Jana gar nicht da?«, fragte er beiläufig.

»Sie wärmt das Bett schon an.«

Wieso verspürte Leonard plötzlich große Lust, seine Faust zu ballen und sie dem Typen in die Fresse zu hauen. Er holte tief Luft und verdrängte den Impuls. Er wollte nicht riskieren, sich Janas Missbilligung einzuhandeln. Sie konnte prügelnde Männer nicht ausstehen. Er selbst ja auch nicht. Normalerweise. Bevor er Silkes Zimmertür erreichte, hielt Jörg ihn am Arm fest.

»Du, Leonard, warte doch mal«, sagte er mit zuckersüßer Stimme. »Ich hab mir so meine Gedanken gemacht, weißt du.«

Leonard zog verständnislos die Augenbrauen hoch. »Das steht jedem frei. Auch dir.«

»Ich weiß von euerm Problem.«

»Unserm Problem?«

»Das mit Silke und dir.«

»Wir haben ein Problem?«

In väterlicher Manier legte Jörg seine Hand auf Leonards Schulter. »Ich kenne das, mein Freund: erst mal ignorieren. Aber weißt du, es ist nur allzu menschlich, du musst dich dafür nicht schämen. Das ist ein Schutzmechanismus.«

»Sagt das dein Analytiker?« Leonard streifte Jörgs Hand ab und wischte ein paar Mal über seinen Ärmel, als müsse er die Stelle säubern.

»Ich bin die falsche Adresse für deine Wut, mein Lieber. Ich will doch nur helfen.«

»Ganz reizend von dir, aber mir geht es bestens. Kann ich *dir* vielleicht irgendwie helfen?«

Jörg lächelte mild. »Verletzte Eitelkeit. Kenn ich alles, mein Freund. Aber ich sehe auch, dass du bereit bist, dich dem Problem zu stellen. Allein dein Auftauchen hier zeigt schon, dass du dich öffnen willst. Und das ist gut so, denn Unfrieden raubt uns Lebensenergie. Also, setzt euch zusammen, sprecht aus, was euch bewegt, zeig Silke, was sie dir bedeutet. Wenn du willst, unterstütze ich euch. Ich bin euer Mentor. In einer so verfahrenen Situation ist es sehr hilfreich, eine neutrale Person dabeizuhaben.«

Leonard fragte sich ernsthaft, was der Typ denn alles zu wissen glaubte, und vor allem, woher er seine Informationen bezog. Doch wohl kaum von Jana. Oder doch? Zum Glück öffnete sich jetzt Silkes Tür.

»Ach! Hab ich also richtig gehört.«

»Wie ich es dir vorausgesagt habe, Silke.« Jörg strahlte sie über beide Backen an. »Er wird wiederkommen, habe ich gesagt. Und sieh nur, wer da ist.«

»Hab ich was an den Ohren, oder willst du tatsächlich zu mir?« Mit verschränkten Armen lehnte Silke sich in den Türrahmen.

Jörg nickte Leonard aufmunternd zu.

»Wenn du einen Moment Zeit hast …«, sagte Leonard.

»Aber klar doch. Worum geht's?« Silke machte keine Anstalten, ihn in ihr Zimmer zu bitten.

Leonard blickte kurz zu Jörg, dann zu Silke. »Müssen wir das hier besprechen?«

Jörg hob beide Hände. »Okay, ich bin schon weg. Aber wenn ihr Hilfe braucht, ihr findet mich in der Küche.«

Misstrauisch kniff Silke die Augen zusammen, schließlich gab sie den Weg in ihr Zimmer frei, Leonard ging hinein, sie schloss die Tür hinter ihm.

»Muss ich mich bewaffnen?«, fragte sie.

Leonard lächelte. »Ich komme in friedlicher Absicht.«

Silke zog die Augenbrauen hoch.

Leonard blickte sich im Zimmer um. Er hatte es noch nie betreten, hatte nicht mal einen Blick hineingeworfen. Dieser Raum war bisher absolut tabu für ihn gewesen. Ähnlich wie Thorstens Wohnung war er ein wenig monochrom und puristisch, aber durchaus geschmackvoll eingerichtet.

»Also, was willst du?«, fragte Silke streng. Sie bot ihm nicht mal einen Platz auf einem der beiden Clubsessel an.

»Hm, wie soll ich anfangen?«

»Wenn ich dir helfen soll, Jana zurückzugewinnen, dann hast du den Weg umsonst gemacht. Jana trifft ihre eigenen Entscheidungen.«

»Das ist ja mal ganz was Neues«, lag es Leonard auf der Zunge. Er erinnerte sich gut daran, wie Silke Jana stets zu beeinflussen versucht hatte. Doch er verkniff sich den Spruch. »Das weiß ich ja. Ich will … ich will … also, Helen hat mir den Kopf gewaschen. Sie sagt, ich soll mich bei dir entschuldigen. So! Jetzt ist es raus.«

»Das sagt Helen?«

»Das sagt Helen.«

»Und du tust natürlich brav, was deine große Schwester dir sagt?«

»In diesem Fall schon. Sie hat ja recht. Es ist doch kindisch, dass wir uns streiten. Wir sind beide erwachsen, also sollten wir uns auch so benehmen.«

Silke trat von einem Fuß auf den anderen. Ihr schien es die Sprache verschlagen zu haben. »Und wofür genau willst du dich entschuldigen?«

»Na, du weißt schon. Was ich am Samstag gesagt habe.«

»Was war das noch?«

»Komm, jetzt mach es mir nicht so schwer. Ich war etwas neben der Spur, Jetlag und so, weißt du. Aber eigentlich hatte ich mir schon lange vorgenommen, mit dem Quatsch aufzuhören. Ich meine, wir müssen uns nicht lieben, aber vielleicht können wir wie normale Menschen miteinander umgehen. Das ging doch vor dieser blöden Geschichte auch. Also, was meinst du?«

Silke schwieg einen Moment. »Du meinst das ernst, ja?«

»Ja. Sonst würde ich es nicht sagen.« Leonard wunderte sich erstens, wie leicht es doch war, einfach über seinen Schatten zu springen, und zweitens, wie schnell Silke zahm wurde. Er hatte es sich weit schwieriger vorgestellt.

»Und es gibt keinen Hintergedanken?«

»Nein. Sicher nicht.«

Wieder schwieg sie. »Lass uns in den Biergarten gehen. Oder hast du was anderes vor?«

»Biergarten ist super.«

Als sie den Flur durchquerten, schielte Leonard verstohlen auf Janas Zimmertür, die immer noch angelehnt war. Konnte es sein, dass sie ihn nicht gehört hatte? »An welchen Biergarten denkst du, Silke?«, fragte er mit gehobener Stimme. Wenn sie sich jetzt nicht rührte, dann ganz bewusst.

»*Lindenkrug*. Da können wir zu Fuß hinlaufen.«

In Janas Zimmer rührte sich tatsächlich nichts. Dafür kam Jörg mit einer Karotte und einem Schälmesser in der Hand aus der Küche. »Ihr habt euch versöhnt. Wie mich das freut.«

»Und ganz ohne dein Zutun«, meinte Leonard spöttisch.

»In meinen Gedanken war ich bei euch. Ich habe euch meine positive Energie geschickt.«

Silke öffnete die Wohnungstür. Zur Überraschung aller stand Jana mit nassen Haaren und Badetasche davor, den Schlüssel in der Hand.

»Hey, da bist du ja. Warst du schwimmen?«, fragte Silke.

Leonards Herz machte einen Hüpfer vor Freude. Von wegen: wärmt das Bett schon an. Wenn der Aufschneider es nötig hatte, falsche Tatsachen vorzuspiegeln, dann war er sich seiner Sache längst nicht sicher; er kämpfte noch um Janas Gunst und sah in ihm, Leonard, einen Gegner. Deshalb das freundliche Getue.

»Ja, ich war im Wiesenbad. Hallo Leonard.«

»Hi, Jana.«

»Wie kommt's, dass du hier bist?«

»Wir wollen in den Biergarten«, erklärte Silke.

»Ihr beide?«

»Ja.«

»Du und Leonard?«, versicherte Jana sich noch mal.

»Kommt doch einfach mit«, schlug Leonard vor.

»Ja«, sagte Silke. »Kommt doch einfach mit.«

Jana fasste sich ins nasse Haar. »Würd ich gern, aber …«

»Täubchen«, schaltete Jörg sich ein, »ich koche uns gerade was Leckeres.«

Jana zuckte bedauernd mit den Schultern. »Vielleicht kommen wir nach.«

Der *Lindenkrug* war ein uriger, im Schatten von Bäumen gelegener Biergarten in einer ruhigen Nebenstraße. Leonard war oft mit Jana hier gewesen, denn sie liebte die romantische Stimmung, wenn am Abend die Kerzen in den Windlichtern brannten. Er folgte Silke durch die gut besetzten Tischreihen und bemerkte, dass sie von einigen Leuten gegrüßt und angelächelt wurde.

Sie ergatterten zwei freie Plätze an einem zur Hälfte belegten Tisch und setzten sich dazu.

»Du kennst ja jede Menge Leute hier«, meinte Leonard.

»Kennen wäre zu viel gesagt. Die meisten sind Mitglieder im Studio.«

Ihren Tischnachbarn wurden Pizza und Salat serviert, und Leonard hegte die Hoffnung, dass sie damit fertig sein mochten, bevor Jana mit ihrem Guru hier auftauchte. Es wäre nicht in seinem Sinn, wenn die beiden sich woanders hinsetzen müssten, weil hier kein Platz mehr war.

Er bestellte ein Radler und Silke ein Glas Weißwein.

Einen Moment schwiegen sie und blickten sich um.

»Ich war schon lange nicht mehr hier«, sagte Leonard.

»Ist ja auch ein bisschen weit von Peru aus.«

Leonard lächelte verhalten. »Stimmt.«

Silke kniff die Augen zusammen und fixierte ihn. »Es ist fast ein bisschen unheimlich, mit dir so friedlich hier zu sitzen. Daran muss ich mich erst gewöhnen.«

»Ja, ich auch.«

»Ist es jetzt eigentlich endgültig vorbei mit dir und Jana?«

»Da ist im Grunde alles geklärt. Sie hat nie auf meine Briefe geantwortet, vermutlich hat sie sie nicht einmal gelesen, irgendwann hab ich's kapiert und nicht mehr geschrieben. Also, da gibt es nichts mehr zu reden.«

»Und warum wolltest du sie auf der Party sprechen?«

Leonard seufzte. »Ich wollte ihr erklären, was ich ihr auch schon geschrieben hatte. Es war wirklich dumm, sie wegen Ilona anzulügen. Dadurch wurde die Sache erst verdächtig. Dabei hatte ich mit Ilona nichts im Sinn. Sie ist überhaupt nicht mein Typ.«

»Aber wenn du nichts mehr von Jana willst, warum ist es dir dann so wichtig?«

»Ich will nicht, dass eine Lüge zwischen uns steht. Man sollte eine Beziehung immer ohne Schuldzuweisungen beenden, damit jeder seinen inneren Frieden mit dem anderen machen und seinen Weg mit einem guten Gefühl fortsetzen kann. Ich weiß, es klingt abgegriffen, aber ich wünsche mir tatsächlich, dass Jana und ich Freunde bleiben.« Leonard spürte Silkes skeptischen Blick auf sich. Kaufte sie ihm das nicht ab?

»So viel Weisheit aus deinem Mund?«

»Ich hatte viel Zeit zum Nachdenken.«

Die Bedienung kam, stellte die Getränke ab und notierte die Preise auf den Bierdeckeln.

Silke hob ihr Glas. »Worauf trinken wir?«

»Auf die Freundschaft.«

»Auf die Freundschaft.«

Sie nahmen beide einen Schluck und setzten die Gläser wieder ab.

»Was ist denn das mit diesem Jörg? Was Ernstes oder auch eher eine platonische Freundschaft?«

»Das ist schwer zu sagen. Er ist ihre erste ernsthafte Beziehung gewesen. Der erste Freund bleibt für eine Frau immer etwas ganz Besonderes, heißt es. Kann ich von mir selbst zwar nicht behaupten, aber das ist oft Thema in Romanen. Erster Kuss, erster Sex und so weiter, daraus ergibt sich eine Art Urvertrauensverhältnis. Kennst du das nicht?«

Leonard dachte zurück an seine frühe Jugend. Erster Sex, nicht mehr ganz nüchtern und ohne den gewünschten Erfolg. Erste Freundin, na ja, erste ernsthafte Freundin, Angie, süße Maus, hatte ihn aber nach drei Monaten gegen einen anderen eingetauscht. Daran hatte er zu knabbern gehabt. »Ich denke, Männer haben das Problem generell nicht. Frauen glauben gern an das Märchen, dass es auf der ganzen Welt nur den einen Richtigen gibt.«

»Und du siehst das anders?«

»Na, hör mal. Die Chance, ausgerechnet diesen einen zu treffen, ist doch geringer als ein Sechser im Lotto. Oder etwa nicht?«

»Ich denke, es gibt überhaupt keinen idealen Partner. Wenn ich von der einen großen Liebe träume, muss ich doch zwangsläufig enttäuscht werden.«

»Warum?«

»Weil die Erwartungen sehr hoch sind. Der andere muss all das erfüllen, was ich in ihn hineinprojiziere. Und damit fängt das Drama an.«

»Das ist ja eine lobenswerte Anschauung. Die meisten Frauen denken da viel kleinkarierter. Man merkt, dass du sehr belesen bist.« Leonard registrierte, dass Silke doch tatsächlich rot wurde. Das hätte er ihr gar nicht zugetraut. Sie hatte also doch menschliche Züge an sich.

»Wenn man nichts erwartet, ist die Chance auf eine nette Überraschung viel größer. So wie jetzt bei Jana.«

»Bei Jana?«

»Sie und Jörg haben offenbar vor, den Kinderladen zu eröffnen. Das hat sie mir vorhin erzählt.«

Das traf Leonard wie ein Schlag ins Gesicht. »Oh!«, sagte er nur. Zu mehr war er nicht imstande. Er trank sein Glas in einem Zug leer und gab der Kellnerin ein Handzeichen. »Na, das sind ja tolle Nachrichten.«

»Ja. Das finde ich auch. Sie suchen gerade nach einem passenden Objekt und hatten schon einen Termin beim Makler. Ich freue mich für sie. Jörg ist jemand, auf den sie sich hundertprozentig verlassen kann.«

War das eine Anspielung auf seine Entscheidung, nach Peru zu gehen? Klar war es das. Leonard hatte Mühe, sich seinen plötzlichen Stimmungswechsel nicht anmerken zu lassen. Krampfhaft suchte er nach einem Thema, mit dem er sich von der Hiobsbotschaft ablenken konnte, doch ihm wollte absolut nichts einfallen.

»Ich glaube nicht, dass die beiden noch kommen«, meinte Silke.

»Hm?« Leonard hatte nur mit einem Ohr gehört, dass Silke irgendwas gesagt hatte.

»Jana und Jörg. Ich glaube nicht, dass sie noch kommen.«

»Ach so. Nein, das glaube ich auch nicht.« Für Leonard war der Tag gelaufen. Seit gerade eben wusste er, dass er die Lage falsch eingeschätzt hatte. Jörg war für ihn so was wie ein Tantenbesuch gewesen, jemand, der zum Kaffee blieb und sich schnell wieder verabschiedete. Das war offenbar ein Irrtum gewesen. Der Kerl saß fest im Sattel und hatte die Zügel in der Hand. Das änderte natürlich einiges. Leonard musste umdenken, zur Not alle Register ziehen. Na gut, mein Guru-Freund, jetzt schicke ich dir auch mal eine mentale Botschaft: Zieh dich warm an!

Kapitel 13

Am Vormittag war ein heftiges Gewitter runtergegangen, die Luft hatte sich jedoch kaum abgekühlt. Es war immer noch genauso drückend wie vorher.

Thorsten stand hinterm Tresen, das Telefon am Ohr, und machte sich Notizen. »Da hab ich den Château Bonnet und den Domaine de la Présidente. Ja, der müsste auch auf Lager sein. Drei Flaschen? Gut. Und von den anderen jeweils sechs.« Thorsten blickte zur Wanduhr hoch. »Ich schaffe es frühestens um sieben. Mein Azubi hat heute frei, da kann ich hier nicht weg. Das heißt … Moment, bitte.« Thorstens Blick fiel auf die Eingangstür. Zu seiner Freude betrat Silke gerade den Laden. Sie hatte ihm schon oft aus der Patsche geholfen.

»Hi. Du kommst wie gerufen. Kannst du mich eine halbe Stunde hier vertreten? Ich hab eine Lieferung nach Hoberge.«

»Wir machen's umgekehrt: Du bleibst hier, und ich fahre mit deinem kleinen Flitzer zum Kunden.«

Thorsten grinste schief. »Erpresserin!« Mit seinem Wagen war er normalerweise pingelig. Den gab er nie aus der Hand. Nur bei Silke machte er eine Ausnahme; er wusste selbst nicht, warum. Vermutlich, weil sie einen ähnlichen Fahrstil hatte wie er, schnittig, aber sicher, für eine Frau bemerkenswert, fand er.

»Hören Sie? Es klappt jetzt doch«, sagte er ins Telefon. »Bis fünf Uhr haben Sie Ihren Wein. – Nichts zu danken. Auf Wiederhören.«

Er legte auf und musterte Silke. Sie wirkte heute irgendwie anders, wenn er auch nicht sagen konnte, inwiefern. »Was führt dich zu mir?«

»Mein Buch habe ich ausgelesen, den nächsten Kurs habe ich erst um acht, da dachte ich, nutze ich doch die freie Zeit, um dir die Neuigkeit persönlich zu übermitteln. Sonst entgeht mir noch dein dummes Gesicht, und das wäre zu schade.«

»Du machst mich neugierig. Also, sag schon.«

Silke streifte an den Weinregalen entlang und gab sich geheimnisvoll. »Das musst du schon erraten.«

Thorsten überlegte angestrengt. Konnte es mit dem Guru zu tun haben? War der vielleicht abgereist? Oder gab es etwas Neues in Bezug auf Leonard und ihre kleine Intrige? Ups! Da musste er aber aufpassen, dass er sich nicht verplapperte. »Nun sag schon. Ich bin nicht gut im Raten.«

»Ich habe gestern einen richtig netten Abend im Biergarten verbracht. In Begleitung.«

»Mit Jana und ihrem komischen Typen?«

»Nein.«

»Blind Date?«

»Nein.«

Thorsten überlegte einen Moment. Mit wem konnte sie einen netten Abend im Biergarten verbracht haben? »Du hast einen Freund?«, schoss es dann aus ihm heraus. Sofort kam ihm der Verdacht, dass es wie ein Vorwurf geklungen haben musste. Merkwürdigerweise spürte er obendrein ein widerliches Gefühl von Eifersucht in sich hochsteigen. Wenn Silke plötzlich jemanden hatte, was sollte dann aus ihm werden? Er stand dann ganz allein da. Sie beide waren doch Verbündete in ihrem erfolglosen Kampf gegen das Single-Dasein. Mit wem sollte er dann gemeinsam jammern?

»Du kommst sowieso nicht drauf, also verrate ich es dir. Ich war mit Leonard da.«

Thorsten lachte ungläubig. »Mit *unserem* Leonard?«

Silke nickte. »Das ist ein Ding, was?«

»Aber wozu? Ich meine, warum? Wie kam es dazu?«

»Keine Ahnung, Leonard ist gekommen, hat sich in aller Form bei mir entschuldigt, und das fand ich so rührend, dass ich ihn in den Biergarten eingeladen habe.«

»Das gibt's doch gar nicht!« Aus irgendeinem Grund war Thorstens Laune nun komplett dahin. »Ich hol mal den Wein aus dem Lager«, brummte er. Er brauchte jetzt dringend einen Moment für sich allein, damit er wieder einen klaren Kopf bekam. Im Keller stand er planlos vor den Regalen. Was war nur los mit ihm? Warum fuchste es ihn so sehr, dass Silke mit Leonard ausging? Genauso hatte er es doch gewollt, die beiden sollten verkuppelt werden, damit der Weg zu Jana für ihn frei war. Und jetzt ärgerte es ihn, dass alles nach Plan lief?

Nach ein paar tiefen Atemzügen in der kühlen Kellerluft wurden seine Gedanken allmählich wieder klarer, und prompt fand er die plausible Erklärung: Das Einzige, was ihn an der Geschichte ärgerte, war die Tatsache, dass Leonard, der Schlawiner, mal wieder bekam, was er wollte, ohne sich dabei anzustrengen; er ließ nur mal eben eine nette Entschuldigung vom Stapel, und schon lag ihm alle Welt inklusive Silke zu Füßen. Subjektiv gesehen war das durchaus ein Grund zum Ärgern, doch in diesem Fall wäre es angebracht drüberzustehen. Das erste Hindernis auf seinem Weg zu Jana war beseitigt, jetzt galt es nur noch, den Guru zu schlagen. Leider ließ Jana sich nur zu leicht von ihm einwickeln.

Während er den Karton Château Bonnet ergriff, schüttelte er den Kopf und grinste vor sich hin. Silke und Leonard.

Wenn man darüber nachdachte, war es schon ein Unding, dass man mit einer kleinen Schwindelei ganze Schicksale umlenken konnte.

Aufgemuntert stapfte er die Holztreppe wieder hinauf und stellte den Karton ab. Silke hatte sich auf den Barhocker am Stehtisch gesetzt und blätterte in einer Fachzeitschrift.

»Erzähl doch mal ein bisschen«, meinte er. »Wie ist das, wenn man sich jahrelang hasst und dann plötzlich auf Friede, Freude, Eierkuchen macht?«

Silke schlug die Zeitschrift zu. »Eigentlich ganz nett.«

»Ganz nett? Ist das alles? Worüber habt ihr geredet?«

»Er hat von seiner Arbeit in Peru erzählt. Das war schon hochinteressant.«

Thorsten verzog den Mund. Hatte der Typ kein spannenderes Thema drauf? Bei einem Date konnte er ruhig mal eine andere Platte auflegen. Aber vermutlich glaubte er, dass er als wetterfester Abenteurer so oder so die erste Wahl war.

»Hat er dich nicht ausgequetscht, ich meine wegen Jana und ihrem neuen Macker?«

Silke zog die Stirn kraus und überlegte. »Ja, doch. Ich habe ihm von den beiden erzählt. Jörg ist schon eine beeindruckende Persönlichkeit, findest du nicht? Ich wünsche Jana von Herzen, dass sie mit ihm glücklich wird.«

»Wie? Ist das schon amtlich, dass sie wieder zusammen sind?«

»Wenn du mich fragst, ja. Und ich hatte den Eindruck, dass Leonard sich auch darüber freuen würde.«

Den letzten Satz nahm Thorsten nur noch mit einem Ohr wahr. Er lief wieder hinunter in den Keller, machte die Bestellung fertig, verfrachtete sie in den Wagen und drückte Silke den Schlüssel in die Hand. Jana und der Guru! Das musste verhindert werden. Die Frage war nur, wie.

Kapitel 14

Evelyn stand kurz vor einer Verzweiflungstat. Den Kopf in die Hände gestützt, schielte sie auf die Maus, die nutzlos neben ihrem Notebook lag. Es ging nicht weiter! Draußen Rasenmäher, Rasentrimmer, Kettensägen, drinnen der verflixte alte Kühlschrank, der auf Hochtouren brummte, über ihr Klaviergeklimper – wie sollte man sich denn bei dem Lärm konzentrieren?

Sie stand auf, öffnete den Kühlschrank und trank einen Schluck Apfelsaft. Fred konnte es nicht leiden, wenn sie aus der Flasche trank. Na und? Er sah es ja nicht. Überhaupt konnte er vieles nicht leiden. Das bekam sie jeden Tag deutlicher zu spüren, seit sie ihr Büro an seinem Küchentisch eingerichtet hatte.

Wäsche nicht im Bad trocknen – Schimmelgefahr!

Geschirr nach Gebrauch in die Spülmaschine räumen – Fliegeninvasionsgefahr!

Müll täglich entsorgen – Erstickungsgefahr!

Wasser beim Zähneputzen abstellen – Kostenexplosionsgefahr!

Ihn nicht bei der Arbeit stören – Fristversäumnisgefahr!

Die Gefahren lauerten überall, und sie konnte nicht das Geringste dagegen tun. »Du kannst ja auch zu Hause arbeiten«, bekam sie dann in seiner manchmal stoischen Art zu hören, wenn sie sich beschwerte; ganz so, als wäre ihm das ohnehin das Liebste. Dabei war es doch auch schön zu wissen, dass man sich nur zwei Türen weiter jederzeit ein Küsschen abholen konnte, wenn einem danach war. Fred hatte seine Vorzüge, die sie keinesfalls missen mochte. Er war geradeheraus, kochte gern und ausgezeichnet und legte, wenn es darauf ankam, eine erstaunliche Ausdauer an den Tag. Aber an Romantik mangelte es ihm leider.

Ihr Blick fiel auf das Notebook, das seit Stunden auf Input wartete. Lächerliche zwei Kapitel hatte sie bisher in Rohfassung niedergeschrieben. Wenn das so weiterging, würde sie allenfalls eine Kurzgeschichte zustande bringen, eine langweilige, vorhersehbare, einschläfernde Kurzgeschichte! Von nebenan bekam sie nichts mehr mit. Es gab keine Widersacher, keine Schicksalsschläge, keine Eifersuchtsszenen – alles lief glatt. Jörg war jetzt seit zehn Tagen bei Jana, das hatte sie mitgezählt. Die beiden liebten sich, daran gab es nichts zu rütteln, sie würden den Kinderladen gründen, und fertig. Leonard war einige Male gekommen, um Silke abzuholen. Aber was die beiden trieben, blieb ihr verborgen. Wie sollte sie denn so ihren Roman fertigschreiben?

Abrupt stand sie auf. Sie musste mit jemandem reden. Es entsprach nicht ihrem Naturell, einsam vor sich hin zu grübeln, am allerwenigsten, wenn nichts dabei herauskam. Sie brauchte den Austausch, das Feedback, brauchte Impulse von außen.

Auf leisen Sohlen schlich sie aus der Küche zu Freds Arbeitszimmer und versuchte herauszufinden, ob gerade ein geeigneter Zeitpunkt war, ihn zu stören. Sie hörte seine Stimme, offenbar telefonierte er. Leise öffnete sie die Tür und lugte durch den Spalt. Er sprach verdächtig gedämpft, ganz so, als hätte er etwas zu verheimlichen. Aber vor wem? Etwa vor ihr?

»Ja, ich bin mir absolut sicher. Er ist gegangen. Mit Reisetasche. Wie lange? Hm, warte mal, ich glaub bis Montag, hat Evelyn gesagt.«

Evelyn zählte eins und eins zusammen. Das war Thorsten. Ganz klarer Fall. Kaum hatte sie Fred erzählt, was sie vorhin mehr oder weniger zufällig aufgeschnappt hatte, hängte er sich ans Telefon und gab die Info weiter. So ein Schlawiner. Vor nicht mal einer halben Stunde hatte Jörg sich von Jana verabschiedet. Es war ja klar, dass er zu Hause ein paar amtliche Dinge zu erledigen hatte, jetzt, wo er sich endgültig für Bielefeld und für Jana entschieden hatte. Aber dass Fred, der Spitzel, gleich die Info weitergab, und das auch noch heimlich, das war eine Katastrophe! Es würde zu einer Katastrophe kommen, wenn sie nicht einschritt. Entrüstet machte sie zwei Schritte in den Raum und stemmte die Fäuste in die Hüften. »Ist das Thorsten?«, fragte sie streng wie die Aufseherin eines Mädcheninternats.

Fred zuckte zusammen und ließ das Telefon fallen. Es krachte mitten in sein Modell und zerstörte einen Teil des Dachstuhls. »Äh, wieso?«, fragte er sichtlich betreten, fischte den Hörer mit seinen schmalen Fingern wieder heraus und hielt ihn ans Ohr. »Du, ich muss auflegen.«

»Halt! Ich muss auch noch mit Thorsten reden.« Sanft, aber bestimmt nahm Evelyn ihm den Hörer ab. »Hallo Thorsten. Bist du noch da?«

»Äh, ja.«

»Ich habe ganz zufällig euer Gespräch mitgehört. Es wird dich sicher freuen, dass Jörg ein paar Tage verreist ist.«

»Aber hallo!«

»Dann ist die Bahn ja frei. Ich nehme an, du willst Jana aufsuchen?« Irgendwie musste sie Thorsten davon abbringen. Er war der Letzte, der sich zwischen die beiden stellen durfte.

Ein ernst zu nehmender Widersacher täte ihrer Geschichte zwar gut, aber sicher nicht in Gestalt von Thorsten! Der hatte so gar nichts Bedrohliches an sich.

»Klar!«, sagte Thorsten voller Inbrunst. »Das ist meine Chance! Kennst mich doch, ich gebe niemals auf.«

»Also, wenn du willst, kann ich dich unterstützen.«

»Das ist echt lieb gemeint, aber ich denke, das kriege ich schon hin. Der Feind hat das Feld geräumt, jetzt werde ich die Burg stürmen.«

Oje. Das klang verdammt entschieden. Evelyn blieb nur noch, das Schlimmste zu verhindern. Aber dafür musste sie irgendwie am Geschehen teilnehmen, damit sie eingreifen konnte, wenn alles aus dem Ruder lief. »Wie? Einfach so? Ohne Strategie?«

Thorsten lachte unverschämt. »Strategie! So ein Quatsch! Hab noch nie eine Strategie gebraucht.«

»Aber Thorsten, genau das ist doch dein Problem. Oder kannst du schon irgendwelche nennenswerten Erfolge in Bezug auf Jana vorweisen?«

»Hallo? Wer hat sich denn um sie gekümmert? Seit Leonard vor ein paar Monaten abgehauen ist, war ich jeden Tag für sie da, hab sie getröstet, sie zum Essen eingeladen, hab ein Ohr für ihre Probleme …«

»Ach so. Du willst dich kümmern wie ein guter Freund. Verstehe. Dafür brauchst du in der Tat keine Strategie.«

Fred hielt seine Hand vor die Augen und schüttelte dezent den Kopf, so wie er es immer tat, wenn er am liebsten nichts mit einer Sache zu tun haben wollte. Und das kam in letzter Zeit des Öfteren vor. Aber wer hatte denn Thorsten heimlich angerufen? Sie tat doch weiter nichts, als Freds Karren wieder aus dem Dreck zu ziehen.

Thorsten schwieg einen Moment, und Evelyn konnte quasi hören, wie der Groschen bei ihm fiel.

»Ja«, sagte er kleinlaut, »es stimmt schon, uns verbindet eine enge Freundschaft. Aber da ist noch mehr. Das spüre ich.« Ein Schniefen ertönte durch die Leitung. »Ich hab zu lang gewartet, ich hätte sie längst festnageln sollen. Ich wollte ihr Zeit lassen, es ging ihr ja nicht so gut. Und dann warte ich Depp so lange, bis der Guru daherkommt und sie mit seinem weißen Yogadress einwickelt.«

»Eben, genau das meine ich.«

»Was soll ich denn jetzt machen?«

»Hm, lass mich kurz nachdenken.«

Fred schüttelte immer noch den Kopf und friemelte an den zerbrochenen Dachbalken herum.

Evelyn sinnierte einen Moment. Und da war sie, die Erkenntnis. Sie hatte sich an der Realität orientieren wollen, wegen der Glaubwürdigkeit, aber wer sagte, dass sie die Charaktere eins zu eins aus dem wahren Leben übernehmen musste? Wenn es nötig war, konnte sie jede einzelne Figur nach ihren Vorstellungen formen. Und bei Thorsten war es nötig. Sie würde ihm die Eigenschaften verpassen, die sie für einen starken Gegner brauchte: Willensstärke, herbe Männlichkeit, Intelligenz. Sie stutzte. Intelligenz? War das nicht ein bisschen sehr weit hergeholt? Egal. Sie hatte jetzt ihren Plot Point. Kein Unfall, keine schwangere Verlobte, keine Ehefrau mit Kind, nein, ein ernst zu nehmender Rivale betritt die Bildfläche. Das war genial. Es fehlte nur noch der geeignete Schauplatz, von dem aus sie das Geschehen mitverfolgen konnte, irgendein öffentlicher Ort. Thorsten neigte zu Übertreibungen, man sollte ihn nicht ohne Aufsicht lassen. Aber wohin konnte sie die beiden schicken? Und plötzlich kam ihr die Idee. Jetzt war nur noch Fingerspitzengefühl angesagt, damit es nicht zu plump rüberkam und Thorsten misstrauisch wurde.

»Also, überleg doch mal, was macht Jana gern?«

»Hm, joggen.«

Evelyn lachte spitz auf. »Du willst mit ihr joggen gehen?«

»Äh, nicht unbedingt. Aber vielleicht ins Kino?«

»Na klar. Wenn du zugucken willst, wie andere sich küssen.«

»Nicht gut?«

»Nicht gut, Thorsten. Du brauchst einen Ort, an dem du ungezwungen mit ihr reden kannst und der dennoch, also, irgendwie belebt ist. Das Wiesenbad zum Beispiel.«

»Jaaa! Jana geht gern schwimmen. Das ist eine Bombenidee, Evelyn. Ich rufe sie heute Abend an und werde ihr …«

»Nix heute Abend«, schoss es aus Evelyn heraus. »Ich meine, schieb es nicht schon wieder vor dir her. Jetzt ist die Gelegenheit da, also ergreife sie.«

»Du meinst jetzt?«

»Ja, Thorsten, ich meine jetzt. Sofort!«

»Okay. Ich mach's.«

Evelyn legte auf und seufzte. In Sachen Liebe war Thorsten ganz schön schwer von Begriff. Na, umso besser. Das machte ihn ein wenig lenkbar.

Fred nahm ihr das Telefon ab. »Was soll das? Willst du jetzt Thorsten mit Jana verkuppeln?«

»Du missverstehst das, mein Schatz. Ich verhindere, dass Thorsten Jana und Jörg auseinanderbringt.«

»Aber Jana liebt weder Thorsten noch Jörg.«

»Jaja, ich weiß. Du glaubst, sie liebt Leonard.«

»Wen auch immer sie liebt, es ist nicht gut, sich einzumischen.«

»Ach! Aber wenn du Thorsten darüber informierst, dass Jörg weg ist, dann ist das kein Einmischen?«

»Das war … das war …«

»Ein kleiner Freundschaftsdienst?«

Fred zog eine betretene Miene.

Evelyn machte einen Schritt auf ihn zu und schmiegte sich an ihn. »Sieh mal, mein Schatz, ich bin die Letzte, die irgendwem schaden will. Ich verspreche dir, dass ich nichts weiter tun werde als zusehen, wie sich die Dinge entwickeln, und vielleicht hier und da … nun ja, die Sache ein wenig beschleunigen.«

»Mach, was du willst. Aber halt mich da raus.«

Zufrieden küsste Evelyn ihn auf den Mund. Genau das hatte sie hören wollen. Okay. Das war geregelt. Was nun? Jetzt musste sie aufpassen, ob und wann Jana das Haus verließ, im besten Fall mit Badetasche, dann musste sie nach Hause flitzen, sich bis zur Unkenntlichkeit verkleiden, und ab ins Wiesenbad. Sie löste sich von Fred, der immer noch das Telefon in der Hand hielt. Er grinste sie mit Unschuldsmiene an, als sie das Zimmer verließ, und sie wurde das Gefühl nicht los, dass er nur auf ihren Abgang wartete. Was hatte er vor? Wollte er noch irgendwen anrufen? Hinter ihrem Rücken? Warum hatte er neuerdings Geheimnisse vor ihr?

Nebenan ging die Tür. Das hielt sie davon ab, sich weiter mit Freds Heimlichkeiten zu befassen. Es gab Wichtigeres zu tun. Sie schlich an den Spion, und tatsächlich: Jana verließ das Haus! Mit Badetasche! Das ging ja schneller als gedacht.

Evelyn war in ihr schwarzes Jerseykleid mit goldenem Gürtel geschlüpft – ein Relikt aus den ersten Schwangerschaftsmonaten, das immer noch wie angegossen passte –, hatte ihre verräterischen orangefarbenen Haare unter einem Strohhut versteckt und sich mit Sonnenbrille, pinkfarbenem Lippenstift und dicken goldenen Creolen aus der Abteilung Modeschmuck getarnt. Dieser kitschig mondäne Stil entsprach so wenig ihrem heutigen, dass kaum damit zu rechnen war, dass jemand sie erkennen würde. In ihrem Strandbeutel befanden sich Liegetuch, Zeitschrift, Notizblock und ein Fernglas für alle Fälle.

Sie stellte sich in die überschaubare Schlange am Eingang, zahlte den Eintrittspreis und ging weiter durch. Mit einem Rundumblick scannte sie die Umgebung und stellte

Mutmaßungen über den Verbleib ihrer Observationsobjekte an. Die Sonnenterrassen konnte sie sich sparen. Da saß kein Mensch bei dieser Hitze. Also, Grünflächen durchkämmen. Dort gab es Bäume und Büsche, die Schatten spendeten und, was mindestens genauso wichtig war, Sichtschutz boten. Sie lief am äußersten Rand der Wiese entlang, von wo aus sie den besten Blick über das leicht abfallende Gelände hatte. Die Chancen, nicht entdeckt zu werden, standen ausgezeichnet, denn das Bad war rappelvoll. Dafür standen die Chancen, Jana und Thorsten zu finden, umso schlechter. Sie stellte sich dicht vor die Hecke, zog ihr Fernglas aus der Tasche und suchte jeden Quadratmeter Wiese ab. Ja! Da waren sie! Im Halbschatten eines Gebüschs breitete Thorsten gerade eine Decke aus. Und da war auch Jana. Sie stand daneben und richtete ihren Blick auf das Schwimmbecken. Wie es aussah, waren sie auch gerade erst hier eingetrudelt. Ausgezeichnet. Da hatte Evelyn noch nichts verpasst.

Jana ließ ihren Rock fallen, zog das T-Shirt über den Kopf und stand – beneidenswert schlank – im Bikini da. Auch Thorsten zog sich aus bis auf die Badehose. Beide liefen zum Schwimmbecken und ließen sich vom Rand ins Wasser fallen.

Zwischen spielenden Kindern, Sonnenanbetern, Kühltaschen und übermütigen Jugendlichen hindurch bahnte Evelyn sich ihren Weg zu dem Gebüsch und ließ sich neben einem knutschenden Pärchen nieder. Der Standort war perfekt, vor Blicken geschützt durch den Busch und dennoch in Hörweite.

Als Jana und Thorsten zurückkamen, zog sie den Hut tief in die Stirn und hielt die aufgeschlagene Zeitschrift vors Gesicht. Die beiden schnappten sich ihre Handtücher und trockneten sich ab.

»Du bist ja echt super in Form«, japste Thorsten.

»Das Wasser war schon immer mein Element. Mein Vater hat mich früher immer kleine Nixe genannt.«

Thorsten setzte sich auf die Decke und nahm die Sonnenmilch in die Hand. »Ich hätte auch gern mehr Zeit. In meinem Leben kommt das Angenehme eindeutig zu kurz.«

»Alles eine Frage der Organisation, denke ich.«

»Soll ich dir den Rücken eincremen?«

»Okay, wenn du willst.« Jana legte sich auf den Bauch.

Thorsten ließ Sonnenmilch in seine Hand laufen und begann mit ungelenken Bewegungen, Janas Rücken durchzukneten.

»Aua!«, knurrte Jana.

»Oh sorry. Ich dachte, bei der Gelegenheit tu ich dir was Gutes und massiere dich ein bisschen.«

»Nee, besser nicht.«

»Wenn ich noch jemanden für den Laden einstellen würde«, meinte Thorsten, »könnten wir viel öfter was zusammen unternehmen. Vielleicht auch mal einen Ausflug machen oder verreisen. Das müsste natürlich jemand sein, auf den Verlass ist. Kai ist super, aber den kann ich im Geschäft nicht den ganzen Tag allein lassen. Klar, ist auch alles wieder eine Kostenfrage, aber was bekomme ich auf der anderen Seite dafür? Freizeit.«

Evelyn schrieb Wort für Wort mit. Wie gut, dass sie mal einen Kurs in Stenografie belegt hatte. Der kam ihr jetzt zugute. Hauptsache, sie konnte ihr Gekrakel später noch lesen.

»Es ist ja nicht so, dass ich die Arbeit nicht gern mache, nein, ich mag meinen Weinhandel, wenn die Leute manchmal auch verdammt eigen sind. Du glaubst nicht, was die alles erwarten. Meinen die doch glatt, sie könnten über meine Zeit verfügen. Aber nix da! Ich bin nicht deren Angestellter! Ich bin mein eigener Chef! Neulich zum Beispiel, da rief eine Kundin an, wollte sich beraten lassen, und da hat sie doch …«

Evelyn hielt inne. Was faselte er denn da? Damit wollte er Janas Herz erobern? Ein paar Minuten lang ging das so weiter.

Von Jana war derweil kein Laut zu hören. Evelyn hätte sich nicht gewundert, wenn sie inzwischen eingedöst war. Sie selbst fühlte sich plötzlich wie hypnotisiert, und eine angenehme Schwere ergriff sie. Diese einschläfernde Tonlage war einfach … irgendwie …

»Hey, Jana, hörst du mir überhaupt zu?«

Evelyn schreckte auf. Sie war eingenickt. Sie war tatsächlich eingenickt. Hatte sie was verpasst?

»Hm? Äh, ja klar hör ich dir zu.«

»Und?«

»Und was?«

»Bist du in Jörg verliebt oder nicht?«

»Ich? Äh, was ist denn das für eine Frage?«

Evelyn spitzte die Ohren. Jetzt wurde es interessant.

»Ist doch eine ganz normale Frage. Also bist du, oder bist du nicht?«

Jana setzte sich auf und trank einen Schluck aus ihrer Wasserflasche. »Na ja, also, verschossen wie ein Teenie bin ich nicht, wenn du das meinst.«

Durch die Zweige konnte Evelyn sehen, wie Thorsten schief grinste. »Ich denke, das Gefühl der Verliebtheit wird sowieso überschätzt. Es dauert höchstens sechs Monate, allerhöchstens. Erst nach dieser Phase öffnet sich der reale Blick für den anderen, erst dann sieht man ihn so, wie er wirklich ist, also mit all seinen Macken und so. Interessant, was? Hm, aber eigentlich ist es Betrug.«

»Bist du jetzt zum Philosophen mutiert?«

»Nee, das hab ich neulich irgendwo gelesen. Pass auf, es geht noch weiter. Da stand nämlich, dass man diese erste Phase, also die Verliebtheit, überspringen kann. Für eine beständige Beziehung braucht die kein Mensch. Also, ich finde, da ist was dran.«

»Hast du da nicht was falsch verstanden?«

»Sieh mal, meine Eltern zum Beispiel. Haben die aus Liebe geheiratet? Nein, haben sie nicht. Sie haben sich respektiert, und das tun sie bis heute. So wie du und ich.«

»Was willst du denn damit sagen?«, fragte Jana.

Das wollte Evelyn jetzt auch zu gern erfahren.

»Ich will damit Folgendes sagen: Wir beide, wir kennen uns schon lang genug, um zu wissen, dass es da eine gewisse Verbundenheit und Respekt gibt.«

»Soll das etwa ein Heiratsantrag sein?«

»Wäre das so unvorstellbar? Ich finde, wir sind ein ausgezeichnetes Team. Du brauchst jemanden, auf den du dich hundertprozentig verlassen kannst. So einer bin ich. Dieser Jörg ist doch eine Eintagsfliege. Hat er dich nicht schon einmal sitzen lassen? Glaub mir, Jana, ich kenn solche Typen. Er wickelt dich ein und nutzt deine Gutgläubigkeit aus.«

»Nein, das tut er nicht. Wir haben ein gemeinsames Projekt, und wir profitieren gleichermaßen von unserer gegenseitigen Unterstützung.«

»Richtig«, grummelte Evelyn vor sich hin.

»Du meinst jetzt aber nicht den Kinderladen?«

»Doch, genau den meine ich. Jörg und ich werden ihn zusammen eröffnen.«

Thorsten richtete sich empört auf. »Du machst mich wirklich sprachlos. Echt, Jana, das haut mich jetzt voll um. Ich meine, wie oft hab ich dir meine Hilfe angeboten? Und der kommt daher und … Ich fasse es nicht.«

»Tut mir wirklich leid, aber Jörgs und meine Interessen überschneiden sich in so vielen Punkten. Du dagegen bist doch schon zu hundert Prozent in dein Geschäft involviert. Du hättest gar nicht die Zeit, mir beim Aufbau des Kinderladens zu helfen.« Jana kramte ein Buch aus ihrer Tasche, legte sich auf den Rücken und schlug es auf.

Aus Evelyns Sicht war es das eindeutige Zeichen, dass das Thema damit abgehakt war.

Thorsten sagte nichts mehr. Reglos saß er da und starrte auf das Schwimmbecken. Ein Weilchen passierte gar nichts mehr, und Evelyn hatte Gelegenheit, ihre Notizen um eigene Einfälle zu ergänzen.

»Na, guck mal an«, rief Thorsten dann überrascht. »Unser Shakespeare-Pärchen.«

Ruckartig setzte Jana sich auf. »Was? Wo?«

»Da drüben.«

Evelyn richtete ihren Blick in die Richtung, in die Thorsten zeigte. Tatsächlich. Ein Stück weiter unten am Wasser spazierten Silke und Leonard. Wie es aussah, unterhielten sie sich angeregt. Aber war das wirklich Silke? Die junge Frau trug ein geblümtes Kleid, und ihr schulterlanges Haar wehte in der Sommerbrise. Evelyn hatte Silke noch nie mit offenem Haar gesehen. Sie kramte in ihrer Tasche nach dem Fernglas. Thorsten hatte recht, es waren Silke und Leonard. Schlagartig wurde Evelyn einiges klar. Das war Freds zweite Heimlichkeit gewesen. Er hatte Leonard angerufen und ihn darüber informiert, wo Thorsten und Jana zu finden waren. Aber wozu? Das ergab doch überhaupt keinen Sinn.

Thorsten winkte den beiden zu. »Sie haben uns gesehen und kommen her.«

»Was? Oh nein!« Jana zog ihr T-Shirt über, setzte die Sonnenbrille auf und steckte die Nase tief ins Buch.

»Silke hat sich so verändert«, stellte Thorsten fest.

Wenn Evelyn es richtig deutete, klang da eine gewisse Faszination mit. Er sollte bloß nicht anfangen, auch noch Leonard ins Gehege zu kommen. An dieser Stelle allerdings offenbarte sich die Schwachstelle in ihrem Roman: Sie brauchte eine Frau für Thorsten. Nicht Jana, nicht Silke, nein, eine völlig andere. Vielleicht doch eine schwangere Verlobte von Jörg?

»War ich denn die ganze Zeit blind?«, fragte Thorsten wohl mehr sich selbst.

»Wie meinst du das?«

»Ach nichts. Hab nur laut gedacht.«

Albern kichernd kamen Silke und Leonard näher.

»Na, so ein Zufall«, meinte Silke, als sie vor den beiden standen.

Jana blickte auf und tat überrascht, was Evelyn sehr wunderte. »Oh, hallo. Was macht ihr denn hier?«

Leonard hob die Hand zum Gruß. »Dürfen wir uns zu euch gesellen?«

»Immer doch«, antwortete Thorsten generös.

Während Leonard ein großes Handtuch ausbreitete, griff Jana nach ihrem Rock, stand auf und schlüpfte hinein.

»Was hast du vor?«, fragte Silke.

»Ich muss leider gehen.«

»Was?«, maulte Thorsten. »Wir sind doch noch gar nicht lange hier.«

»Ja, sorry. Hab ganz vergessen, dass ich noch einen Termin habe.«

»Schade«, meinte Leonard.

»Wirklich schade«, sagte auch Silke, während sie das Kleid an ihrem durchtrainierten Körper heruntergleiten ließ. Zum Vorschein kam zu Evelyns Überraschung ein rosafarbener Badeanzug mit weißen Herzchen. »Dann setzen wir uns heute Abend gemütlich zusammen, okay?«

»Ja, okay.«

Kokett warf Silke das offene Haar nach hinten. »Was ist«, fragte sie Leonard, »kommst du mit ins Wasser?«

Leonard wirkte irgendwie irritiert, fand Evelyn. Er blickte Jana an, als wollte er sagen, dass es ihm leidtue. Aber was genau sollte ihm leidtun? Hatte er aus irgendeinem Grund

Schuldgefühle ihr gegenüber? Aber das war gar nicht nötig, Jana hatte doch ihren Jörg.

Jana hängte ihre Badetasche über die Schulter. »Na dann, bis später.«

»Jana, Mensch«, jammerte Thorsten, »du kannst mich doch nicht allein hier zurücklassen.«

»Du bist doch gar nicht allein.«

Evelyn zog den Sonnenhut ins Gesicht, als Jana an ihr vorbeirauschte. Thorsten warf seine sieben Sachen über den Arm und folgte ihr, die Decke über den Boden schleifend. »Jana, warte doch.«

Silke und Leonard sahen den beiden noch nach, dann liefen sie zum Schwimmbecken.

Evelyn schmunzelte vor sich hin. Ein Weilchen würde sie noch bleiben und die beiden Turteltäubchen beobachten. So ein verliebtes Pärchen war doch ein zu schöner Anblick. Vielleicht kam ihr dabei noch die eine oder andere Idee für ihre Geschichte.

Kapitel 15

Frustriert saß Jana auf ihrem Bett und haderte mit der Welt. Sie hatte plötzlich das Gefühl, dass jeder irgendwen an seiner Seite hatte. Jeder, nur sie nicht! Kein Mensch war da, mit dem sie reden konnte. Silke turtelte neuerdings mit Leonard herum! Thorsten wollte sie heiraten, kam somit für vertraute Gespräche auch nicht mehr infrage! Evelyn hatte immer nur zweifelhafte Lösungsansätze parat. Ihre Freundinnen aus der Kita waren verreist. Helen und Philip entspannten in ihrem Wohnwagen in Dangast. Und Jörg war ausgerechnet jetzt nicht da, wo sie ihn am dringendsten brauchte. Es war zum Heulen.

Sie schielte auf das Handy, das neben ihr lag. Halb acht. Seine Yogastunde. Da ließ er sich nur ungern stören. Kurz entschlossen wählte sie dennoch seine Nummer. Sie musste jetzt wenigstens ein paar tröstende Worte hören.

»Ja?«

Sein Ja klang schon ziemlich ungehalten. Sofort meldete sich Janas schlechtes Gewissen. »Hi, ich bin's.«

»Jana, du, das ist jetzt ganz schlecht. Ich bin gerade …«

»Ja, ich weiß, ich wollte nur …«

»Jana, Täubchen, jetzt wirklich nicht.« Sein Tonfall klang warnend.

»Gut, dann ruf ich später noch mal an.«

»Nein, warte. Ich melde mich bei dir.«

»Okay, dann bis später«, sagte sie noch, doch er hatte schon aufgelegt.

Um einiges frustrierter als zuvor warf sie das Handy neben sich und vergrub ihr Gesicht im Kissen. Prompt machten sich dieselben Gedanken wieder breit, die sie schon malträtierten, seit sie Hals über Kopf das Freibad verlassen hatte. Es war dumm gewesen, einfach abzuhauen. Warum war sie überhaupt abgehauen? Es hatte sie gefuchst, dass Leonard plötzlich so tat, als wären Silke und er ein Herz und eine Seele. Das war echt frech, aber Abhauen war die falsche Reaktion. Es erweckte den Eindruck, als wollte sie ihm aus dem Weg gehen, und das ärgerte sie am meisten an der Sache. Genau den Eindruck hatte sie vermeiden wollen. Auf keinen Fall sollte er denken, dass er ihr noch irgendwas bedeutete.

Bis kurz nach acht lag sie deprimiert auf ihrem Bett, ärgerte sich über Leonard, weil er so unsensibel war, über Jörg, weil er so selbstbezogen war, über Thorsten, weil er ihr mit seinem Heiratsantrag die letzte Chance auf ungezwungene Gespräche genommen hatte, über Silke, weil sie plötzlich eine ganz andere war, und über sich selbst. Sie fühlte sich so einsam und verlassen wie nie zuvor in ihrem Leben. Dann endlich vernahm sie erfreut das Geräusch von Schlüsseln in der Wohnungstür. Sie sprang auf und lief aus ihrem Zimmer.

Bepackt mit ein paar Tüten stand Silke im Flur. »Hi, ich hab uns ein paar Tapas mitgebracht. Wie wär's mit einem netten Abendessen auf dem Balkon?«

»Jederzeit.« Janas schlechte Laune war mit einem Mal wie weggeblasen. Wie schön. Einen gemütlichen Mädelsabend hatte es lang nicht mehr gegeben. Silke war ja neuerdings ständig auf Achse. Mit Leonard!

»Hast du Lust, den Tisch zu decken? Ich geh mich umziehen.« Silke reichte ihr eine der Tüten und verschwand mit den anderen in ihrem Zimmer.

Ein verführerischer Duft stieg Jana entgegen. Sie warf einen Blick in die Tüte und fragte sich, wer das alles essen sollte. Unwillkürlich musste sie über Silkes praktische Veranlagung, immer für Tage im Voraus zu planen, schmunzeln. Beschwingt nahm sie Teller und Gläser aus dem Schrank, das Besteck aus der Schublade und deckte den Tisch auf dem Balkon. Als alles perfekt angerichtet war, setzte sie sich und nutzte die Wartezeit, um sich die letzten Sonnenstrahlen aufs Gesicht scheinen zu lassen. Auch als die Sonne längst vollständig hinter der Baumreihe verschwunden war, hatte Silke sich immer noch nicht blicken lassen. Was trieb sie nur so lange? Normalerweise warf sie sich in ihre Wohlfühlklamotten, kaum dass sie zu Hause war. Das konnte doch nicht so lange dauern. Jana richtete sich auf, schenkte sich einen Schluck Wein ein und spießte ein Zucchiniröllchen auf die Gabel. Ihr Magen knurrte, und sie hatte keine Lust mehr zu warten. Gerade als sie herzhaft in das Röllchen biss, trat Silke auf den Balkon.

»Na, wie sehe ich aus?«

Jana blickte auf und verschluckte sich fast. Silke war nicht wiederzuerkennen. Sie trug einen luftigen Rock, dazu ein Spitzentop in Apricot, eine Kette um den Hals und an den Füßen leichte Sandalen mit etwas Absatz. Die Haare hatte sie hochgesteckt und sich sogar dezent geschminkt. »Ungewohnt, aber perfekt. Woher hast du die Klamotten?«

»Ich war shoppen.«

»Du warst shoppen?«

»Das war nicht meine Idee. Leonard hat mich dazu überredet. Du hast mir nie gesagt, dass er ein hervorragender Berater in Sachen Mode ist. Er weiß, was Frauen steht, findest du nicht?« Silke drehte sich um die eigene Achse. »Er meint, ich solle mich mal was trauen, bei meiner sportlichen Figur könne ich doch so ziemlich alles tragen. Wir haben noch ein Kleid, eine knallenge Hose in Lederoptik und ein paar Oberteile ausgesucht.«

Ihre Worte versetzten Jana einen Stich. Shoppen mit Leonard war eins von den wunderbaren Dingen, die nur mit ihm möglich waren. Sie hatten ihre Shoppingtouren gern mit einem Ausflug verbunden, waren nach Münster, Osnabrück, sogar nach Düsseldorf oder Amsterdam gefahren. Jörg war in der Hinsicht eher fantasielos. Er bestellte seine Sachen in irgendwelchen speziellen Läden im Internet. Darüber hinaus brauchte er nichts zum Leben. Janas eben erst zurückgewonnene gute Laune löste sich mit einem Mal in Luft auf, und sie verstand selbst nicht, warum. Es war doch alles bestens. Sie und Silke würden sich jetzt einen schönen Abend zusammen machen. So wie früher. »Setz dich doch. Es steht alles bereit.«

Silke schien sie nicht zu hören. Verträumt betrachtete sie ihr Spiegelbild von allen Seiten in der Fensterscheibe.

Jana beobachtete sie sprachlos. Ihre Cousine hatte wahrlich eine erstaunliche Veränderung durchlaufen, und das in so kurzer Zeit. Woher kam nur dieser plötzliche Sinneswandel? Konnte es sein, dass es tatsächlich mit dem albernen Verkupplungsmanöver zusammenhing? Die Intrige hatte dazu beigetragen, dass sie sich wieder vertrugen. Das war nicht abzustreiten. Aber ließen sich zwei intelligente, lebenserfahrene Menschen einfach so austricksen; würden sie sich aufgrund einer unbewiesenen Behauptung tatsächlich ineinander verlieben? Nein! Garantiert nicht! Das wollte und konnte Jana nicht glauben. Silke und Leonard waren so unterschiedlich wie Tag und Nacht. Und außerdem … ja, außerdem war es irgendwie …. es fühlte sich einfach falsch an. Jana hätte nicht auf Evelyn hören sollen. Die würde nur zu gern bestätigt wissen, dass es funktionierte, weil es auch bei Shakespeare funktioniert hatte. Aber es musste ja nicht immer nach Shakespeares Nase gehen.

»Du hast ja nur für zwei gedeckt«, stellte Silke verblüfft fest, als sie sich endlich von ihrem atemberaubenden Spiegelbild losgerissen und einen Blick auf den Tisch geworfen hatte.

»Ja. Wieso?«

»Leonard kommt. Hatte ich das nicht erwähnt?«

»Was? Nein, das hast du nicht erwähnt.« Janas Unmut darüber war nicht zu überhören. Sie hatte sich so sehr auf einen Mädelsabend gefreut.

»Ist es dir nicht recht?«

»Doch! Natürlich ist es das.«

»Wenn du willst, sag ich ihm ab.«

»Nein! Das ist nicht nötig!«

»Ich hatte auch erst Bedenken, weil ihr zwei einmal ein Paar wart. Aber dann dachte ich, du bist ja jetzt mit Jörg zusammen, und ewig könnt ihr euch schließlich nicht aus dem Weg gehen. Wenn du willst, rufen wir Thorsten an. Dann sind wir zu viert. Die Tapas reichen auf jeden Fall.«

»Nein, lieber nicht.«

Silke musterte sie kritisch. »Irgendwie bist du schlecht drauf, oder?«

»Ich bin nicht schlecht drauf, ich find's nur echt komisch. Erst hasst ihr euch wie die Pest, dann seid ihr plötzlich unzertrennlich.«

»Aber es ärgert dich, das höre ich doch.«

»Warum sollte mich das ärgern?«

»Das frage ich mich auch. Ich habe dich ein paar Mal gefragt, ob es okay für dich ist, wenn ich mich mit Leonard treffe. Und du hast mir versichert, dass du über ihn hinweg bist, dass er dir nichts mehr bedeutet, dass du deine Zukunft mit Jörg planst.«

»Na, dann wird es wohl so sein«, antwortete Jana gespielt munter. Ihr wurde mal wieder klar, dass ihre Beziehung zu Jörg einen falschen Eindruck hinterließ, woran sie nicht ganz unschuldig war. Alle glaubten, sie seien wieder ein Paar, doch bislang hatte sie ihn auf Abstand gehalten, weil sie selbst nicht wusste, was genau er ihr bedeutete. War es Verliebtheit, Bewunderung, das Gefühl von Sicherheit, das er ihr gab, die Perspektive mit dem Kinderladen, einfach nur Nostalgie? Sie konnte es nicht zuordnen.

Silke setzte sich und schenkte ihr Weinglas voll. »Ich verstehe dein Problem nicht. Gönnst du mir nicht, dass es mir gut geht, dass ich mich auch mal amüsiere?«

Jana fühlte sich auf den Schlips getreten. Ausgerechnet sie sollte Silke irgendwas nicht gönnen? Sie war es doch immer gewesen, die ihr zugeredet hatte, sich femininer zu kleiden und mehr zu flirten. Endlich beherzigte sie ihre Tipps, aber musste es ausgerechnet mit Leonard sein? »Du missverstehst das. Ich freue mich, dass ihr euch vertragt. Wirklich.«

»Aber?«

»Nichts aber. Es ist nur ein bisschen gewöhnungsbedürftig.«

Silke lächelte. »Ja, für mich auch. Na komm, lass uns mit dem Essen anfangen. Ich hab einen Bärenhunger.« Sie legte sich ein paar Tapas auf den Teller. »Weißt du eigentlich, dass ich dich früher immer beneidet habe? Bei dir haben die Jungs Schlange gestanden, du warst schon immer die kleine Süße, aber mich haben sie kaum beachtet. Und daran hat sich bis heute nichts geändert. Das erlebe ich doch ständig im Sportstudio. Die Männer, die mich interessieren, nehmen mich gar nicht wahr.«

»Und wie ist das mit Leonard? Meinst du, es entwickelt sich mehr daraus als nur Freundschaft?«

»Ehrlich, Jana? Ich kann meine Gefühle gerade überhaupt nicht einordnen, und ich traue ihnen auch nicht über den Weg. Ich muss das alles erst mal sacken lassen. Wir sind ja erst ein paar Mal zusammen ausgegangen, doch irgendwie war da ganz schnell eine Vertrautheit. Eigentlich kein Wunder, wir kennen uns ja schon seit einem Jahrzehnt. Momentan weiß ich nur eins: Er tut mir gut, er weckt neue Lebensgeister in mir.«

»Wenn ihr euch wieder versöhnt habt, kannst du mir doch endlich den Grund für eure früheren Anfeindungen verraten.«

Silke blickte über die Brüstung hinweg und schien zu überlegen, ob sie ihr Geheimnis preisgeben sollte. »Das ist eigentlich eine ganz banale Geschichte. Kannst du dich an die Wohngemeinschaft erinnern, in der ich in meiner Anfangszeit in Bielefeld gewohnt habe?«

»Ja, ich hatte dich einmal dort besucht.«

»Helen war eine der Mitbewohnerinnen, und eines Tages hat sie mir ihren Bruder vorgestellt. Ich fand gar nichts an ihm, er war ziemlich arrogant, überhaupt nicht mein Fall. Blöderweise hab ich ihn trotzdem auf einer Party angebaggert, keine Ahnung, warum; vielleicht wollte ich meine Wirkung auf Machos testen. Er hat mich auf ziemlich unverschämte Weise abblitzen lassen. Weißt ja, wie er manchmal sein kann. Ich bin rot geworden wie eine Tomate, übrigens zum ersten Mal in meinem Leben und obwohl ich durch den Alkohol schon enthemmt war. Das war so niederschmetternd für mich, dass ich damals wohl beschlossen habe, ihn für immer zu hassen. Ziemlich pubertär, was?«

»Das ist alles? Und daraus machst du so ein Geheimnis?«

»War mir irgendwie unangenehm. Jedenfalls, immer wenn ich ihm danach begegnet bin, hab ich meinen ganzen ruppigen Charme spielen lassen, er hat mit überheblichen Sprüchen reagiert, und so hat sich unser ganz persönlicher Machtkampf immer weiter hochgeschaukelt.«

»Und was findest du heute an ihm? Er ist immer noch derselbe Mann.«

»Wir haben gemeinsame Gesprächsthemen, er hat viel Interessantes zu erzählen, und vor allem hab ich das Gefühl, dass er mich sieht.« Silke nahm ihr Weinglas und stieß versehentlich, als sie einen Schluck trinken wollte, mit dem Ellenbogen gegen die Stuhllehne. Dabei verschüttete sie etwas Rotwein auf ihr nagelneues Spitzentop. »So ein Mist!« Fluchend stand sie auf und ging hinein.

Silkes Worte hatten Jana erneut einen Stich versetzt. *Vor allem sieht er mich.* Oberflächlich war er nie gewesen, das konnte Jana bestätigen, er lebte und liebte intensiv. Wenn er sich für etwas oder jemanden entschieden hatte, dann mit Haut und Haaren. Jana hatte plötzlich die dumpfe Ahnung, dass dieser jemand nun Silke war.

Das Klingeln riss sie aus ihren Gedanken. Das war sicher Leonard.

»Machst du bitte auf?«, hörte sie Silke aus dem Bad rufen.

Jana atmete durch, ging an die Tür und drückte den Öffner. Wie sollte sie den Abend überstehen, ihnen gegenübersitzen, zuschauen, wie sie miteinander schäkerten, sich vielleicht verliebte Blicke zuwarfen? Am liebsten hätte sie sich einfach wieder verdrückt. Jetzt wünschte sie, dass Jörg an ihrer Seite wäre.

»Hallo Jana.« Leonard war bereits die Treppe heraufgesprintet und stand nur einen Meter vor ihr.

»Hallo.« Für einen Moment verlor sie die Sprache. Seine dunkelbraunen Augen zogen sie in seinen Bann. »Komm doch rein.« Sie trat zur Seite und ließ ihn durchgehen.

Er blickte um sich. »Ist Silke gar nicht da?«

»Doch, sie kommt gleich. Wir sitzen draußen.« Sie deutete auf die Küche, er ging hindurch auf den Balkon, und sie folgte ihm.

»Gemütlich hier«, sagte er.

»Ja, das ist es. Äh, Silke hat etwas Wein verschüttet, sie zieht sich nur schnell um, und … also, sie ist sicher gleich da«, stotterte Jana. Sie konnte sich nicht erinnern, sich jemals so schrecklich befangen gefühlt zu haben, nicht mal in der Pubertät.

Leonard musterte die Tapas. »Das sieht ja sehr einladend aus.«

»Silke war beim Spanier.« Wie makaber, schoss es Jana durch den Kopf. Geistloser Small Talk mit dem Mann, dem sie vor gar nicht langer Zeit so nah gewesen war wie keinem anderen.

»Was steht ihr da rum? Setzt euch doch.« Mit Schwung federte Silke auf Leonard zu, fasste ihn an beiden Schultern und küsste ihn rechts und links auf die Wange. »Wieso läuft keine Musik? Was wollt ihr hören?«

Janas und Leonards Blicke trafen sich kurz. »Egal«, antworteten sie wie aus einem Munde.

Silke stellte das Radio in der Küche an, und da saßen sie dann zu dritt eng beieinander am Tisch, Jana so nah neben ihm, dass sich ihre Knie berührten, und doch kam es ihr vor, als wäre er ihr nie so fern gewesen, nicht einmal, als er sich noch am anderen Ende der Welt aufgehalten hatte.

Während Silke ganz entgegen ihrer sonstigen Art unentwegt redete und Leonard ihr offenkundig interessiert zuhörte, dachte Jana an das Buch »Drei sind einer zu viel«. Und sie fragte sich, ob Barbara Noack in einer ähnlich unbehaglichen Situation gewesen war, als sie die Idee zu der Geschichte hatte. Gegen die Beklemmungen half doch sicher ein zweites Glas Wein, also schenkte sie sich noch mal ein. Eine weitere Anekdote von der erlebnisreichen Shoppingtour der beiden würde sie nüchtern nicht überstehen.

»Schade, dass Jörg nicht da ist«, meinte Leonard irgendwann. »Ich hätte ihn gern näher kennengelernt.«

»Ja, wirklich schade. Er muss seinen Hausstand in Bad Wildungen auflösen.«

»Ach! Zieht er jetzt ganz nach Bielefeld?«, fragte Leonard.

»Ja, genau.«

»Wie wär's, wenn wir vier einfach mal gemeinsam was unternehmen?«, schlug Silke vor.

»Ja, warum nicht?«, antwortete Jana wenig überzeugt. Ein geselliges Beisammensein zu viert! Das ließ sich im konkreten Fall doch sicher abwenden.

»Ihr zwei würdet euch hervorragend verstehen, Leonard.«

Silke lachte so übermütig, dass Jana sich fast schon fremdschämte.

»Ihr könntet zusammen Wasseradern in Peru aufspüren«, spann Silke weiter, »er barfuß, in seinem weißen Gewand, die Wünschelrute in den Händen, du hinter ihm her mit Spaten und Spitzhacke.« Demonstrativ übertrieben ließ sie eine imaginäre Wünschelrute in ihren Händen beben. »Da ist was, da müssen wir graben!« Enthusiastisch klopfte sie auf die Tischplatte und lachte albern drauflos.

Pikiert musste Jana feststellen, wie sich auch Leonard eifrig über Silkes fiesen Witz belustigte. Jörg hatte tatsächlich vor längerer Zeit einen Kurs als Wünschelrutengänger belegt. Das hatte er neulich erzählt, doch er hätte es besser nicht in Silkes Gegenwart erwähnt. Es war einfach abscheulich, wie sie und Leonard sich auf seine Kosten amüsierten. Leonard hatte am wenigsten einen Grund dazu. Als Ingenieur der Wasserwirtschaft wusste er sehr gut, dass Wünschelrutengänger auch heute noch von ganz offizieller Stelle eingesetzt wurden. Doch er lachte mit, um Silke zu gefallen. Das fand Jana noch widerlicher. »Jörg hatte schon ein paar erfolgreiche Einsätze«, log sie. »Neu ist die Methode ja nicht, sie wird schon seit Jahrtausenden angewendet. Das müsstest du doch wissen, Leonard. Hattest du mir nicht sogar mal erzählt, dass sie gern für die Wassersuche im Brunnenbau herangezogen werden?«

»Ja, das stimmt«, sagte Leonard, immer noch halb amüsiert.

»Wenn wir ein Haus gefunden haben, werden wir uns auch einen Brunnen im Garten bauen. Das finde ich unglaublich romantisch.« Mit Genugtuung registrierte Jana, dass sein Lachen endlich versiegte und seine Miene ernst wurde.

»Ihr sucht ein Haus zusammen?«

»Ja. Unten soll die Kita rein, und oben ziehen wir ein.«

»Oh, das sind ja ganz neue Töne«, stellte Silke fest.

»Wir wollten es eigentlich nicht an die große Glocke hängen, bevor wir etwas Passendes gefunden haben.«

»Ich freue mich für dich, Jana, für euch. Ihr kriegt das schon hin. Was, Leonard? Die beiden kriegen das hin.«

»Ja, natürlich kriegen sie das hin.« Leonards Miene verfinsterte sich. Er lehnte sich zurück und wandte seinen Blick ab.

»Lässt du mich bitte mal durch?« Silke stand auf, stieg umständlich über Leonards Beine, verlor das Gleichgewicht, vermutlich absichtlich, und krallte sich an ihm fest, bevor sie weiter in die Wohnung ging. Sie hatte eindeutig ein Gläschen zu viel getrunken.

Jana verschränkte die Arme, während Leonard weiterhin stumm in die Dunkelheit starrte.

»Plötzlich so ernst? Ist dir eine Laus über die Leber gelaufen?«

Leonard räusperte sich. »Ich gebe zu, es verschlägt mir gerade ein bisschen die Sprache. Mir kommt da ein Regisseur in den Sinn, der mal eben die Hauptrolle neu besetzt und den Film mit einem neuen Darsteller weiterdreht.«

»Was für ein treffendes Bild. Und was sollte der Regisseur deiner Meinung nach tun, wenn er ein Drehbuch hat, von dem er absolut überzeugt ist? Den Film sausen lassen, nur weil sich einer nicht an die Abmachung hält?«

Leonards Mundwinkel zuckten.

Jana fühlte sich als Siegerin. »Tja, so ist das wohl, wenn sich der Hauptdarsteller plötzlich vom Acker macht. Dann geht der Dreh ohne ihn weiter, und er muss sehen, wo er bleibt.«

Leonard nahm sein Glas in die Hand, schwenkte den Wein darin und trank schließlich einen Schluck. Dann sah er Jana an. »Ich habe noch Worte im Ohr, so was wie: ›Jörg war nicht der Richtige für mich‹ und ›Ich bin froh, dass er es beendet hat‹.«

»Du hast ein bemerkenswertes Gedächtnis. Aber das habe ich auch. Mir fällt da so was ein wie: ›Ich freu mich riesig, mit dir zusammenzuziehen.‹«

Er setzte an, etwas zu sagen, doch Jana hob abwehrend die Hände. »Es ist jetzt gut, so wie es ist, Leonard. Jörg hat sich geändert, wir haben uns wieder versöhnt, na ja, und du hast ja jetzt auch einen Ersatz gefunden. Ist doch alles bestens.«

»Wenn du das so siehst«, meinte er schließlich.

»Leute, ich bin in Tanzlaune«, sagte Silke herumtrippelnd, als sie zurückkam. »Gehen wir noch ins *Movie?*«

»Ja los! Auf ins *Movie.*« Leonard stand auf und klatschte in die Hände.

»Geht ihr nur. Ich komm nicht mit.«

»Spielverderberin.« Silke hakte sich bei Leonard ein, die beiden verschwanden ziemlich schnell, und Jana blieb allein zurück. Ein Weilchen blickte sie noch stumm auf die flackernden Kerzenlichter, bis sie Stimmen vom Nachbarbalkon hörte.

Kapitel 16

Schon als kleines Mädchen hatte Evelyn ein feines Gespür dafür gehabt, wer zu wem passte. Ken und Barbie? Eine unglückliche Verbindung. Das hatte sie schon damals gespürt. Barbie hatte es dann auch irgendwann gemerkt und Ken gegen Blaine ausgetauscht. Blaine, kein schöner Name, aber immerhin war Blaine ein Surfer und passte schon um einiges besser zu Barbie, wenn auch noch nicht perfekt.

Als Teenager hatte Evelyn sich vorgestellt, eines Tages eine Heiratsagentur zu betreiben. Angesichts der vielen Datingportale im Internet, die inzwischen wie Pilze aus dem Boden geschossen waren, hatte sich das Thema erledigt. Jetzt würde sie die Protagonisten in ihren Geschichten vereinen so wie einst Jane Austen in ihrem Roman »Emma«. Das war ohnehin die erfolgversprechendste Variante, ihre Gabe zu nutzen; sie behielt die Fäden in der Hand, konnte jederzeit das Geschehen in die gewünschte Richtung lenken, sie bestimmte, wer mit wem glücklich wurde. Oder wer nicht

Einer Geschichte durfte es vor allem nicht an Glaubwürdigkeit fehlen. Der Leser sollte keinen Zweifel daran haben, dass es sich tatsächlich so zugetragen haben könnte. Und dazu musste sie im wahren Leben recherchieren. Dichtung und

Wahrheit gehörten untrennbar zueinander. Warum wollte Fred das nicht verstehen?

Mit seinem übertriebenen Sinn für Anstand hatte er ihr gestern mal wieder alles versaut. Dabei hätte es der ideale Abend für ungehinderte Recherchen sein können. Fred war auf der Geburtstagsfeier seines Vaters, nebenan auf dem Balkon saßen drei ihrer Protagonisten in Aktion, und sie, Evelyn, war live dabei, nur zwei Schritte entfernt auf dem Balkon ihres Schatzes. Optimale Voraussetzungen. Damit sich niemand beobachtet fühlte und das Gespräch auf Nachbars Balkon möglichst zwanglos verlief, gab sie keinen Mucks von sich, verzichtete auf Licht und versuchte angestrengt, die Unterhaltung im Dunkeln mitzuschreiben. Silke und Leonard verabschiedeten sich irgendwann, Jana blieb allein zurück, und Evelyn wollte sich gerade ins Haus schleichen, um gleich darauf auf den Balkon zu poltern, wo sie Jana rein zufällig bemerken und mit ihr ins Gespräch kommen würde. Was hätte sie alles in Erfahrung bringen können!

Aber just in dem Moment, als sie im Begriff war aufzustehen, tauchte plötzlich Fred in der offenen Terrassentür auf wie ein Elefant im Porzellanladen und fragte, was sie da im Dunkeln mache. Prompt hatte Jana über der Brüstung gehangen, um Hallo zu sagen und sich ebenfalls darüber zu wundern, warum sie da im Dunkeln saß.

Seit über einer Stunde versuchte sie nun schon, ihre Hieroglyphen zu dechiffrieren und stellte sich immer wieder dieselbe Frage: Warum hatte sie kein Licht gemacht? Das Protokoll war komplett unleserlich, ihre ganzen siebenundzwanzig mitgeschriebenen Seiten. Dieses eine Wort war vermutlich der Schlüssel zu dem ganzen Abschnitt, aber was konnte es bedeuten? Refineur? Prefineur? Krefriseur? Wenn sie sich wenigstens inhaltlich an die Themen erinnert hätte. Aber sie hatte sich so sehr auf das Schreiben der einzelnen Wörter konzentriert, dass sinnvolle Zusammenhänge an ihr vorbeigegangen waren.

»Regisseur!«, entfuhr es ihr mit einem Mal. Das war es! Leonard hatte was von einem Regisseur gesagt. Aber was? Wollte er in die Filmbranche einsteigen? Gar keine schlechte Idee. Keine Wasserwirtschaft mehr, keine Projekte am anderen Ende der Welt, Filme drehen, das war es, was Leonard schon immer gewollt hatte. Jetzt war die Zeit gekommen, sich diesen Herzenswunsch zu erfüllen, denn so konnte er immer in Silkes Nähe sein.

Enthusiastisch begann sie, ihre Idee weiterzuspinnen, und tippte drauflos.

»Silke, ich liebe dich, ich will, dass wir für immer zusammenbleiben.« Zärtlich strich er ihr über die Wange.

»Nein, lass mich«, wehrte sie ihn mit tränenerstickter Stimme ab. »Ich weiß nicht, ob ich es ertragen kann, wenn du monatelang für deine Projekte unterwegs bist.«

»Für dich werde ich meinen Beruf aufgeben, meine Liebste.«

»Bist du nicht ganz dicht? Wovon sollen wir leben?«

»Scheiß aufs Geld! Wir sind zusammen. Nur das zählt.«

Evelyn stockte. Irgendwas hatte sich da gerade verselbstständigt. Nein, nein, nein, so ging das nicht. Persönliche Erfahrungen hatten nichts in ihrem Roman zu suchen. Es sollte schließlich keine Autobiografie werden. Also noch mal:

»Für dich werde ich meinen Beruf aufgeben.«

Silkes Augen begannen zu leuchten. »Das würdest du für mich tun?«

»Ja! Jetzt kann ich endlich meinen lang gehegten Traum verwirklichen. Ich werde Filme drehen, in meinem Herzen bin ich ein Regisseur.«

Wieder hielt Evelyn inne. Das war komplett unlogisch. Gerade ein Regisseur war doch ständig unterwegs. Das wusste sie von Richie. Schauspieler und Regisseure waren ständig unterwegs. Für diese Szene fehlten ihr noch die maßgeblichen Informationen. Da war wohl eingehende Recherche vonnöten.

Außerdem hatte Jana dabeigesessen. Da würden sie kaum so miteinander reden. Also erst einmal an anderer Stelle weiter.

Silke und Leonard wünschten eine gute Nacht, Jana blieb allein auf dem Balkon zurück. Kaum hatten die beiden die Wohnung verlassen, liefen ihr die ersten Tränen, die sie bis dahin mühevoll zurückgehalten hatte, über die Wange und fielen auf das kaum angerührte Fischfilet. Seit der niederschmetternden Begegnung beim Notar konnte sie nichts mehr essen. Warum hatte Jörg ihr nie gesagt, dass er verheiratet war, ja, sogar ein Kind hatte? Sie hatte geglaubt, dass sie ihm vertrauen und sie nichts auseinanderbringen konnte. Doch diese Lüge stand nun zwischen ihnen, und sie wusste nicht, wie sie ihm jemals würde verzeihen können.

Er hatte einige Male versucht, sie anzurufen. Sie war nicht rangegangen. Sie konnte nicht mit ihm reden. Nicht jetzt und vielleicht nie wieder. Sie vermisste ihn schmerzlich, und dem Glück von Silke und Leonard beizuwohnen, machte alles nur noch schlimmer.

Fröhliches Kreischen aus dem Wohnzimmer erinnerte Evelyn daran, dass Benni da war. Richie hatte ihn am Morgen bei ihnen abgeliefert. Den Geräuschen nach zu urteilen, tollten Fred und Benni herum wie die Wilden. So unnachgiebig ihr Schatz in mancher Hinsicht war, bei Benni lockerte er die Zügel. Er wurde quasi selbst zum kleinen Jungen. Benni hatte ihn gern und war fasziniert von den Modellen, die er baute. Anfangs hatte er nur zugeschaut, mittlerweile hatte er ein eigenes Modell in Arbeit, eine Brücke über den Mississippi, und jedes Mal, wenn er kam, machte er weiter damit. Fred erklärte ihm geduldig, worauf es ankam, und Benni legte dabei eine erstaunliche Ausdauer und Konzentration an den Tag. Die beiden waren ein gutes Team, und komischerweise fühlte Fred sich durch den Jungen nicht bei seiner Arbeit gestört. Sie dagegen musste praktisch erst einen Termin machen, wenn sie etwas von ihm wollte.

Evelyn klappte das Notebook zu und ging hinüber, jedoch nicht, ohne vorher noch einen Blick durch den Spion zu werfen. Drüben war es mucksmäuschenstill. Silke und Leonard hatten definitiv gestern Abend noch das Haus verlassen. Vermutlich waren sie zu ihm gegangen. Ein Schäferstündchen abzuhalten, wenn die Ex im Nachbarzimmer war, wäre auch ein wenig geschmacklos. Die Frage war, ob Silke die ganze Nacht bei Leonard verbracht hatte? Tja, und wie stillte man seit jeher die nachbarschaftliche Neugier? Genau! Indem man sich etwas borgte.

»Ich will uns heute Pfannkuchen backen«, verkündete sie ihren beiden Rackern.

Kissen und Sofapolster waren im gesamten Wohnzimmer verstreut. Mit zerzausten Haaren und erhitzten Gesichtern unterbrachen die beiden kurz ihre Schlacht.

»Echt, Mum? Geil!«, rief Benni und bewarf Fred in einem unachtsamen Moment mit einem dicken Polster, sodass der hintenüberfiel.

Fred ging auf die Knie, schnappte sich gleich zwei Kissen und zielte damit auf Benni.

Evelyn musste sich anstrengen, um sich Gehör zu verschaffen. »Blöderweise haben wir kein Mehl.«

»Doch!«, rief Fred, während Benni sich von hinten an ihn heranpirschte und an ihm festklammerte. »Hab ich letzte Woche erst gekauft.«

Damit hatte Evelyn nicht gerechnet, aber sie war schließlich nicht auf den Kopf gefallen. »Ja, aber das ist längst abgelaufen und riecht auch schon ranzig.«

Benni kicherte. »Echt, Fred? Du kaufst ranziges Mehl?«

»Verzichten wir auf die leckeren Pfannkuchen mit Erdbeermarmelade, oder soll ich mal bei den Nachbarn fragen, ob sie uns aushelfen können?«

Fred richtete sich auf und runzelte misstrauisch die Stirn. »Was hast du vor?«

»Pfannkuchen backen. Sonst nichts.«

»Ja! Pfannkuchen backen! Nachbarn fragen!«, rief Benni, während er sich für die nächste Attacke bewaffnete.

»Gut, dann lass uns schnell gehen, Benni.« Das war ein cleverer Schachzug, fand Evelyn. Kinder waren von Natur aus neugierig. Wenn Benni sich interessiert umsah und eventuell auch mal versehentlich eine der Zimmertüren öffnete und seine Nase durchsteckte, würde sicher niemand etwas anderes als kindliche Neugier dahinter vermuten.

»Ich? Wieso?«

»Wer will denn hier die Pfannkuchen? Ich etwa?«

Fred verdrehte die Augen. »Lass das. Ich will nicht, dass du bei meinen Nachbarn schnorrst.«

»Aber Fredi-Maus, es sind doch unsere Freunde.«

»Mum nennt dich Fredi-Maus?« Benni lachte frech drauflos.

»Ja, aber nur dann, wenn sie was will, was ich nicht will.«

»Fredi-Maus!«, wiederholte Benni und hielt sich den Bauch vor Lachen.

»Nun ist es aber gut, sonst nenn ich dich demnächst Benni-Maus, vor all deinen Schulfreunden. Komm jetzt, sonst könnt ihr zu Mittag trockenes Brot essen.«

Benni sprang auf und strich sich die verschwitzten Locken aus dem Gesicht. »Bin gleich wieder da. Und dann bist du dran!«, warnte er Fred.

Evelyn holte einen Plastikbehälter aus der Küche, marschierte mit Benni ins Treppenhaus und klingelte nebenan, in der Hoffnung, irgendwas Interessantes über das Shakespeare-Pärchen in Erfahrung zu bringen.

Silke öffnete. »Hi Evelyn, hallo Benni.«

»Hi, du, wir sind ein bisschen in Verlegenheit. Ich hab Benni Pfannkuchen versprochen und stelle fest: Fred hat gar kein Mehl im Haus. Ich hätte das vorher überprüfen sollen, aber wer kommt denn auf so was. Kein Mehl im Haus!«

»Gib schon her«, sagte Silke, nahm ihr die Schüssel ab und ging damit in die Küche.

Evelyn staunte nicht schlecht. Silke hatte sich wahrhaftig vom grauen Entlein in einen strahlend schönen Schwan verwandelt. Sie trug sogar Lippenstift, und das am Vormittag. Erwartete sie jemanden? Evelyn machte zwei Schritte in den Flur und spähte um sich. »Die Wohnung ist genauso geschnitten wie die von Fred. Nur spiegelverkehrt«, erklärte sie Benni. »Da ist die Küche, gegenüber das Bad, und wo müsste dann das Wohnzimmer sein?«

Benni überlegte und zeigte auf die Tür neben dem Bad. »Äh, da.«

»Meinst du wirklich?«

Prompt schob Benni die Tür auf. »Richtig geraten! Das ist das Wohnzimmer.« Er ging hinein und kniete sich prompt vor das Regal mit den DVDs.

Soweit Evelyn sehen konnte, gab es dort nichts Aufschlussreiches. Da kam Silke auch schon mit der Schüssel.

»Wenn du dir eine DVD ausleihen willst, kannst du das gern machen. Aber nur solche, die für dein Alter freigegeben sind.«

Evelyn lächelte entschuldigend. »Kinder! Von Natur aus neugierig.«

»Kein Problem. Wir haben nichts zu verbergen. Hier, das Mehl.« Silke reichte ihr die Schüssel.

»Danke, das ist lieb. Ist Jana gar nicht da? Bist du allein?«

»Jana ist joggen gegangen.«

»Beneidenswert, wie sportlich sie ist. Sag mal, was ich dich noch fragen wollte: Du hast dich in letzter Zeit so verändert. Zum Positiven, meine ich. Bist du bei einer Typberatung gewesen? Weil, also, ich würde auch gern mal was verändern an den Klamotten, an der Frisur und so, aber ich bin ganz unsicher, was mir wohl stehen würde. Kannst du mir einen Tipp geben?«

»Mein Typberater war Leonard. Ich war mit ihm shoppen, und er hat's echt drauf. Frag ihn doch einfach, ob er dich auch berät.«

»Leonard?« Evelyn war verblüfft. Das war ja mal ein brauchbarer Tipp. Ein Nachmittag mit Leonard im Shoppingcenter, zwischendurch ein Cappuccino an einer Bar, ein Gläschen Prosecco vielleicht, ein kleines Schwätzchen, oder auch ein größeres, zu ihren Füßen tütenweise schicke Klamotten … es ging doch nichts über gepflegte Kontakte zu den Nachbarn.

»Darf ich die mitnehmen?« Benni hielt die DVD *Der König der Löwen* in die Höhe.

»Ja, darfst du. Aber wiederbringen.«

Evelyn ließ sich Leonards Handynummer geben, bedankte sich noch mal für das Mehl und zog mit Benni ab. Jetzt hieß es Pfannkuchen backen und dann Leonard anrufen. Silke hatte gesagt, dass er diese Woche noch Urlaub habe.

Kapitel 17

»Jörg!« Verblüfft starrte Jana ihn an, als er am Freitag gegen Mittag ohne Ankündigung plötzlich vor der Tür stand. »Du wolltest doch erst am Montag zurückkommen.«

Ohne jede Erklärung streckte er die Hände nach ihr aus, nahm ihr Gesicht in seine schlanken Finger und begann, sie leidenschaftlich zu küssen. Für ihn war es offenbar keine Frage, dass sie ihn liebte. Ohne das Thema konkret angesprochen zu haben, war er sich ihrer Gefühle sicher. Das war ganz schön dreist. Er konnte sich wohl nicht vorstellen, dass es irgendwo auf dieser Welt eine Frau gab, die ihn zurückweisen könnte. Jana aber widerstrebte es, sich überrumpeln zu lassen. Sie befand sich noch in der Phase der Annäherung, der Abwägung. Sie war sich ihrer Gefühle ganz und gar nicht sicher. Sanft machte sie sich von ihm los, doch bevor sie ihren Protest kundtun konnte, ergriff er das Wort.

»Komm mit. Ich hab eine Überraschung für dich.« Er griff nach ihrer Handtasche auf der Kommode im Flur und hängte sie ihr um. »Ist da alles drin, was du brauchst?«

Jana wischte sich mit dem Ärmel über den Mund. »Jetzt warte mal. Was soll das? Wieso schon wieder eine Überraschung? Du weißt, ich mag keine Überraschungen.«

»Diese wirst du mögen, da bin ich sicher. Und jetzt beeil dich. Ich bin so gespannt auf dein Gesicht.« Er bückte sich nach ihren Sandalen und stellte sie ihr vor die Füße.

Jana schlüpfte in die Schuhe, holte ihr Handy vom Küchentisch und steckte es in die Hosentasche. Dann verließen sie die Wohnung.

Mit großen Schritten eilte Jörg einen halben Meter voraus, sodass sie Mühe hatte, mitzuhalten. Sie konnte es nicht leiden, vor vollendete Tatsachen gestellt zu werden, er dagegen liebte es, sie zu überraschen. Warum respektierte er nicht, dass sie gern im Bild war über das, was sie erwartete. Verärgert hechelte sie hinter ihm her, bis sie seinen Wagen erreichten. Sie stiegen ein, er fuhr los und rückte immer noch nicht damit heraus, wohin er sie entführte.

In Innenstadtnähe steuerte er auf ein Gelände zu, auf dem bis vor einigen Jahren ein Schlachthof gestanden hatte. Mittlerweile war dort ein neues Quartier mit edlen, vermutlich unbezahlbaren Wohnungen entstanden, vier- bis fünfgeschossig mit Penthouse. Ausgerechnet hier sollte eine Überraschung auf sie warten? »Was tun wir hier?«

Jörg lächelte sie nur an. Sie stiegen aus, er reichte ihr die Hand und führte sie zu einem der Häuser. Jana zählte neun Klingelschilder, von denen vier nicht beschriftet waren. Ein Teil der Wohnungen war anscheinend noch zu haben. Er klimperte mit seinem Schlüsselbund, grinste sie wieder an, öffnete die Eingangstür und fuhr mit ihr in den vierten Stock, ohne auch nur ein einziges Wort zu sagen. Und ohne sein Grinsen abzulegen. Oben angekommen, ging er zielsicher auf eine der beiden Türen zu, schloss sie auf und wies Jana mit einer großmütigen Geste den Weg in die Wohnung. »Voilà, Mademoiselle.«

Jana zögerte einen Moment, dann trat sie ein und ging staunend durch den offenen Dielenbereich in den großen Wohnraum. Die Wände waren weiß gestrichen, und alles wirkte ausgesprochen hell. Auf der einen Seite befanden sich die Anschlüsse für die Küche, auf der anderen der Zugang zum Balkon. Sie öffnete die breite Schiebetür und trat hinaus. Zwischen diesem und dem Nachbarhaus stand eine Reihe alter Bäume, die die Planer des Quartiers hatten stehen lassen. Die Bäume boten einen Sichtschutz zum Nachbargebäude. Es gab zwei weitere Zimmer und ein geräumiges Bad. Jana war beeindruckt, wie viel Wärme die Räume trotz ihres kühlen Anstrichs ausstrahlten.

»Es ist wunderschön, aber …«

»Kein Aber, nur ansehen und auf dich wirken lassen.« Jörg schloss die Augen und nahm einen tiefen Atemzug durch die Nase. »Hier ist ein gutes Karma. Das spüre ich.« Er nahm ihre Hand. »Schließ die Augen. Lass es uns zusammen spüren.«

Einen Moment stand Jana mit geschlossenen Augen da. Trotz der Nähe zur Innenstadt war es auffallend ruhig. Vom Autoverkehr nahm man nur ein leises Rauschen wahr, stattdessen hörte man die Vögel zwitschern.

»Und? Spürst du es?«

»Hm, ich weiß nicht.«

»Du spürst es nicht, jedenfalls nicht richtig! Weil du noch zu blockiert bist. Lass dir Zeit, das richtige Gefühl kommt schon noch. Aber jetzt, mein Täubchen, zu unserem Highlight.« Er ging voraus. Zu Janas Verwunderung verließ er die Wohnung und nahm die Treppe zum nächsten Stockwerk. Sie folgte ihm. Hier oben gab es nur eine Wohnungstür, dahinter musste sich also das Penthouse verbergen.

Jörg schloss die Tür auf. »Das hier ist das Zentrum«, sagte er mit vor Stolz vibrierender Stimme. »Hier wird sich alles abspielen.«

Jana glaubte zu träumen. Eine breite Fensterfront gab den Blick frei auf eine riesige Dachterrasse und über die Stadt hinweg bis zum Teutoburger Wald; der Fußboden war mit hellem Parkett ausgelegt, das dem Raum eine angenehm warme Atmosphäre verlieh. Sie war hingerissen. »Wow! Das hätte ich von draußen nicht vermutet.« Sie öffnete die breite Schiebetür und trat auf die Terrasse. »Das müssen fünfzig, sechzig Quadratmeter sein.«

»Laut Grundriss sogar achtundsechzig. Komm, ich zeige dir den Rest.«

Sie gingen wieder hinein, und er führte sie durch die Räume. »Hier ist die Küche, nicht sonderlich groß, aber ausreichend, daneben kann das Büro eingerichtet werden. Ein bisschen Verwaltungsarbeit fällt ja immer an. Und hier ein Rückzugsraum, idealerweise nach Norden ausgerichtet. Na ja, und dann noch das Bad und ein separates WC, auch ganz wichtig.«

Jana kam aus dem Staunen gar nicht mehr heraus. Es war ganz anders, als sie sich ihren Kinderladen vorgestellt hatte, kein Erdgeschoss mit Garten, dafür aber eine traumhaft schöne Dachterrasse. Und die Räumlichkeiten waren ideal geschnitten. Mit dem Fahrstuhl dürfte es auch kein Problem sein, das Bauamt davon zu überzeugen, dass es sich als Kinderladen eignete. Die Brüstung auf der Dachterrasse würde eventuell etwas erhöht werden müssen, aber sonst war es einfach spitzenmäßig!

»Ich sehe, du bist begeistert.«

»Ich bin sprachlos.«

»Ich hab mir das so gedacht, Täubchen. Jeder von uns mietet eine Wohnung an. Das hat praktische, rechtliche und natürlich auch steuerliche Gründe.«

Jana konnte nicht so schnell folgen. »Aber kann ich mir das überhaupt leisten?«

»Genau das ist der Punkt. Deshalb habe ich mir das folgendermaßen gedacht: Du mietest die Wohnung im vierten Obergeschoss, die ist natürlich wesentlich günstiger, und ich übernehme das Penthouse, also den größeren Part. Was sagst du? Das ist doch nur fair, oder?«

»Aber … ich muss das überdenken und durchkalkulieren. Dafür brauche ich ein paar Zahlen. Wie kommt es, dass du die Schlüssel schon hast?«

»Der Makler war so nett, sie mir für ein paar Stunden zu überlassen. Na ja, und den Mietvertrag für das Penthouse habe ich natürlich sofort unterschrieben.«

»Du hast das schon klargemacht? Aber …«

»Jana, sieh dich um. Sollte ich mir dieses Juwel entgehen lassen? Bei so einer Gelegenheit muss man sofort handeln.«

»Du hättest mich anrufen können. Ich wäre sofort gekommen.«

»Ich habe dich angerufen. Ein paar Mal sogar. Aber da war immer nur die Mailbox.«

Jana sah ihn skeptisch an. Sie sollte seine Anrufe verpasst haben? Das hielt sie für ausgeschlossen. Das Handy trug sie doch ständig mit sich.

Jörg kam auf sie zu und nahm sie in den Arm. »Nicht böse sein. Ich tu es doch für uns.«

Jana löste sich mit einem Ruck aus seiner Umarmung und funkelte ihn an. »Du entscheidest das einfach über meinen Kopf hinweg. Was, wenn mir die Wohnung nicht gefallen hätte?«

»Und was, bitte schön, hätte dir hier nicht gefallen sollen? Jana, also wirklich, etwas Besseres wirst du nicht finden.«

»Ich möchte trotzdem nicht immer wieder vor vollendete Tatsachen gestellt werden. Ist das so schwer zu verstehen?« Jana verschränkte die Arme vor der Brust und wandte verärgert ihren Blick nach draußen. Ja, es war möglich, dass sie nichts Besseres finden würde. Aber es musste doch alles auch realisierbar sein. Sie hätte keine ruhige Minute mehr, wenn ihr das Projekt finanziell über den Kopf wachsen würde. Es ging ihr um die Kinder, die sollten sich gut aufgehoben fühlen, und dafür brauchten sie keinen Luxus. Mit den Händen in den Hosentaschen blickte Jörg auf den Boden und kickte mit dem Fuß. Er wirkte enttäuscht. Vielleicht tat sie ihm auch unrecht. Es war großzügig von ihm, die höhere Miete zu übernehmen. Dennoch gab es da noch einige Fragen zu klären. Sie seufzte und lenkte ein.

»Ist es denn gerade steuerlich gesehen nicht komplizierter, wenn du die Miete für den Kinderladen übernimmst?«

Jörg blickte erstaunt auf und starrte sie an. »Kinderladen? Du denkst, hier soll ein Kinderladen rein? Entschuldigung, aber das muss ich jetzt erst mal verdauen.«

»Aber …«

»Jana, kannst du dir im Ernst hier oben einen Haufen kreischender Gören vorstellen? Sie würden den Parkettboden zerkratzen, die Wände beschmieren, das Bad ruinieren, auf das Balkongeländer klettern und vielleicht herunterfallen. Ist es das, was du willst?«

»Natürlich nicht«, erwiderte Jana gereizt. »Aber ich dachte …«

»Ein dummer Irrtum.«

»Allerdings! Wenn du nicht alles allein entscheiden würdest, gäbe es solche Irrtümer nicht.« Jana reichte es langsam. »Tut mir leid, aber ich kann das so nicht.« Sie nahm ihre Tasche von der Fensterbank und ging hinaus.

»Ja, ja, ja!«, rief Jörg ihr nach. »Du hast ja recht. Ich hätte dich vorher einweihen sollen. Aber ich dachte, es wäre klar, dass diese Räume natürlich für mein Yogazentrum angedacht sind. Für den Kinderladen sind sie doch viel zu teuer.«

Jana wandte sich um. »Und was hattest du für den Kinderladen angedacht? Die Wohnung im vierten Stock ist jedenfalls nicht dafür geeignet. Der Balkon ist viel zu klein für den Zweck.«

»Sieh mal, die Idee mit dem Kinderladen mag ja ganz nett sein, aber ist es auch wirklich das Richtige für dich? Hast du nicht gerade erst das Handtuch geworfen, weil es dir zu viel war?«

»Aber das lag doch nicht an den Kindern, sondern an meiner Vorgesetzten.«

»Die Leiterin ist nicht dein Problem. Dein Problem ist ein anderes.«

»Ach ja? Und welches?«

»Ich verstehe sehr gut, dass du enttäuscht bist. Aber sieh mal, ich kenne dich, und ich weiß, in dir schlummert ein großes Potenzial, viel größer, als du denkst. Es ist an der Zeit, dass du dich auf die geistige Reise begibst, dass du zu dir selbst findest und in Erfahrung bringst, wer du bist, was dich ausmacht. Und wenn du dann noch einen Kinderladen gründen willst, stehe ich voll und ganz hinter dir. Dann kannst du auf mich zählen.«

Warum fühlte Jana sich in seiner Gegenwart oft so klein und schwach? Er gab ihr das Gefühl, dass sie allein ein Niemand war, dass sie jemanden brauchte, der sie an die Hand nahm und durchs Leben führte. Er manipulierte sie, und das hatte er schon damals getan. Erst in der Zeit mit Leonard hatte sie erlebt, wie anders eine Partnerschaft aussehen konnte. Sie hatte erfahren, dass sie stark und selbstbestimmt war, und sie durfte nicht zulassen, dass Jörg sie wieder in die alten Muster drängte. Sie atmete tief durch und straffte die Schultern. »Okay, verstehe. Und was hast du mit der anderen Wohnung vor? Ist das nur eine günstigere Alternative für dein Yogazentrum, falls das Geld für das Penthouse nicht reicht?«

»Die andere Wohnung, Täubchen, wird unser neues Zuhause.«

Jana starrte ihn an, und gleichzeitig arbeitete es in ihrem Gehirn. Wollte er sie komplett für dumm verkaufen? »Abgesehen davon, dass nie die Rede von Zusammenziehen war … du willst, dass ich die komplette Miete für unsere gemeinsame Wohnung übernehme?«

»Aber Jana, Täubchen! Heißt das, du willst nicht mit mir zusammenziehen? Nach allem, was uns verbindet? Ist es dir immer nur um dein Projekt gegangen? Ich muss schon sagen, das versetzt mir einen Stich mitten ins Herz.«

Wie raffiniert er doch war. Er schob ihr den Schwarzen Peter zu, aber die Karte konnte er behalten. »Natürlich ging es mir um das Projekt. Es geht mir immer noch um das Projekt. Ich bin Erzieherin, ich liebe meinen Beruf, und ich verdiene meinen Lebensunterhalt damit.«

Jörg zog die Augenbrauen hoch und blickte sie mitleidig an. »Was verdienst du so als Erzieherin, hm? Tausend netto, vielleicht tausendzweihundert? Na, prima. Es reicht für ein Zimmer in der WG. Jana, sei nicht dumm. Mit einem Kinderladen strampelst du dich ab für einen Hungerlohn.«

»Hast du einen besseren Vorschlag?«

Er ließ sich etwas Zeit mit der Antwort. »Ja. Ja, den hab ich in der Tat. Ich bilde dich zur Yogalehrerin aus.«

»Mich?« Jana war bass erstaunt. Er traute ihr zu, Yoga zu unterrichten? Das war so ziemlich das Letzte, was sie erwartet hätte.

»Ja, dich. Wir beide sind ein starkes Team, und hier, in diesen fantastischen Räumen, bauen wir uns unsere Existenz auf. Nicht einfach nur irgendein Yogastudio, wie man es an jeder Ecke findet; wir gründen ein Institut, eine Yogaschule. Du steigst mit ein, wir lassen uns eine schöne Internetseite bauen und bieten auch eine Yogalehrer-Ausbildung an. Du wirst sehen, sie kommen aus allen Landesteilen angereist, und sie werden es sich was kosten lassen. Du machst dir Sorgen um die Miete? Ich sag dir was: In einem Jahr *kaufst* du die Wohnung.«

Unter diesem neuen Aspekt wanderte Janas Blick noch einmal durch den Raum, und sie stellte sich vor, wie ein paar Leute am Boden auf ihren Yogamatten saßen, fernöstliche Klänge im

Hintergrund, die Türen zum Balkon geöffnet, leichte weiße Gardinen in der Sommerbrise wehend, sie, ganz in Weiß, vor der Gruppe stehend und mit ihrer ruhigen, sanften Stimme Anweisungen zu den Übungen gebend. Eine völlig neue Perspektive eröffnete sich ihr bei dieser Idee.

»Ich weiß, du hast noch ein Stück Weg vor dir, um dahin zu kommen, wo ich jetzt bin, aber du bist nicht allein. Mit meiner Hilfe kannst du alles schaffen.« Er ging auf die Fensterfront zu, nahm eine weiße Mappe von der Fensterbank, klappte sie auf und reichte ihr einen Stift. »Hier ist der Mietvertrag. Du musst nur noch unterschreiben, und unser Traum wird wahr.«

Jana nahm den Stift und blätterte den Vertrag durch. Als sie den Mietpreis entdeckte, schluckte sie. »Aber wovon soll ich das bezahlen? Ich bin arbeitslos.«

»Dafür gibt es eine einfache Lösung. Wir werden die Miete mit einem Darlehen finanzieren.« Er reichte ihr ein weiteres Papier.

»Darlehensvertrag?«, las Jana und sah ihn fragend an.

»Ich hätte ihn auch allein abgeschlossen, aber die Bank hat darauf bestanden, dass wir beide unterzeichnen. Das ist ganz normal, das machen die zu ihrer Sicherheit.«

Jana hatte es die Sprache verschlagen. Scheibchenweise gab er ein Detail nach dem anderen preis. »Was kommt denn da noch auf mich zu, von dem ich nichts weiß?«

»Jana, Täubchen. Ich wusste nicht, dass du so weltfremd bist. Für deinen Kinderladen hättest du doch auch ein Darlehen benötigt. Kein Unternehmen kommt bei der Gründung ohne die Bank aus. Das ist das Normalste der Welt. Ich schätze, dass wir in spätestens zwei Jahren so weit sind, dass wir die Schuld getilgt haben. Diese unschönen Begleiterscheinungen machen mich noch ganz fertig. Aber daran darf doch ein so großartiges Projekt nicht scheitern. Es geht um die Sache.«

»Was hast du denn der Bank erzählt? Inwiefern hat die Gründung deiner Yogaschule mit der Wohnung im vierten Stock zu tun?«

»Sieh mal. Wir beide wollen das gemeinsam aufziehen. Da war es mir wichtig, dass du nicht nur Pflichten, sondern auch Rechte hast. Die erwirbst du dir mit diesem Mietvertrag, und für die Mietkosten ist wiederum das Darlehen nötig. Ich hätte in dem Darlehensvertrag gar nicht stehen müssen. Aber für mich gibt es eben kein Ich und Du, sondern nur ein Wir. Ich kann nur immer wieder betonen: Es geht um die Sache.«

Unschlüssig hielt Jana den Stift in der Hand. Ein unterschwelliges Gefühl, dass die Geschichte nicht rund war, machte sich in ihr breit. Andererseits war es eine seltene Möglichkeit für sie, die alten Pfade zu verlassen, etwas Neues auszuprobieren. Yogalehrerin! Was für eine reizvolle Vorstellung. Hatte Jörg recht, steckte ein Potenzial in ihr, von dem sie gar nichts ahnte? Vielleicht war es an der Zeit umzudenken, ihren Horizont zu erweitern, ihre Komfortzone zu verlassen, einfach mal etwas zu riskieren.

Kapitel 18

Die Sparrenburg, Bielefelds Wahrzeichen, war über eine steinerne Brücke zu erreichen, die über einen tiefen Graben führte. Mit verschränkten Armen lehnte Leonard an der Brüstung und verfolgte das bunte Treiben neben sich und unterhalb der Brücke. An diesem Wochenende wurde das alljährliche Sparrenburgfest, ein mittelalterliches Spektakel, gefeiert, das Besucher aus allen Landesteilen anlockte. Das Wetter spielte mit, und das Gelände rund um die Burg war gut bevölkert. Zwischen bunten Ständen mit Kunsthandwerk und Imbissen, zwischen Minnesängern, Wahrsagern, Gauklern, Feuerschluckern, Jongleuren und Burgfräulein tummelten sich Hunderte von Menschen.

Leonard hätte sich lieber an einem ruhigeren Ort verabredet, in einem Bistro in der Innenstadt vielleicht, doch Silke hatte darauf bestanden, sich hier zu treffen und sich statt von der obligatorischen Pizza im Biergarten von ungewohnten Gerüchen und kulinarischen Spezialitäten verführen zu lassen. Außerdem wusste er, dass Jana das Fest liebte – sie hatten es zweimal zusammen besucht –, und das war der Grund, weshalb er nun hier stand und auf Silke, Jana und leider auch auf Jörg wartete. Da musste er jetzt durch, denn er selbst hatte den gemeinsamen Abend vorgeschlagen. Es war zurzeit die einzige Chance, Jana nahe zu sein.

Da drüben kamen sie. Er entdeckte sie zwischen anderen Grüppchen von Besuchern, die die Promenade zur Burg hinaufströmten. Jörg in seiner hellen Kluft und mit dem langen Haar, blonder als die blondeste Blondine, hob sich eklatant vom gemeinen Volk ab. Leonard musste schmunzeln, als er ihn sah. Ausladend gestikulierte er, zwischen den beiden Frauen wandelnd, als würde er eine Predigt halten. Das passte zu der Dumpfbacke. Was Jana nur an dem Typen fand!

Silke hatte sich neuerdings angewöhnt, ihn bei der Begrüßung auf die Wange zu küssen. Er hoffte, dass sie heute darauf verzichten würde, denn in Janas Gegenwart war es ihm nicht recht, wie er neulich schon bemerkt hatte. Es konnte der Eindruck entstehen, dass zwischen ihnen mehr war als nur Freundschaft. Mit Silke konnte man Pferde stehlen, keine Frage, und er war froh, dass sie ihren Zwist beigelegt hatten. Doch wenn sie sich in ihn verlieben würde, musste das zwangsläufig zu einer Enttäuschung führen. Er wünschte ihr einen richtig netten Kerl. Vielleicht sollte er es sich zur Aufgabe machen, ihr einen passenden Kandidaten vorzustellen? Auf ihre äußere Erscheinung hatte er bereits positiv eingewirkt.

»Da bist du ja!«, begrüßte Silke ihn, als sie ihn erreicht hatten. »Ich dachte schon, wir finden dich nie in diesem Gewühl.«

»Hallo«, sagte Jana verhalten.

»Hallo«, erwiderte Leonard. Sie hatte ihn kaum angesehen, hatte nur anstandshalber gegrüßt und sich gleich dem bunten Treiben zugewandt.

Jörg begrüßte ihn mit seinem allzeit siegessicheren Grinsen, das Leonard ungemein nervte.

»Ich wusste gar nicht, dass du auch einer der Akteure bist«, scherzte er und musterte Jörg von oben bis unten. »Gehst du als einer der Jünger Jesu?«

Dafür erntete er prompt einen bösen Blick von Jana, doch die Bemerkung hatte er sich nicht verkneifen können. Sie war einfach zu treffend.

Jörg lachte abschätzig. »Als Jünger? Das entspricht mir ganz und gar nicht. Ich gehe natürlich als Jesus.«

»Soviel ich weiß, hatte Jesus dunkle Locken.«

»Möglicherweise haben sich die Geschichtsschreiber diesbezüglich geirrt.«

Bevor Leonard eine schlagfertige Antwort parat hatte, hakte Silke sich bei ihm ein. »Auf ins Geschehen!«

Leonard ertappte sich bei Mordgelüsten, als sein Widersacher sich an Janas Schulter festkrallte und sie mit sich ins Innere des Burghofs schob. Notgedrungen folgte er ihnen, Silke im Schlepptau, die sich an ihn klammerte wie Jörg sich an Jana. Sicher gaben sie das perfekte Bild zweier glücklicher Pärchen ab – nur leider hatte der Maler die Modelle vertauscht.

Sie ließen sich treiben, blieben hier und da an den Ständen stehen, betrachteten Holzspielzeug, Schmuck, Küchenutensilien und andere interessante Dinge, probierten mittelalterliche Snacks, kauften Honigwein, liefen weiter und blieben wieder stehen.

Leonards Laune verschlechterte sich in dem Maß, wie seine Befürchtungen sich bewahrheiteten. An diesem quirligen Ort gab es nicht die geringste Chance, mit Jana ins Gespräch zu kommen, und sei es nur über irgendwas Banales. Jörg hielt sie fest in seinen Guru-Klauen, und ganz offenbar fühlte sie sich sogar noch wohl dabei.

Nur wenn sie stehen blieben, um etwas zu bestaunen, konnte er einen Blick auf ihr Profil erhaschen, und jedes Mal dachte er, wie schön sie doch war, wie gern er jetzt mit ihr allein hier wäre, so wie im letzten Jahr, als sie Hand in Hand über das Fest geschlendert waren, sich hin und wieder geküsst, sich an der mittelalterlichen Musik erfreut und trotz des Nieselregens barfuß auf der Wiese mitgetanzt hatten. Wie gern würde er ihr jetzt sagen, wie sehr er bedauerte, dass alles so gekommen war, dass er sie an jedem einzelnen Tag vermisste und sie immer noch liebte. Er war eigentlich nicht der Typ, der schnell aufgab, doch momentan fehlte ihm eine durchschlagende Idee, um das Ruder herumzureißen.

Jana wandte sich um. »Guck mal, Silke. Das Zelt mit den tollen Kleidern!«

Silke machte sich von ihm los, und auch Jana befreite sich erstaunlicherweise aus Jörgs Klammergriff, die beiden Frauen gingen in das auf zwei Seiten offene, recht große Zelt, und Leonard blieb planlos zurück, Jörg, anscheinend genauso planlos, zu seiner Rechten. Um zu demonstrieren, dass er nicht zum Reden aufgelegt war, verschränkte er die Arme vor der Brust und beobachtete Jana und Silke aus der Entfernung bei ihrem kleinen Rundgang. Zwei Tische mit Stoffen aus Samt und Seide, Regale, vollgestopft mit Blusen, Nachtwäsche, feinen Spitzen, auf Holzständern Kleider mit Borten und Rüschen, die an Shakespeares Zeiten erinnerten – all das löste vor allem bei Jana eine Welle der Begeisterung aus. Es war schön, ihr dabei zuzusehen, und Leonards Lippen umschmeichelte ein warmes Lächeln.

»Jaaa«, sagte Jörg gedehnt und verschränkte die Arme, »sie ist schon eine klasse Frau, was?«

Leonard zuckte zusammen, so tief war er in ihren Anblick versunken. »Ah ja? Wer denn?«

»Na, wen starrst du denn pausenlos an?«

»Ich bewundere die Kleider. Es sind ein paar wahre Meisterwerke dabei.«

»Ah, verstehe«, meinte Jörg überheblich grinsend und streifte sich eine unsichtbare Fluse vom Ärmel. »Weißt du, Jana und ich, wir sind wie Yin und Yang, wir bilden eine perfekte Einheit. Ich habe immer gewusst, dass sie eines Tages wieder zu mir zurückkommt, es war vorherbestimmt, wenn du so willst. Sie brauchte diese Auszeit, um zu erfahren, dass sie da draußen nichts verpasst, dass sie alles, was sie zum Leben braucht, in unserer Liebe findet.«

»Jana hat mir gesagt, dass du derjenige warst, der sich getrennt hat.«

»Ja, das stimmt. Ich habe mich von ihr getrennt, um ihr die Schuldgefühle zu nehmen. Sie wusste, wie sehr ich unter einer Trennung leiden würde, und hätte es vermutlich aus lauter Rücksicht gar nicht fertiggebracht zu gehen. Glaub mir, es war die schwerste Entscheidung meines Lebens. Doch ich habe nie aufgehört, an uns zu glauben. Und jetzt, mein lieber Leonard, haben wir uns wiedergefunden, und nichts wird uns mehr trennen.«

Leonard kratzte sich am Kopf. Der Typ hatte nicht mehr alle auf dem Kasten. Man musste Jana vor ihm schützen, *er* musste Jana vor ihm schützen. »Weiß Jana von ihrem Unglück?«

Schnaubend kniff Jörg die Lippen zusammen, und zum ersten Mal sah Leonard ihn nicht lächeln. Das machte ihn gleich eine Spur sympathischer.

»Du glaubst, ich durchschaue dich nicht?«

Leonard zog die Augenbrauen hoch.

»Du hast nicht das geringste Interesse an Silke. Du willst Jana zurückgewinnen.«

Leonard musste schlucken. War das wirklich so leicht zu erkennen? »Und wenn es so wäre?«

Jörg lachte lauthals. »Keine Chance, mein Lieber. Sie gehört mir. Aber spiel dein Theater nur weiter. Es amüsiert mich, wie du dich ins Zeug legst.«

Was für ein gerissener Hund! Gab sich als frommer Hirte und hatte es dabei faustdick hinter den Ohren. Einmal mehr war Leonard sicher, dass Jana vor diesem Größenwahnsinnigen beschützt werden musste.

Jana und Silke hatten ihren Rundgang beendet und kamen auf die beiden Männer zu.

»Schön, dass ihr euch so gut versteht«, sagte Silke erfreut.

Leonard hielt seine Arme verschränkt, damit sie nicht wieder bei ihm andocken konnte. Nach dem netten Zwiegespräch verspürte er das dringende Bedürfnis nach Bewegungsfreiheit. Mit Genugtuung beobachtete er, wie Jana Jörg bei dem Versuch, sie zu belagern, abblitzen ließ. Sie und Silke hatten sich offenbar eine Menge zu erzählen und liefen plaudernd ein paar Meter voraus.

Schließlich erreichten sie die große Wiese am Fuß der steil in den Himmel ragenden Burgmauern. Der Anblick, der sie dort erwartete, erinnerte an ein Folkfestival, und genau das war es auch. Auf einer Bühne spielte eine Band Folkloremusik, auf der Wiese saßen, standen und tanzten die Leute, einige bunt kostümiert, Kinder liefen umher, übten sich im Jonglieren, flöteten mit bunten Papiertröten oder pusteten Seifenblasen über die Köpfe der Leute hinweg. Es glich einer heiteren Märchenwelt.

»Hey, hallo, Jana! Silke! Hier sind wir!«, rief eine Frauenstimme.

Alle vier blickten in die gleiche Richtung. Evelyn stand in einiger Entfernung und winkte ihnen mit einem Tuch zu.

»Oh, Fred und Evelyn!« Leonard freute sich auf Schützenhilfe von Fred, der Jörg auch nicht zu seinen besten Freunden zählte.

»Thorsten ist auch da!«, rief Silke.

Leonard registrierte mit Verwunderung, dass sie sich darüber offenbar besonders freute. Er hatte immer angenommen, dass Thorsten für sie so etwas wie eine beste Freundin war. Sie half ihm im Laden, ratschte mit ihm über alles und jeden und durfte sogar seinen Wagen fahren. Jetzt aber überkamen ihn Zweifel an seiner Interpretation. In Silkes Blick lag eine Freude, die ihre Augen von innen heraus leuchten ließ.

Jana schlug einen Weg über die Wiese ein.

»Jana, Täubchen, du willst da doch nicht durchstaksen? Lass uns lieber weitergehen. Wir haben noch gar nicht alles gesehen.«

»Da kommt nicht mehr viel. Aber wenn du willst, geh allein weiter. Du weißt ja, wo du mich findest.«

Leonard grinste extrabreit, Jörg zog ein Gesicht. Vermutlich fürchtete er, seinen Einfluss auf Jana zu verlieren, so mitten zwischen ihren Freunden. Er und Silke folgten Jana durch das campierende Volk. Mit einem Gesicht wie drei Tage Regenwetter dackelte Jörg hinterher. So wurde er Leonard immer sympathischer. Vielleicht würden sie ja doch noch Freunde werden.

Evelyn stellte ihren achtjährigen Sohn Benni vor und Carola, ihre frühere Nachbarin. Die saß dicht neben Thorsten, und Leonard fragte sich, ob die beiden was miteinander hatten. Auf den ersten Blick hätte er gesagt, dass sie nicht unbedingt sein Typ war. Sie wirkte mütterlich, backte sicher mit Hingabe die schönsten Sahnetorten, strickte bunte Pullis und wünschte sich eine ganze Kinderschar. Ob Thorsten dafür der Richtige war? Oder beherzigte er seinen eigenen Rat: Willst du die Richtige finden, fang mit der Falschen an? Wenn ja, in welcher sah er dann die Richtige für sich? Bei dem Grillfest hätte Leonard noch schwören können, dass es Jana war; jetzt machten sich Zweifel breit. Vielleicht täuschte er sich komplett in ihm. Vielleicht stand er ja wirklich auf den mütterlichen Typ.

Das Leuchten in Silkes Augen erlosch augenblicklich, als sie die Frau neben Thorsten sah. Damit wurde Leonards Verdacht ein Stück weit untermauert: Silke hatte ein Auge auf Thorsten geworfen. Interessanterweise rückte Thorsten von Carola ab. Warum? War sie ihm peinlich?

»Kommt, setzt euch doch. Platz ist auf der kleinsten Decke.« Evelyn rückte näher an Fred heran, Benni sprang auf und versuchte sich mit drei Bällen im Jonglieren.

Jana, Silke und Leonard quetschten sich zwischen die anderen, Jörg blieb unentschlossen stehen.

»Jana, da drüben gab es doch diese schönen gewebten Decken. Ich überlege, ob ich mir eine kaufe.«

»Ja, mach das«, sagte Jana beiläufig, während sie fasziniert beobachtete, wie Benni die Bälle kurz nacheinander in die Luft warf und wieder auffing.

Leonard registrierte mit Genugtuung, dass sie ihre Aufmerksamkeit verlagert hatte, weg von Jörg hin zum wahren Leben. Das gefiel ihm umso mehr, als Jörg einen Flunsch zog. Tja, dagegen konnte der Ärmste wohl nichts ausrichten.

»Wer will etwas Honigwein?«, fragte Leonard in die Runde, öffnete die Flasche, und Silke verteilte die Pappbecher, die sie von dem Stand mitgenommen hatte. Gegen Honigwein hatte außer Benni niemand etwas einzuwenden.

Jörg stand immer noch beleidigt da. »Du, Jana, das finde ich jetzt nicht in Ordnung. Ich möchte schon, dass wir die Decke zusammen aussuchen.«

»Oh nein! Ich bin heilfroh, dass ich sitze. Meine Füße tun mir weh.«

Thorsten amüsierte sich. »Na, was ist, Jana? So eine wichtige Entscheidung kannst du doch nicht Jörg überlassen. Er kauft noch die falsche Farbe.«

Heiteres Gelächter.

»Oder das falsche Muster«, amüsierte sich Silke.

»Ja, oder die falsche Größe«, sagte Benni und ließ vor Lachen die Bälle fallen.

»Also wirklich!«, empörte sich Evelyn. »Wart ihr noch nie verliebt?«

»Äh, nö«, lachte Benni frech.

»Wenn man verliebt ist, möchte man Tag und Nacht zusammen sein und alles gemeinsam machen.« Lächelnd schmiegte Evelyn sich an Fred.

»Igitt!« Benni rollte die Augen und ließ sich ergeben ins Gras fallen.

»Setz dich doch einfach her.« Jana wirkte etwas ungehalten. Ihr war es offenbar unangenehm, dass ihr Begleiter sich gerade zum Affen machte. Verständlich, dachte Leonard.

»Nee du, ich geh los und hol mir eine Decke.« Missmutig zog Jörg ab.

»Dahinten haben vorhin die Ritter gekämpft. Habt ihr das auch gesehen?«, rief Benni begeistert.

»Nein, das haben wir wohl verpasst.«

»Das war voll lustig. Um sechs Uhr kommt der Feuerschlucker. Den will ich unbedingt sehen.« Benni hatte schnell einen Narren an Leonard gefressen und fragte ihn aus. »Meine Mum hat gesagt, du bist Ingenieur.«

»Ja, das stimmt. Ingenieur für Wasserwirtschaft.«

»Ich will auch Ingenieur werden und dann Modelle bauen. So wie Fred.«

»Ah! Da kannst du dir ja eine Menge bei Fred abgucken.«

»Ja. Aber ich baue keine Häuser, sondern Brücken. Das ist viel spannender.« Benni boxte Fred gegen den Oberarm, der boxte zurück, und die beiden begannen ein kleines Kämpfchen.

Die Band auf der Bühne stimmte ein heiteres Lied an. Carola nahm Thorsten den Becher aus der Hand, stellte ihn zur Seite und sprang auf. »Komm, lass uns tanzen.« Sie griff nach seiner Hand und zog ihn in die Höhe. Noch ehe Thorsten widersprechen konnte, stand er auch schon inmitten des fröhlichen Volks, blickte irritiert um sich und wusste offenbar nicht so recht, was er jetzt zu tun hatte. Carola ließ seine Hand nicht los, umkreiste ihn, hob seinen Arm an, um darunter hindurchzutänzeln, mal rechts-, mal linksherum, drehte sich um die eigene Achse und wandte ihren fürsorglichen Blick nicht von ihm ab.

Thorsten grinste schief und kratzte sich verlegen mit der freien Hand im Nacken.

Zum ersten Mal, seit er ihn kannte, bemitleidete Leonard ihn. Er musste sich fühlen wie ein Zirkuspferd.

Silke grinste mit einer Spur Verachtung. »Komm Leonard, das können wir auch, was?«

»Wir wollen den beiden doch nicht die Show stehlen«, widersprach Leonard.

Jörg kämpfte sich durch die Menschenmenge und kam schließlich wieder bei ihnen an. Er faltete seine wollweiße Decke zur Badetuchgröße zusammen, vermutlich, damit kein anderer mehr darauf passte, und legte sie in angemessenem Abstand zu Evelyns Decke auf die Wiese.

»Willst du einen Schluck?« Jana reichte ihm ihren Becher mit Honigwein.

»Aus dem Pappbecher?«

»Ist doch besser als ein Plastikbecher.«

Silke wollte sich nachschenken, doch es war nur noch ein kleiner Rest in der Flasche. Sie und Leonard zogen los und holten eine zweite. Und so verging der Nachmittag mit Trinken, Herumfrotzeln, Tanzen, Blödsinnreden, Feuerschluckern und sonstigen Attraktionen – und noch mehr Trinken. Irgendwann räumte die Band die Bühne, und der Vorhang wurde zugezogen.

»Es ist ja schon halb acht!«, rief Evelyn plötzlich, Jana anstarrend.

»Tatsächlich?«

»Halb acht«, wiederholte Evelyn eindringlich.

»Um acht fängt das Theaterstück an«, erklärte Fred, ebenfalls auf Jana blickend.

Leonard fragte sich, ob Jana etwas mit dem Stück zu tun hatte, ob sie es unbedingt sehen wollte oder vielleicht eine Rolle darin bekleidete.

»Ja! *Viel Lärm um nichts!*«, rief Carola, die mindestens zwei ganze Becher Met in der Krone hatte.

»Ach so«, meinte Jana und warf Leonard einen kurzen Blick zu, den er nicht deuten konnte.

»Kommt mir bekannt vor«, sagte er. »Worum geht es da?«

»Die Geschichte wurde mit Emma Thompson verfilmt. Da geht es um zwei …«, begann Carola, doch plötzlich kreischte Evelyn los, streckte das rechte Bein aus und kickte wild durch die Luft.

»Mein Bein ist eingeschlafen!« Für zwei Minuten richtete sich jedermanns Aufmerksamkeit auf Evelyn, dann beruhigte sie sich wieder.

Jana setzte sich auf. »Wie wär's, Leute, wenn wir noch runter in die Altstadt gehen, etwas trinken und vielleicht eine Kleinigkeit essen? Von den Häppchen hier bin ich jedenfalls nicht satt geworden.«

Die Idee fand Leonard ausgesprochen gut. »Ja, das machen wir.«

Jörg erhob sich unversehens, schüttelte seine Decke aus und faltete sie sorgfältig zusammen. »Gute Idee, Täubchen. Meine Ohren sind schon ganz taub.«

»Was ist mit euch?«, fragte Leonard die anderen.

Carola ergriff das Wort. »Wir bleiben noch hier. Jetzt wird es doch erst richtig gemütlich.«

Thorsten zuckte bedauernd die Schultern.

Er wäre sicher gern mitgegangen, dachte Leonard.

Kapitel 19

Das war knapp, dachte Jana auf dem Weg hinunter in die Stadt. Noch ein Viertelstündchen, dann hätte das Shakespeare-Stück begonnen und Leonard und Silke möglicherweise zum Nachdenken verleitet. Wie gut, dass Evelyn sie gewarnt hatte, so hatte sie dem Unheil rechtzeitig entgegensteuern können. Über Thorsten musste sie schmunzeln. Auf den Heiratsantrag hatte er sie zum Glück nicht noch mal angesprochen. Es war wohl eher eine theoretische Überlegung gewesen, die selbst er nicht ernst genommen hatte.

Jana liebte das Flair auf dem Alten Markt mit seinem Theater und den Fassaden der alten Bürgerhäuser. In den letzten Jahren hatten sich immer mehr Lokale mit Außengastronomie auf dem Platz angesiedelt, die sich recht großer Beliebtheit erfreuten. Auch heute war die Mehrzahl der Tische belegt.

Um sich blickend, gingen sie durch die Reihen. Jana bemerkte, dass Jörg mal wieder jede Menge bewundernde Blicke auf sich zog, was ihn prompt veranlasste, den Kopf noch ein wenig höher zu tragen. Sie wusste nicht so recht, was sie davon halten sollte. Als Yogalehrer hatte sie ihn nie live erlebt, doch sie nahm an, dass ihn so ziemlich alle weiblichen Kursteilnehmer anhimmelten. Das hatte sie auch aus seinen Erzählungen über seinen Job in der Klinik in Bad Wildungen herausgehört. Er war es gewohnt, bewundert zu werden, und zog sein ganzes Selbstbewusstsein daraus.

»Hier ist es doch gut.« Leonard wies auf einen Tisch in der Nähe des Brunnens, der den Alten Markt zierte. Ein paar Kinder planschten mit dem Wasser herum und ließen Bierdeckel-Boote mit Playmobil-Figuren darin schwimmen.

Jörg verzog den Mund. »Ich schlage vor, wir suchen uns einen vernünftigen Platz. Wie wär's dahinten?«

»Wieso? Ist doch nett hier«, sagte Silke.

In dem Moment plärrte ein Kind los und schrie mit triefend nassem Haar nach seiner Mama. Es hatte offenbar eine Ladung Wasser abbekommen.

»Ich bleibe hier«, entschied Leonard und setzte sich an den Vierertisch.

Silke nahm ebenfalls Platz, und auch Jana ließ sich nach kurzem Zögern ihr gegenüber nieder.

»Mal schauen, wer zuerst genervt ist.« Jörg musste sich zwangsläufig mit dem Platz gegenüber von Leonard begnügen. Jana sah, dass ihm das nicht passte.

»Magst du keine Kinder?«, fragte Leonard.

»Doch, sicher. Von Weitem find ich sie ganz putzig.« Jörg lachte, als hätte er einen guten Witz gemacht.

Jana konnte weniger darüber lachen. Es hatte eine Zeit gegeben, in der sie sich Kinder mit ihm gewünscht hatte; plötzlich aber beschlich sie der Verdacht, dass es ihm nie wirklich ernst damit gewesen war, dass er sie hingehalten und jeden Zeitpunkt für unpassend erklärt hatte. Jetzt hatte er ihr den Kinderladen ausgeredet und ihr eine Zukunft als Yogalehrerin schmackhaft gemacht. Sie war gespalten, was dieses Thema anging. Einerseits gefiel ihr die Vorstellung, doch die Idee von dem Kinderladen war damit nicht vom Tisch. Sie war nur aufgeschoben, nicht aber aufgehoben.

»Was nimmst du?«, fragte Silke mit Blick auf Leonard.

Leonard klappte die Speisekarte zu. »Pizza Prosciutto.«

»Sollen wir uns wieder eine teilen und einen Salat dazu bestellen?«

Jana warf einen unauffälligen Blick auf die beiden. Sie gaben sich wie ein altes Ehepaar, das sich seit Jahren jeden Samstag eine Pizza teilte, und zwar immer die gleiche.

»Was ist mit dir, Täubchen? Du guckst ja gar nicht in die Karte.«

»Äh, ich nehme … eine Lasagne und eine Weißweinschorle.«

Jörg guckte sie erstaunt an. »Lasagne? Da ist Hackfleisch drin.«

»Bist du Vegetarier?«, fragte Leonard ihn mit einer Spur Ironie.

»Ja, quasi. Und Jana ist auf dem besten Weg dahin. Eigentlich.« Mit besorgter Miene sah er sie wieder an. »Jana, was ist los? Wieso bestellst du ausgerechnet eine Lasagne?«

Jana runzelte die Stirn. Hatte er nicht vor ein paar Tagen gesagt, man müsse nur daran glauben, dass es einem guttat? »Ich dachte, es tut mir gut.«

Jörg sah sie schweigend an, dann rang er sich ein Schmunzeln ab und strich ihr sanft über die Hand. »Na, wenn du meinst.«

Leonard hob die Augenbrauen. »Du bist Vegetarierin? Seit wann?«

Jörg brachte Jana in die unangenehme Lage, entweder lügen zu müssen oder ihn bloßzustellen. Zum Glück kam ihr ein Bericht im Fernsehen über das Intervallfasten in den Sinn, den sie neulich mit Interesse verfolgt hatte. »Ich bin Intervall-Vegetarierin«, sagte sie prompt. »Das heißt, phasenweise ja, dann wieder nicht.«

»Wem gehören eigentlich die polnischen Mettwürste im Kühlschrank?«, fragte Silke.

Jana sah Jörg an, Leonard und Silke daraufhin ebenfalls. Sein pfirsichfrischer Teint bekam doch glatt eine rötliche Färbung.

»Die … die Mettwürste. Tja, eine peinliche Geschichte. Also, die hat meine Mutter mir eingepackt.«

»Deine Mutter lebt wieder?«, platzte es aus Jana heraus. Sie spürte, wie ihr die Röte ins Gesicht schoss.

»Hab ich Mutter gesagt? Nein, ich meinte meine Schwester. Sie führt sich nur immer auf wie meine Mutter und glaubt, dass ich vom Fleisch falle, schlank und drahtig, wie ich bin. Da bringe ich es nicht übers Herz, sie vor den Kopf zu stoßen. Ich wollte das Zeug längst der älteren Frau im Erdgeschoss geben, der mit dem Dackel.«

»Wir haben einen Dackel im Haus?«, fragte Silke belustigt.

Jana blickte Jörg derweil skeptisch an. Die einzige Schwester, die er hatte, lebte in der Schweiz und lag mit ihm wegen der Erbschaft seiner Tante Inge immer noch im Clinch. Das hatte er ihr doch erst vor ein paar Tagen erzählt. Warum zeichnete er ein Bild von sich, das ganz offensichtlich nicht stimmte? Warum hatte er das nötig? Sie wog ab, ob sie Tante Inge ins Spiel bringen sollte, entschied sich dann aber dagegen. Sie wollte Jörg nicht noch mehr in Verlegenheit bringen, obwohl er es eigentlich verdient hatte.

»Was nimmst du denn?«, fragte sie stattdessen.

»Das gegrillte Gemüse. Was anderes bleibt ja nicht.«

Leonard winkte der Kellnerin, die gerade an einem der Nachbartische stand, und sie gaben die Bestellung auf.

»Ihr seid wirklich süß, ihr beiden. Teilt euch eine Pizza!« Jörg schmunzelte vor sich hin.

»Wer hätte das gedacht, dass ihr euch mal so gut vertragt«, bemerkte Jana.

»Das hätten wir selbst nie vermutet«, erwiderte Silke.

»Ihr zwei habt doch ein Riesenglück, dass sich alles so schön für euch gefügt hat«, sagte Jörg wohlwollend. »Wenn man bedenkt, wie es noch vor Kurzem mit euch gestanden hat. Ja, das Schicksal geht manchmal seltsame Wege.«

Jana runzelte die Stirn. Worauf wollte er hinaus? Von dem Verkupplungsmanöver hatte sie ihm nichts erzählt, in weiser Voraussicht, wie ihr soeben klar wurde. Er wäre imstande, alles zu verraten.

»Jana und ich haben eine wunderbare Überraschung für euch.« Mit beiden Händen umfasste Jörg ihre Hand und strahlte sie herzerweichend an. Das wirkte so feierlich wie die Szene in einem Film, wenn der junge Mann seine Heirat offiziell bekannt gibt und seine Freundin ihn verdutzt anstarrt.

»Wollt ihr heiraten?«, fragte Silke denn auch prompt.

Jörg lächelte lammfromm. »Wenn wir eins sicher nicht brauchen, dann ist das ein Trauschein.«

»Nein!!!«, schoss es aus Silke heraus. »Du bist schwanger!«

»Was? Nein!«, antwortete Jana irritiert. Wovon auch?, fragte sie sich im Stillen.

»Jetzt bin ich aber gespannt, womit ihr uns noch überraschen könntet«, meinte Leonard trocken.

»Ihr zwei könnt euch schon bald auf euer gemeinsames Heim freuen.«

Leonard und Silke tauschten fragende Blicke, während Jana Jörg anstarrte.

»Wie meinst du das?«, fragte sie verwundert.

»Wenn wir zusammenziehen, wird dein Zimmer frei, und Leonard kann zu Silke ziehen.«

»Habt ihr ein Haus gefunden?«, fragte Silke aufgeregt.

Jana wollte gerade zu einer Antwort ansetzen, da plapperte Silke schon weiter.

»Hast du gehört, Leonard? Jana zieht aus, und du ziehst zu mir. Na, das wird lustig.« Silke prustete los, und Leonard schloss sich ihr prompt an. Selbst als die Kellnerin die Getränke servierte, lachten sie, stellten Mutmaßungen über ihre lustige Wohngemeinschaft an, prosteten sich zu, kicherten weiter und erregten schon Aufsehen an den Nachbartischen.

Jana kochte vor Wut. Jörg war so übergriffig, dass es an Körperverletzung grenzte, Silke bedauerte mit keinem Wort, dass sie ausziehen wollte, und Leonard zeigte nicht den Hauch einer Bestürzung darüber, dass sie mit Jörg zusammenzog. Das ärgerte sie ganz besonders. Aber sie würde den Irrtum nicht aufklären. Sollte er doch denken, dass Jörg und sie wieder zusammen waren. Das schien ihn ja sogar übermäßig zu freuen. Und was Jörg anging: Mit ihm würde sie nachher ein ernstes Wörtchen reden. Was fiel ihm ein, sie ständig in seine egozentrischen Planungen hineinzuziehen? Sie hatte weder Mietvertrag noch Darlehensvertrag unterzeichnet, sondern ihm zu verstehen gegeben, dass sie das auch in Zukunft nicht vorhatte und für die Ausbildung zur Yogalehrerin nicht zwangsläufig mit ihm zusammenwohnen musste. Was für eine Nummer zog er hier ab? Ging er davon aus, dass er sie doch irgendwie rumkriegen würde? Irgendwie lief alles aus dem Ruder. Die ursprüngliche Idee war gewesen, dass er für ein paar Tage ihren Liebhaber spielen sollte, und zwar einzig zu dem Zweck, damit Leonard nicht glaubte, sie hätte auf ihn gewartet. Diese Karten hatten offen auf dem Tisch gelegen, Jörg hatte Bescheid gewusst und war damit einverstanden gewesen. Jetzt schien er die Karten nicht nur neu gemischt zu haben, sondern er spielte überdies ein völlig anderes Kartenspiel. Und zwar eines, das sie nicht kannte.

Silke und Leonard amüsierten sich immer noch.

»Euch ist wohl der Honigwein zu Kopf gestiegen«, kommentierte Jana scharfzüngig.

»Die Vorstellung ist aber auch zu göttlich. Leonard und ich in einer Wohnung«, kicherte Silke.

»Jana, hast du das noch gar nicht erzählt? Das wundert mich aber«, sagte Jörg.

»Was denn?« Jana fürchtete sich vor einer weiteren Hiobsbotschaft.

»Dass wir gemeinsam eine Yogaschule eröffnen werden. Das Studio und die dazugehörige Wohnung gibt es doch bereits.«

Zu Janas Überraschung wich die Farbe aus Leonards Gesicht. Sollte es ihm tatsächlich doch noch etwas bedeuten, was sie tat oder nicht tat?

Er räusperte sich. »Wie, echt? Kein Kinderladen mehr?«

»Nein, kein Kinderladen. Jörg bildet mich zur Yogalehrerin aus.«

Das verschlug sowohl Silke als auch Leonard für einen Moment die Sprache.

»Jetzt bin ich aber baff«, sagte Silke. »Ausgerechnet Yoga? Du liebst doch Sportarten, bei denen man sich so richtig auspowern kann.«

»Das hab ich auch so in Erinnerung«, fügte Leonard hinzu.

Jörg schaltete sich ein. »Kleiner Irrtum, den ich am besten gleich aufkläre. Yoga ist keine Sportart, es ist eine Lebenshaltung. Du kannst Yoga machen und dich dennoch auspowern, also nach dem Yoga, und vorzugsweise zu zweit.« Er warf Jana einen bedeutungsvollen Blick zu.

Jana überhörte die primitive Anspielung und blickte zu den spielenden Kindern. Jörg verdrehte ganz bewusst die Tatsachen, denn bislang war nichts zwischen ihnen gelaufen. Zum Glück, konnte sie nur sagen, denn so viel war ihr mittlerweile klar: Er nutzte seine Gastrolle für einen Wettstreit zwischen sich und Leonard. Und wie sie ihn kannte, war er sicher, dass er ihm haushoch überlegen war.

Leonard presste seine Kiefer aufeinander. Es war plötzlich etwas in seinem Blick, das sie nicht deuten konnte, eine Traurigkeit, ein Bedauern; er wirkte wie der Verlierer eines

Spiels, in dem es um alles oder nichts ging. Jana durchströmte eine Welle der Reue, doch ihr war nicht klar, warum. Was genau bereute sie? Er hatte sich selbst zuzuschreiben, dass der Abend so verlief. Wie sollte sie seiner Meinung nach reagieren, wenn er und Silke sich so respektlos verhielten?

Die Kellnerin kam und servierte die Bestellung.

»Jana«, erklärte Jörg während des Essens, »wird die Erste sein, die ich zur Yogalehrerin ausbilde. Und darauf bin ich ganz besonders stolz.«

»Du isst ja gar nicht«, bemerkte Silke.

»Die Lasagne ist noch zu heiß.« Die Wahrheit aber war, dass Jana keinen Bissen davon herunterbringen würde. Ihr war der Appetit vergangen. Und wenn sie es richtig deutete, Leonard ebenfalls. Er teilte die halbe Pizza in mehrere Stücke auf, nahm dann sein Bierglas und trank einen Schluck.

»Geht das nicht alles ein bisschen schnell?«, fragte er und sah sie mit einem Blick an, der Jana durch und durch ging.

»Was meinst du?«

»Ich dachte, der Kinderladen war dein innigster Wunsch. Und jetzt gibst du ihn auf für etwas, das dir gar nicht viel bedeutet?«

Jörg lachte.

»Was gibt's da zu lachen?«, blaffte Leonard ihn an.

»Ich glaube, du hast nie die wahre Jana kennengelernt. Yoga bedeutet ihr sehr viel. Sie hat es nur noch nicht entdeckt.«

»Jetzt reicht es aber, Jörg. Hör auf, ständig über meinen Kopf hinweg zu reden. Ich sitze hier und kann für mich selbst sprechen.«

»Richtig so, Jana«, sagte Silke kauend. »Was ist los, Leonard? Schmeckt es dir nicht?«

Leonard schob seinen Teller ein Stück zu ihr hinüber. »Ich weiß auch nicht. Ich habe doch keinen Hunger.«

»Prima!« Mit Messer und Gabel nahm sie ein Stück von seiner Pizza und legte es auf ihren Teller.

Jörg stützte die Ellbogen auf dem Tisch ab und faltete die Hände. »Du hast ja recht, Täubchen, aber es gibt Dinge, die dir nicht bewusst sind, die *ich* aber sehen kann. Dazu zählt auch deine Liebe zum Yoga, die bisher nur noch keiner zutage gefördert hat.« Er blickte Leonard an, als wollte er ihm das zum Vorwurf machen.

»Ich glaube, mir wird schlecht.« Leonard stand auf und ging ins Lokal.

»Ich schließe mich an. Wenn ich fertig gegessen habe«, versuchte Silke einen Scherz.

»Oh!«, wunderte sich Jörg. »Ist die Pizza verdorben?«

Jana rollte die Augen, erhob sich kurz entschlossen und folgte Leonard ins Lokal. Sie blickte sich um. Er stand vorm Tresen und zahlte offenbar gerade seine Pizza. Sie ging auf ihn zu.

»Ich weiß nicht, was ich sagen soll. Jörg ist manchmal etwas sehr von sich überzeugt«, begann sie verunsichert.

Leonard zuckte mit den Schultern, nahm das Wechselgeld entgegen und steckte sein Portemonnaie in die Hosentasche. Dann sah er sie an. »Ich erkenne dich nicht wieder, Jana. Wenn der Typ da draußen dein Ernst ist, dann kann ich dir auch nicht mehr helfen.«

Jana schnaubte. Das war genau die falsche Bemerkung. »Wie kommst du darauf, dass du mir helfen müsstest? Warum glauben alle, ich hätte Hilfe nötig?«

Er sah sie nur stumm an. »Die Rechnung ist schon bezahlt. Aus alter Verbundenheit.« Dann ging er hinaus und ließ sie einfach stehen.

Jana sah ihm noch nach und ging dann zur Toilette. Sie kämpfte plötzlich mit dem Gefühl, in ein tiefes Loch zu fallen, alles verloren zu haben, endgültig und für immer. Schwankend stützte sie sich am Waschbecken ab, hielt sich einen Moment daran fest und hob den Kopf. Sie erschrak beim Anblick ihres Spiegelbildes, das sie aus traurigen Augen ansah. Wie gern würde sie die Zeit zurückdrehen.

Als sie hinausging, bemerkte sie schon von Weitem, dass Jörg allein am Tisch saß; Leonard und Silke liefen die Fußgängerzone hinauf. Wut stieg in ihr hoch. Sie waren gegangen, ohne sich von ihr zu verabschieden. Das durfte doch alles nicht wahr sein!

»Hier, dein Täschchen«, sagte Jörg, als sie vor ihm stand.

Jana nahm ihm die Tasche unsanft ab und blickte über den Tisch mit den halb leer gegessenen Tellern. Sie hatten es offensichtlich furchtbar eilig gehabt, hier wegzukommen. Sie wandte sich Jörg zu. »Du hast doch sicher nichts dagegen, in deinem schicken Campingbus zu übernachten. Ich muss heute mal allein sein.«

»Aber Jana, Täubchen, was ist nur plötzlich los?«

»Und hör endlich auf mit diesem fürchterlichen *Täubchen.*« Jana hängte ihre Tasche über die Schulter und stapfte wütend davon.

Dieses verflixte Shakespeare-Spiel! Evelyn war schuld! Evelyn mit ihren abstrusen Ideen! Ohne sie wäre alles nicht so gekommen, ohne sie hätten Silke und Leonard sich nicht vertragen, sie hätte nicht vorgaukeln müssen, Jörgs Freundin zu sein, alles wäre wunderbar beim Alten. Aber das sollte Evelyn gefälligst ausbaden, sie hatte es verbockt!

Kapitel 20

Evelyn stand in der offenen Balkontür und steckte sich eine Zigarette an.

Fast lautlos kam Fred in die Küche und schloss leise die Tür hinter sich. »Benni schläft. Er war total erschossen.«

»Lieb von dir, dass du ihm noch was vorgelesen hast.«

Fred begann, das Geschirr vom Tisch in die Spülmaschine zu räumen.

»Na, das ist ja gründlich schiefgegangen«, sagte Evelyn zwischen zwei Zügen. »Dabei hatte es so gut angefangen. Dann kommt Jana mit ihrem Jörg daher, und das war's. Hast du gesehen, wie er sich sofort von ihr distanziert hat?«

»Wer von wem?«

»Wer von wem? Na, von wem rede ich denn die ganze Zeit. Von Thorsten und Carola natürlich.«

Fred hielt inne und sah sie an. »Ach so. Es war gar kein Zufall, dass Carola da aufgetaucht ist?«

»Natürlich nicht. Ich hab sie eingeladen. Sie sucht doch einen Mann, seit Jahren schon. Und Thorsten sucht eine Frau. Auch schon seit Jahren, wenn ich richtig informiert bin. Die beiden, das wär's gewesen, da bin ich sicher. Sie hätten nur ein kleines bisschen mehr Zeit gebraucht, um sich näherzukommen. Aber nein. Jana platzt da rein, im ungünstigsten Moment!«

»Da bist du aber selbst schuld. Die anderen hätten uns gar nicht gesehen, wenn du ihnen nicht zugewunken hättest.«

»Ja! Das war ein großer Fehler, das hab ich auch schnell gemerkt. Aber kann ich denn ahnen, dass er sich so an Jana festbeißt? Obwohl die einen Freund hat? Fehlt ihm denn jeder Blick für die Realität? Ich meine, er gegen Jörg, das ist wie David gegen Goliath.«

»Ich seh das Ganze etwas anders.«

Das war klar, dass Fred es anders sah. Er sah immer alles anders, aber sie wollte gar nicht wissen, wie er es sah. Ihm fehlte nämlich auch ein bisschen der Blick für die Realität. Vermutlich war es sogar eine typisch männliche Eigenschaft, alles immer anders zu sehen. Sie tippte sich ungläubig an die Stirn. »Und dieser Tanz! Sie, anmutig, sanft und einfühlsam, und er, steif wie ein Brett! Wie ein Brett! Und mit seinem schiefen Grinsen hat er unentwegt auf Jana geschielt.«

»Ist mir gar nicht aufgefallen.«

Evelyn drückte die Kippe aus und steckte sich sofort die nächste Zigarette an. »Aber mir ist es aufgefallen. Und Carola leider auch. Tja, die Nummer ist gelaufen. Aber lass mich mal überlegen. Wen haben wir denn da noch? Olivia Dannemann? Nein, irgendwie zu aufgetakelt. Maggie Schmitz? Zu extravagant. Rita Ziegel? Absolut unterbelichtet.« Sie stieß einen tiefen Seufzer aus. »Es muss eine mit Stil sein, so wie ich, nicht zu klein, nicht zu groß, eine, die in seinen Laden passt, eine Weinkennerin, eine Genießerin, die sich aber nicht zu schade ist, auch mal die Regale abzustauben. Carola passt perfekt zu diesem Profil. Irgendwie müssen wir das wieder hinbiegen.«

Fred schloss die Klappe der Spülmaschine. »Halt mich da raus.«

»Wie alt ist Thorsten überhaupt?«

»Genauso alt wie ich.«

»Was? Vierunddreißig? Ich hätte ihn auf vierzig geschätzt. Mindestens. Wenn das so ist, muss ich wohl umdenken. Andererseits, wenn er schon aussieht wie vierzig, kann er auch eine Frau mit vierzig nehmen, oder?«

»Warum überlässt du es nicht Thorsten, die passende zu finden? Du bringst alles nur noch mehr durcheinander.«

»Es ist wie mit den Subventionen. Wenn man erst mal anfängt, irgendwo einzugreifen, dann gerät das System aus dem Gleichgewicht, und zwangsläufig muss man an anderer Stelle auch wieder eingreifen. Das ist ein Naturgesetz.«

»Ohne Shakespeare hätten Jana und Leonard sich längst ausgesprochen und versöhnt.«

»Es steht ihnen frei, das zu tun. Aber offenbar sehen sie da keinen Bedarf. Nein, Fredi-Maus, die beiden haben miteinander abgeschlossen. Silke und Leonard, Jana und Jörg, das sind die Paare. Und wir müssen weiter nichts tun, als Thorsten unter die Haube zu kriegen, damit er sich nicht mehr dazwischendrängt.«

Es klingelte.

Evelyn warf einen Blick auf die Uhr. »Wer kann das sein um diese Zeit?«

Fred öffnete die Tür. Noch bevor er etwas sagen konnte, stürmte Jana völlig aufgelöst an ihm vorbei direkt ins Wohnzimmer. »Ich hätte das nie zulassen dürfen!«, fluchte sie. »Wie konnte ich nur so blöd sein?«

Evelyn und Fred folgten ihr.

»Was zulassen?«, fragte Evelyn.

»Du mit deinem Shakespeare. Und ich lass mich noch darauf ein! Okay, ich hatte einiges getrunken, und ich war sauer auf ihn, da hab ich mich überreden lassen. Aber hätte ich denn ahnen können, wohin das führt?«

Perplex stand Evelyn da und verstand die Welt nicht mehr. »Aber läuft denn nicht alles bestens?«

»Bestens? Ja, in deinem Roman vielleicht. Da kannst du dir die Leute zurechtbiegen, wie es dir gefällt, kannst sie zusammenbringen oder auseinanderreißen, lässt einfach mal einen sterben, wenn er im Weg ist, aber Evelyn, wir sind hier in der Realität! Du müsstest die beiden mal sehen. Sie teilen sich eine Pizza, gehen zusammen shoppen, sie albern herum wie Kinder und machen sich über andere lustig, sie haben kein bisschen Anstand! Das ist doch nicht Silke! Das passt überhaupt nicht zu ihr.«

Verdutzt blickte Evelyn zu Fred, der verzog den Mund, als wollte er sagen, ich hab's ja gewusst.

»Aber was genau befürchtest du denn jetzt?«

Die Frage schien Jana zu überraschen. Mit großen Augen guckte sie von einem zum anderen, bevor sie antwortete. »Na, liegt das nicht auf der Hand? Was, wenn Silke sich in ihn verliebt? Dann bin ich schuld, wenn es ihr genauso ergeht wie mir. Ich hätte doch niemals gedacht, dass die beiden sich wirklich vertragen.«

In Evelyn arbeitete es gewaltig. Konnte es sein, dass …? Nein! Oder doch? Oh, mein Gott! Hatte sie die Zeichen wirklich so falsch gedeutet? Wie konnte ihr das passieren? Ein Gefühl der Entspannung stellte sich ein, als sie sich daran erinnerte, dass auch Emma in Jane Austens gleichnamigem Roman sich einen unverzeihlichen Fauxpas geleistet hatte. Jetzt hieß es geradebiegen, was noch geradezubiegen war. In mütterlicher Manier fasste sie Jana an der Schulter und schob sie sanft zur Couch. »Du setzt dich jetzt da hin, und ich mach uns einen schönen Tee, okay? Und dann finden wir gemeinsam eine Lösung. Fred, holst du bitte die Tassen?«

Fred dackelte hinter Evelyn in die Küche.

»Warum hast du mir nicht gesagt, dass sie ihn noch liebt?«, fragte sie vorwurfsvoll.

»Such die Schuld jetzt nicht bei mir.«

Evelyn füllte den Wasserkocher und schaltete ihn ein. Fred stellte inzwischen drei Tassen auf ein Tablett und hängte jeweils einen Teebeutel hinein.

»Na, jetzt wird's spannend«, murmelte Evelyn vor sich hin. »Ich muss alles umschreiben. Aber wenn ich es genau betrachte, wäre es sowieso viel zu vorhersehbar, wenn alles auf Anhieb klappt. Wie gut, dass ich flexibel bin. Das neue Ende heißt also Jana und Leonard. Und was machen wir mit Silke? Jörg? Hm, nein, nein, nein. Wir brauchen eine andere Lösung.«

»Evelyn, wir brauchen weiter nichts als Geduld. Die Dinge fügen sich von allein.«

»Bisweilen, Fredi-Maus, ist Handeln angesagt. Denk an die Subventionen.«

Das Wasser kochte, und Evelyn goss es in die Tassen. Fred nahm das Tablett und ging hinaus, während Evelyn noch einen Moment weitergrübelte. Und plötzlich hatte sie die rettende Idee. Augenblicklich fegte sie ins Wohnzimmer. »Die Lösung ist ganz einfach. Wir brauchen einen Mann für Silke.«

Jana und Fred blickten sich verdutzt an.

»Eine Frau für Thorsten, einen Mann für Silke. Verkupple doch die beiden, wenn du schon dabei bist«, meinte Fred belustigt.

»Hm, gar keine schlechte Idee. Aber nein, das geht gar nicht. Du hältst dich am besten ganz raus. Du bringst mich nur durcheinander.«

»Moment mal, du willst Thorsten eine Frau besorgen? Warum?«, fragte Jana erstaunt.

»Damit du ihn nicht heiratest.«

»Warum sollte ich Thorsten heiraten?«

»Ist ja auch egal. Wir brauchen jetzt vor allem einen Mann für Silke. Sag mal, Jana, du kennst sie doch schon lange. Was für ein Typ Mann hätte eine Chance bei ihr?«

»Wenn ich das wüsste.«

»Sie hat doch sicher einen Schwarm, einen Jugendschwarm, eine unerfüllte Liebe oder so was?«

»Kann ich mir nicht vorstellen.«

»Das gibt es nicht. Jede Frau hat einen Mann, den sie nicht kriegt.«

Fred legte skeptisch die Stirn in Falten.

»Also, wenn du mich so fragst: Sie hatte mal einen Schwarm in der siebten Klasse. Von dem redet sie immer, wenn sie betrunken ist. Django nannten sie ihn, weil er immer einen Cowboyhut trug. Sein Vater war ein Ami aus Texas. In Django muss sie ziemlich verschossen gewesen sein, wenn sie noch Jahre später von ihm schwärmt. Er hatte Ähnlichkeit mit Patrick Bach, sagt sie, deshalb hat sie alle Filme mit dem.«

Evelyns Augen leuchteten. »Django! Perfekt!«

»Aber …«

»Ein Django muss her!«

»Aber … aber … sie waren dreizehn! Der kann ja heute sonst wie aussehen!«

»Eben!« Evelyn leckte sich die Lippen. Sie hatte da auch schon eine Idee.

Kapitel 21

»Oh, welch seltener Besuch!« Silke freute sich, als Thorsten sich wenige Tage nach dem Sparrenburgfest mal wieder sehen ließ, und dazu noch im Fitnessstudio. Sie hatte schon befürchtet, dass Carola ihn voll in Beschlag nehmen würde. »Wie lange warst du nicht mehr hier?«

»Immer viel zu tun im Laden, weißt du doch.« Thorsten stellte seine Sporttasche ab und setzte sich auf einen der Hocker vorm Tresen.

Er gehörte zu denen, die voller Zuversicht auf ihr neues durchtrainiertes Leben einen Zweijahresvertrag abschlossen, sich einen Trainingsplan erstellen ließen, dann drei bis fünf Mal trainierten, bevor sie nur noch sporadisch kamen, vermutlich um die Gebühren vor sich selbst zu rechtfertigen. Als überzeugte Trainerin blieben Silke diese Leute ein Phänomen. Aber sollte sie sich beschweren? Von ihnen lebte das Studio. Unter anderem.

»Ab sofort wird alles anders. Jetzt hast du wieder öfter das Vergnügen mit mir.«

»Läuft dein Vertrag noch?«

»Nee, den muss ich erneuern.«

»Wieder für zwei Jahre?«

»Wie viel spare ich, wenn ich fünf nehme?«

Silke grinste. »Fünf? Wie wär's mit einem Probemonat?«

Thorsten streckte sich und strich mit der Hand über seinen eher flachen Bauch. »Nee echt, ich will jetzt loslegen. Muss was für mich tun. Ich werde ja auch nicht jünger. Machst du mir einen Kaffee?«

»Vorm Training?«

»Ein bisschen Small Talk wird doch noch erlaubt sein.«

Silke betätigte den Kaffeeautomaten und stellte dann die volle Tasse vor Thorsten ab. »Woher kommt deine plötzliche Entschlossenheit? Hat es zufällig mit einer Frau zu tun?«

»In gewisser Weise schon.«

»Mit dieser Carola?«

Thorsten druckste herum. »Also, sie hat schon was, finde ich, so was Warmes, Mütterliches. Bei ihr fühlt man sich als Mann bestimmt gut versorgt. Welchen Eindruck hast du denn von ihr? Meinst du, sie würde zu mir passen?«

»Wenn du gut versorgt sein willst.« Silke hatte keine Lust, ihn in Sachen Liebe zu beraten, und konnte sich einen spöttischen Unterton nicht verkneifen.

»Hey, komm, ein bisschen Fürsorge mag doch jeder Mann.«

»Wenn das so ist, muss ich mir also nur eine Kittelschürze zulegen, und schon klappt's mit den Männern.«

Thorsten lachte. »Du kannst dir drei Kittelschürzen umhängen, aus dir wird nie ein mütterlicher Typ werden.«

Die Bemerkung traf Silke, auch wenn sie auf die Rolle des Hausmütterchens keinen Wert legte. »Dann weiß ich ja, warum ich noch Single bin.«

»Ach ja? Bist du?« Freudig überrascht blickte Thorsten sie an. »Ich dachte, du und Leonard …«

Eine junge Frau kam an den Tresen. »Ich möchte auf die Wassermassage. Können Sie mir zeigen, wie das funktioniert?« Silke ging mit ihr in den kleinen Raum und erklärte die verschiedenen Anwendungsmöglichkeiten. Als sie zurückkam, bemerkte sie Thorstens musternden Blick. Warum sah er sie neuerdings so komisch an? Das hatte er noch nie getan.

»Wo waren wir stehen geblieben? Ach so. Leonard und ich.« Sie setzte ein geheimnisvolles Lächeln auf. »Warten wir's ab. Kann schon sein, dass sich da was entwickelt.«

»Aber doch nicht ernsthaft, so als Liebespaar.«

»Weißt du, Leonard hat die seltene Gabe, die verborgenen Schätze in einer Frau zutage zu fördern. Er bringt mich irgendwie zum Leuchten.«

»Liest du neuerdings Groschenromane?«

»Ich kann es auch anders ausdrücken. In seiner Gegenwart fühle ich mich als Frau.«

Thorsten rieb sich das Kinn. »Ja, ich muss zugeben, du hast dich in letzter Zeit ganz schön rausgemacht, bist nicht mehr so burschikos, irgendwie femininer. Steht dir, steht dir echt gut. Aber du bist doch nicht wirklich in Leonard verschossen?«

»Er tut mir gut. Und er braucht definitiv kein Hausmütterchen. Er kann sich gut allein versorgen.«

»Das kann ich auch!«, schoss es aus Thorsten heraus.

Kam es ihr nur so vor, oder trat er gerade mit Leonard in Wettstreit? Jana hatte er offenbar ganz aufgegeben. Gegen Jörg, den Schönling, sah er wohl keine Chance, und jetzt suchte er aktiv nach neuen Gewässern, in denen er fischen konnte.

»Was ist mit dir? Hast du noch mehr solcher Dates?«

»Ich habe Dates?«

»Nicht? Ich hatte angenommen, dass du dich bei einer Partnerbörse im Internet angemeldet hast.«

Thorsten lachte auf. »Hallo? Ich bin Geschäftsmann, ich bin stadtbekannt. Da mach ich mich doch nicht auf einer Partnerbörse zum Affen.«

»Woher kennst du dann diese Carola?«

»Sie ist eine Bekannte von Evelyn. Ehemalige Nachbarin, soviel ich weiß. Die kam ganz zufällig dazu, als wir auf der Wiese saßen.«

»Heißt das, ihr kanntet euch gerade mal ein Stündchen?«

»Ja, ich weiß. Auf euch hat es sicher anders gewirkt. Aber Carola ist der Typ, der auf angenehme Weise schnell eine gewisse Nähe herstellt.«

Manche Frauen haben es echt drauf, dachte Silke. Diese Carola hatte ihn belagert, als würde sie ihm jeden Morgen das Frühstück ans Bett bringen. Was noch nicht war, konnte ja noch werden. Wieder fiel Silke auf, dass Thorsten sie anders ansah als sonst. Es war, als hätte er sie gerade erst kennengelernt und würde abchecken, ob sie für ihn infrage kam. Er schien jetzt ernsthaft auf der Suche zu sein. Vielleicht spielte sein Hormonhaushalt gerade verrückt.

»Wie lange bist du heute hier?«

Silke sah zur Uhr. »Bis halb acht.«

»Das sind noch zwei Stunden. Dann trainiere ich jetzt, und nachher gehen wir gemütlich was zusammen trinken. Was hältst du davon?«

Silke zog die Augenbrauen hoch. »Du willst mit mir ausgehen?«

»Was heißt ausgehen? Wir trinken was zusammen, reden ein bisschen und so.«

Und so?, fragte Silke sich. Baggerte er sie etwa an? Glaubte er, einfach so den Status quo zwischen ihnen ändern zu können? »Nein, heute passt es mir nicht. Ich hab schon was vor.« Sie würde sich mit einem Glas Wein auf den Balkon hauen und ihr spannendes Buch weiterlesen.

»Mit Leonard?«

Die Frage ließ sie absichtlich offen. »Warum fragst du nicht Carola? Die wird sich bestimmt freuen.«

»Geht nicht. Hab ihre Nummer nicht. Na, dann will ich mal trainieren.« Thorsten stand auf, schnappte sich seine Sporttasche und ging Richtung Umkleideräume. Er stoppte und kam noch mal zurück. »Warst du schon mal in Südbaden?«

»Nein.«

»Ich fahre nächsten Freitag zu einem Weinhändler an den Kaiserstuhl. Wenn du Lust hast, komm doch einfach mit. Wir können das ganze Wochenende bleiben, uns Freiburg ansehen oder mal rüber nach Frankreich düsen. Colmar ist echt sehenswert. Kannst es dir ja überlegen.« Mit lässiger Geste warf er seine Sporttasche über die Schulter und zog ab.

Silke war baff. Was sollte sie denn davon halten? Passte es ihm nicht, dass sich plötzlich ein anderer für sie interessierte? Hatte er Angst, sie als seine enge Vertraute zu verlieren? Oder gab es da noch einen anderen Grund?

Mit einem Lächeln auf den Lippen radelte sie am Abend nach Hause. Es war nicht zu glauben, was ein neuer Kleidungsstil, offene Haare und etwas Make-up bewirken konnten. Bis vor Kurzem hatten Männer ihr eher selten hinterhergeschaut. Das hatte sich auf wundersame Weise geändert, seit sie mit Leonard ausging. Im Fitnessstudio wurde sie gefragt, ob sie verliebt sei, weil sie so strahlte, unterwegs verfolgte sie des Öfteren ein interessierter Männerblick, und sogar Thorsten sah sie nun offenbar mit anderen Augen. Sie kam sich ein bisschen vor wie Vivian in *Pretty Woman,* und sie genoss das Gefühl.

Leonard hatte ihr mit seiner vorurteilslosen, lockeren Art den Zugang zu einer Welt eröffnet, der sie sich bislang verweigert hatte. Ihre Haltung in Bezug auf Weiblichkeit war eine naive Trotzreaktion, die noch aus der Pubertät herrührte, das hatte sie jetzt begriffen. Ihre Eltern hätten sie gern gefälliger gehabt, und genau deshalb hatte sie so ziemlich alles dafür getan, nicht zu gefallen. Warum sie so lange daran festgehalten hatte, war ihr unbegreiflich. Dadurch waren ihr eine Menge aufregender Erfahrungen entgangen. Es sprach allerdings nichts dagegen, das Versäumte nachzuholen.

Sie stellte das Rad im Hof ab und ging nach oben. Im Flur lag ein abgewetzter Rucksack am Boden, daneben stand ein Paar Westernstiefel, und aus dem Wohnzimmer hörte sie Janas und die unbekannte Stimme eines Mannes. Sie schob die angelehnte Tür auf und sah Jana mit einem fremden, irgendwie wild anmutenden Mann auf dem Teppich herumlümmeln. Sie zog die Augenbrauen hoch. Hatte Jana ihren Jörg jetzt endgültig verprellt und gleich den Nächsten am Start? »Hi, Leute.«

»Silke, da bist du ja.« Jana sprang auf. »Du wirst nicht glauben, wer hier aufgetaucht ist.«

Verwirrt blickte Silke zu dem Gast und wieder zu Jana. »Müsste ich ihn kennen?«

Jana nickte freudig. »Ja, müsstest du.«

Im Geist ging Silke die One-Night-Stands durch, an die sie sich noch erinnern konnte. Aber so ein Kerl war garantiert nicht dabei gewesen.

»Kommst du nicht drauf?« Jana wandte ihren erwartungsvollen Blick nicht von ihr ab. Auch der Typ grinste sie gespannt an.

Silke schüttelte den Kopf, während sie weiter nachdachte. »Nee, wirklich nicht.«

Der Besucher sprang auf, streckte ihr die Arme entgegen, und eine fiese Duftmischung aus Knoblauch, Zigaretten und frisch gemähtem Gras hüllte sie ein.

»Erste Liebe? Erster Kuss? Fällt dir nichts dazu ein?«

Silke geriet arg ins Grübeln. War sie irgendwann in frühester Jugend mal so betrunken gewesen, dass sie einen totalen Blackout gehabt hatte?

»Cowboyhut? Hm, klingelt's da?«

Silke starrte ihn mit offenem Mund an. »Nee, ne? Du bist …«

Er grinste breit und nickte eifrig.

»Du bist Django?«

»Oh yes, Darling.«

Silke versuchte, das Bild, das sie sich von dem Knaben bewahrt hatte, mit dem Mann, der jetzt vor ihr stand, in Einklang zu bringen. Vergeblich. Offenbar hatte das Unterbewusstsein ihr in all den Jahren einen Streich gespielt. Sie hatte ihn ganz anders in Erinnerung, kleiner und mit süßen roten Backen. Okay, sie waren dreizehn gewesen. Da konnte sich ja noch einiges verändert haben. Und ganz offenbar hatte es das auch. Django! Stand er einfach in ihrem Wohnzimmer! Es war unfassbar. »Aber … ich dachte, du bist mit deiner Familie zurück in die Staaten gegangen.« Das war das erste Liebesdrama in ihrem jungen Leben gewesen. Tagelang hatte sie geheult, nachdem er sich von der Klasse verabschiedet hatte, und ihm seitenweise herzergreifende Liebesbriefe geschrieben, die sie zum Glück nie abgeschickt hatte. Sie wäre jetzt vor Scham im Boden versunken, nicht nur wegen des kitschigen Inhalts, auch wegen der zahllosen Rechtschreibfehler. Bei einer Aufräumaktion waren ihr die Briefe zufällig in die Finger gefallen, und sie hatte sie in einem Geheimfach in ihrer Fotokiste versteckt, bevor sie irgendwer versehentlich zu Gesicht bekam.

Django verzog schmerzlich das Gesicht. »Ja, das ist wahr. Eine Tragödie für mich.«

»Und stell dir vor«, erklärte Jana, »er ist schon vor ein paar Tagen angekommen und hat sich nicht getraut, bei uns zu klingeln.«

Er nickte mitleiderregend. »Nachts habe ich in einer Gartenlaube geschlafen. Aber eine Dusche gibt's da nicht. Deshalb seh ich nicht mehr ganz so frisch aus.« Er blickte an sich herab. Die zerschlissene Jeans, das fleckige Shirt, das unrasierte Kinn und die zerzausten Haare bestätigten seine Worte.

»Ist doch klar«, rief Jana eifrig. »Natürlich kannst du bei uns duschen. Deine Klamotten wirft Silke schnell in die Maschine, oder, Silke?«

»Äh, ja, natürlich. Aber … ich meine … warum gehst du nicht ins Hotel oder in die Jugendherberge?«

»Dafür fehlt mir leider das Geld.«

Er setzte eine Miene auf, dass Silke fürchtete, er würde gleich in Tränen ausbrechen. Zum Glück fasste er sich wieder. »Was ist denn passiert?«

»Ich habe alles verloren, aber das ist eine lange Geschichte. Wenn du willst, erzähle ich sie später. Jedenfalls, na ja, ich bin nicht der Typ, der sich unterkriegen lässt, also hab ich mir gedacht, wenn ich schon neu anfangen muss, dann kann ich das auch in meiner Heimat tun, hab kurzerhand mein Erspartes von der Bank geholt, in einem Secondhandshop einen Rucksack und einen Schlafsack besorgt, den Flug gebucht und bin nach siebzehn Jahren endlich wieder hier.«

Silke verschlug es für einen Moment die Sprache.

»Das muss ja schrecklich sein, alles zu verlieren«, sagte Jana.

Gedankenverloren blickte Django aus dem Fenster. »Ja, das ist es in der Tat. Aber etwas aus meinem alten Leben ist mir geblieben.« Er wandte sich an Silke und zog einen Anhänger unter seinem Hemd hervor. »Siehst du? Ich trage es immer noch, Darling.«

Ein kleines Herz aus Speckstein hing an einem feinen Lederband.

»Das kenn ich nicht.«

»Du erinnerst dich nicht? Ich sehe es noch ganz genau vor mir, wie du im Werkunterricht an deinem Stein arbeitest, ihn immer wieder gegen das Licht hältst, um ihn zu begutachten, und dann so lange weiterfeilst, bis dieses schöne kleine Herz dabei herauskommt.«

Ungewollt entwich Silke ein spöttischer Lacher.

»Aber du musst dich doch erinnern. Hier, siehst du die Kerbe in dem Stein?« Er hielt ihr das Schmuckstück dicht vors Gesicht. Da war tatsächlich eine Kerbe zu sehen. »Äh, ja. Ist mir die Feile da abgerutscht?«

»Jaaa, du erinnerst dich! Die Feile ist dir abgerutscht, und du hast dich an der Hand verletzt. Ich habe dich getröstet und gesagt: Wenn jemand die Wunde küsst, dann bleibt keine Narbe zurück. Damit hat meine Mutter mich immer getröstet. Und du hast mich mit deinen hübschen Augen angesehen und mir zaghaft die Hand gereicht.«

Silkes Augen wurden immer größer, während Django erzählte.

»Reich sie mir, Darling, gib mir deine Hand.«

Zögernd sah Silke Jana an, die ihr aufmunternd zunickte, und gab ihm ihre Hand.

Er betrachtete sie von allen Seiten. »Siehst du, es ist nichts zurückgeblieben.«

Silke fühlte sich ein bisschen verschaukelt. Jeden anderen hätte sie vermutlich längst in die Flucht geschlagen, dieser Kerl aber hatte trotz seiner etwas vernachlässigten Erscheinung etwas Sympathisches an sich. Außerdem war sie ungemein neugierig, ob er wirklich der Django aus der Schule war.

»Am Tag meiner Abreise hast du zu mir gesagt: ›Die Kerbe in dem Herzchen ist das Symbol für mein gebrochenes Herz‹, und du hast mir die Kette um den Hals gehängt. Ich habe sie nie abgelegt.«

Silke starrte ihn an, darum bemüht, dass ihr nicht ein weiterer Lacher herausrutschte. »Das soll ich gesagt haben? Mit dreizehn?«

»Natürlich mit anderen Worten, aber sinngemäß schon.«

Ratlos blickte Silke zu Jana, die schon wieder nickte. »Weißt *du* davon noch was?«

»Ich war ja nicht dabei, aber Specksteine haben wir auch im Unterricht bearbeitet.«

Silke blieb skeptisch. Warum konnte sie sich nicht im Geringsten daran erinnern? War sie so vergesslich? Jana wusste jedenfalls viel mehr Details aus ihrer Kindheit zu erzählen, das hatte sie schon oft bemerkt. Und dann fiel ihr ein, was eine Astrologin einmal aus ihrem Horoskop gelesen hatte: »Mit Neptun im ersten Haus sind Sie eine Verdrängungskünstlerin.« Den Quatsch hatte sie natürlich nie geglaubt, doch es war nicht mehr von der Hand zu weisen. Und wenn sie ihren Gast so betrachtete, kam er ihr tatsächlich irgendwie bekannt vor; der etwas zu breite Mund, die langen Wimpern, okay, die Haare waren damals nicht so dunkel und voll, aber das war ja nicht ungewöhnlich. »Tja«, sagte sie, »dann wird es wohl so gewesen sein.«

»Okay, Leute. Ich verzieh mich mal. Ihr habt euch sicher viel zu erzählen.« Jana ging hinaus, Silke entschuldigte sich bei Django und folgte ihr.

»Du kannst mich doch nicht mit ihm allein lassen. Er ist mir völlig fremd.«

»Das geht schnell vorbei. Ihr habt doch jede Menge gemeinsame Themen.«

»Ach ja?« Silke traute dem Braten noch nicht.

»Jetzt verstehe ich endlich, warum du so verschossen in ihn warst. Die Ähnlichkeit mit Patrick Bach ist verblüffend. Er ist wirklich ein Sahneschnittchen.«

»Ich weiß nicht.«

»Du steckst so voller Misstrauen. Wie kommt das nur? Nimm doch einfach mal an, was das Schicksal dir bietet.«

Silke straffte die Schultern. Warum eigentlich nicht? Jana hatte sie an das erinnert, was sie sich selbst schon vorgenommen hatte. Sie würde das Versäumte nachholen. Und Django war kein schlechter Anfang. »Okay, ich schick ihn unter die Dusche und kümmere mich um seine Wäsche. Und dann schauen wir mal.« Sie blickte nach unten zu dem speckigen Rucksack und verzog angewidert den Mund. Seine Schuhe sollte er aber gefälligst selbst putzen. Fremde Schuhe zu putzen war erniedrigend.

Kapitel 22

Silke ging zurück ins Wohnzimmer, und Jana atmete erleichtert auf. Es schien zu funktionieren. Silke hatte den Schwindel geschluckt, sie hielt den Mann da drinnen für ihren Django aus der Schule. Jana würde die beiden jetzt allein lassen und zu Jörg fahren. Seit dem Sparrenburgfest hatte er nichts mehr von sich hören lassen und war nicht mal ans Handy gegangen. Rückzug war schon immer seine Art gewesen, sie emotional zu erpressen, aber heute kam er damit bei ihr nicht mehr durch. Sie durchschaute den Mechanismus und würde auf sich aufpassen.

Am Nachmittag war es merklich frischer geworden, und es sah nach Regen aus. Dennoch verzichtete sie auf eine Jacke, ein bisschen Abkühlung konnte nicht schaden und machte den Kopf frei. Sie warf noch einen Blick ins Wohnzimmer, wo Silke und Django sich schüchtern grinsend gegenübersaßen. Irgendwie süß, die beiden, dachte sie, wünschte einen schönen Abend und verließ die Wohnung. Im Hof schloss sie ihr Rad auf und fuhr Richtung Innenstadt.

Ganz wohl war Jana nicht bei der Sache, zumal Evelyn sie dazu angestiftet hatte, ein paar Details über den echten Django in Erfahrung zu bringen, insbesondere seinen richtigen Namen, den der falsche Django schließlich kennen musste. In Silkes Fotokiste, die für jedermann zugänglich im Wohnzimmerregal stand und somit quasi öffentlich war, hatte sie ein Foto von ihm entdeckt. Über seinem Kopf prangte ein rotes handgemaltes Herzchen, und auf der Rückseite standen Name und Anschrift. Er hieß Michael Miller und hatte zumindest damals in Houston gelebt. Ein paar weitere Informationen über Lehrer und Mitschüler hatte Jana einem Stapel Briefe entnommen, die in einem selbst gebastelten, nicht zu übersehenden Geheimfach am Grund der Kiste versteckt waren und bei erster Sichtung die Frage aufwarfen, ob ihre Cousine Legasthenikerin war. Nach zweiter Sichtung vermutete Jana, dass die Briefe möglicherweise nicht ganz so öffentlich waren, wobei die peinlichen Inhalte die Rechtschreibschwäche ein wenig in den Hintergrund drängten.

Natürlich war es nicht in Ordnung, fremde Briefe zu lesen. Von sich aus hätte Jana sich das nie getraut, und sie fragte sich, ob es ratsam war, auf eine hyperaktive Möchtegern-Schriftstellerin zu hören, die sich das Haar orange färbte und türkisfarbene Unterwäsche trug. Zumal die sich hinsichtlich der Identität des falschen Django bedeckt hielt. Jana hatte also keinen Schimmer, wen sie ihrer Cousine da unterjubelte. Er konnte ein Heiratsschwindler sein oder ein Krimineller, der es auf Wertsachen abgesehen hatte. Aber eigentlich war er ziemlich nett und durchaus einer zum Verlieben. Und darauf kam es schließlich an.

Sie bog in das Neubauquartier ein, stellte das Rad ab und läutete. Auf dem Klingelschild stand Jörgs Name. Vermutlich hatte er sich in seinem Penthouse schon häuslich eingerichtet. Es bot sich auch an, denn dort gab es alles, was er zum Leben brauchte; wozu also eine extra Wohnung anmieten? Sie klingelte und wartete, klingelte noch mal, nichts tat sich. Entweder er war nicht da, oder er war immer noch beleidigt. Was nun?

Nach Hause konnte sie noch nicht. Sie wollte Silke nicht um die Gelegenheit bringen, Django näher kennenzulernen.

Es war nach halb zehn, und wegen des wolkenverhangenen Himmels wirkte es heute ziemlich düster. Jana stieg aufs Rad und fuhr ziellos durch die Straßen der Innenstadt. Wind war inzwischen aufgekommen, und gelegentlich fegte ihr eine heftige Böe durch die Haare. Die Tische auf dem Alten Markt waren verwaist. Nur hier und da saßen ein paar Hartgesottene in einer windgeschützten Nische. Jana zog den Kopf zwischen die Schultern. Sie schob das Rad über den Platz, vorbei am Brunnen und die Fußgängerzone hinauf. Gelegentlich warf sie einen Blick auf die Auslagen der Schaufenster, vor einem blieb sie schließlich stehen. Das war einer der Läden, von denen Silke erzählt hatte. Hier war sie mit Leonard shoppen gewesen. Janas Magen krampfte sich zusammen, und ein schreckliches Gefühl der Einsamkeit überkam sie. Sie war allein, sie hatte niemanden, mit dem sie wirklich reden konnte, weder mit Thorsten oder Silke noch mit Fred oder Helen. Sie fühlte sich einsam wie nie zuvor in ihrem Leben.

Eine Gruppe von Geschäftsleuten zog lachend und palavernd langsam an ihr vorbei. Sie beachtete sie kaum. Und plötzlich stand Leonard neben ihr.

»Hallo Jana.«

Erschrocken wandte sie sich ihm zu. »Äh, hallo.«

»Was machst du hier?«

»Ich? Ich wollte eigentlich gerade nach Hause. Was machst du hier?«

Leonard deutete auf die Leute, die schon ein Stück weitergegangen waren. »Kleine Betriebsfeier. Eigentlich ist mir nicht nach Feiern zumute, aber es ist der Geburtstag unseres Chefs.«

»Ach so.« Jana blickte hinüber zu der Gruppe, nur um irgendwo hinzusehen.

»Hey, Leonardo, wir wollen weiter«, rief eine Frau herüber.

»Ich komme gleich nach«, rief er zurück.

Die Leute blieben in einiger Entfernung stehen, warteten offenbar auf ihren Kollegen und redeten und lachten lauthals. Ganz nüchtern schienen sie alle nicht mehr zu sein.

»Ist das die Kollegin, mit der du in Peru warst?« Kaum hatte Jana das ausgesprochen, bereute sie es auch schon. Warum hatte sie das gefragt? Es interessierte sie nicht.

»Ja, das ist Ilona. Sie war …«

»Du musst mir nichts erklären«, sagte Jana schnell. Sie wollte nichts hören, nicht wissen, wie gut sie zusammengearbeitet und was sie noch alles gemeinsam gemacht hatten.

»Ich würde es dir wirklich gern erklären. Warum lässt du mich nicht?«

»Du hast doch heute Besseres zu tun, oder?«

Von drüben erklang ein weiteres Mal ein lang gezogenes »Leonardo!«.

»Es ist ein schlechter Zeitpunkt. Darf ich dich anrufen?«

Es war recht kühl geworden. Jana umfasste ihre beiden Arme und blickte zu Boden. »Besser nicht.«

»Du zitterst ja.« Er zog seine Jeansjacke aus, legte sie ihr behutsam um die Schultern und hob ihr langes Haar aus dem Kragen. Dabei kam er ihr so nah, dass sie den Duft seines Rasierwassers wahrnahm. »Jana …«, hauchte er, und sie spürte ihre weichen Knie.

»Leonardo, was machst du denn da? Wir wollen weiter.« Unübersehbar angetrunken torkelte die Frau auf ihren High Heels auf sie zu. »Du kommst jetzt brav mit, sonst wirst du von uns allen gemobbt.« Wie eine verzogene Göre zerrte sie an ihm und zog ihn mit sich.

»Es tut mir leid«, sagte Leonard und ließ sich abschleppen. »Es tut mir leid«, wiederholte er. »Alles tut mir leid.«

Sprachlos sah Jana ihm hinterher, zweimal drehte er sich noch zu ihr um, bis der ganze Trupp hinter einer Häuserecke verschwunden war.

Sie beobachtete, wie die ersten dicken Regentropfen auf das Pflaster fielen, und es dauerte nicht lang, da schüttete es wie aus Kübeln. Wie in Trance stand sie eine ganze Weile da, ihr Fahrrad an der Hand, trotz seiner Jacke inzwischen bis auf die Haut durchnässt, und starrte immer noch auf die Stelle, wo sie ihn zuletzt gesehen hatte.

Kapitel 23

»Hast du gut geschlafen auf der Couch?«, fragte Silke, als sie am nächsten Morgen mit Django am Küchentisch saß. Es war schon eine ganze Weile her, dass sie mit einem Mann beim Frühstück gesessen hatte, und es war ein angenehmes Gefühl. Insbesondere wenn ihr Gegenüber so viel Charme versprühte. Seine Verwandlung vom unrasierten Herumtreiber zum Dandy war verblüffend, das hatte sie gestern Abend schon bemerkt. Doch jetzt bei Tageslicht wurde das Ausmaß noch deutlicher, und trotz der fehlenden Ähnlichkeit mit ihrem dreizehnjährigen Klassenkameraden hatte sie immer mehr das Gefühl, dass ihr dieses Gesicht vertraut war. Ob er umgekehrt genauso empfand?

»Darling, I feel like a millionaire«, sagte er freudestrahlend.

Silke wurde verlegen. Er lächelte sie an, als hätten sie die Nacht im selben Bett verbracht. Hatten sie nicht. Leider. Nach den mehr oder weniger schlaflosen Nächten auf der Parkbank war er sehr müde gewesen, hatte sich höflich entschuldigt und sich früh hingelegt. Dafür war er jetzt umso frischer.

»Oh, sorry, ein Teil von mir ist immer noch in Texas. Ja, ich habe prächtig geschlafen. Es ist so lieb von dir, mich hier aufzunehmen.«

»Kein Thema. Das würdest du doch auch für mich tun«, behauptete Silke einfach mal. Allerdings hätte sie wohl kaum den Mut aufgebracht, bei ihm zu klingeln.

»Ich verspreche dir, ich mache überhaupt keine Umstände. Du wirst gar nicht merken, dass ich hier bin.«

»Oh, das wäre aber ausgesprochen schade«, meinte Silke schelmisch.

»Wenn du willst, koche ich uns heute Abend etwas Schönes. Ich koche sehr gern, you know. Wie wäre es mit Sauerkraut? Ich liebe das deutsche Sauerkraut. Wie habe ich das vermisst.«

»Sauerkraut?«, rief Silke begeistert aus. »Mein Leibgericht!«

»Oh really? Dazu schöne fette Mettwürstchen.«

»Und Kassler.«

»Und Kartoffelbrei mit Butter und Muskat!«

»Oh Mann, hör auf! Kartoffelbrei! Wie lange habe ich das nicht gegessen.«

»Nicht so lange wie ich.«

»Heute Abend passt es prima. Da habe ich keinen Kurs mehr. Ich werde nämlich essen, bis ich platze.«

»Du bist wirklich drollig, Darling.«

Silke musste lächeln. Es klang so nett, wenn er das r amerikanisch aussprach. Manchmal passierte ihm das. Was für ein Glück, dass er den Mut aufgebracht und sich bei ihr gemeldet hatte. Sie beobachtete unauffällig, wie er sein Brötchen mit Butter bestrich, es mit zwei Scheiben Wurst belegte und hineinbiss. Ihr kam in den Sinn, dass er sie gestern bis aufs Hemd ausgefragt, von sich aber kaum etwas preisgegeben hatte. »Was ist mit dir? Was hast du in all den Jahren gemacht? Und warum hast du alles verloren?«

Django legte das Brötchen auf den Teller und kaute zu Ende. »Für ein Weilchen hatte ich das Drama doch tatsächlich vergessen. Dank deiner angenehmen Gesellschaft. Ja, ich muss sagen, ich fühle mich sehr wohl in deiner Gegenwart. Auch wenn wir uns sehr verändert haben, im Herzen sind wir dieselben geblieben. Und ich denke, mein Herz spürt die Verbundenheit noch immer.«

Ein bisschen sehr pathetisch, dachte Silke. Aber so waren die Amis eben. Sie liebten es emotional, gern bis zur Schmerzgrenze. Das kannte sie aus amerikanischen Filmen. Doch schon wieder hatte er es vermieden, von sich zu reden. »Was ist mit deinen Eltern, mit deinen beiden Geschwistern? Welchen Beruf hast du? Hast du eine Freundin? Welche Interessen hast du?«

»Meine Familie. Ein trauriges Kapitel, you know. Meine Mutter hat ein zweites Mal geheiratet, und mit meinem Stiefvater bin ich nicht klargekommen. Direkt an meinem achtzehnten Geburtstag habe ich meinen Rucksack gepackt und bin weggegangen.«

»Wirklich? Ich bin auch mit achtzehn von zu Hause ausgezogen«, rief Silke begeistert. Aus irgendeinem Grund freute es sie ungemein, neben der Vorliebe für Sauerkraut eine weitere Gemeinsamkeit mit ihm entdeckt zu haben.

»Really? That's great!«

»Erzähl weiter. Wohin hat es dich verschlagen?«

»Ein paar Jahre lang bin ich durchs Land vagabundiert, Los Angeles, Boston, New York, you know. Hab mich mit Gelegenheitsjobs durchgeschlagen, Türsteher, Kellner, Tellerwäscher, Lagerarbeiter, Statist beim Fernsehen. Es war eine aufregende Zeit.« Gedankenverloren lächelte er vor sich hin. »In Chicago hab ich dann Betty getroffen. Ich dachte, sie ist es, sie ist die Frau meines Lebens. Wir haben uns eine hübsche Wohnung in der Baker Street gemietet, alles war perfekt, fast zu schön, um wahr zu sein. Dann hat das Schicksal zugeschlagen, aber so richtig: Ich verliere den Job als Chauffeur, sie verlässt mich, und wenige Wochen später brennt das Haus ab. Tja, das ist die Kurzversion.« Er fuhr sich mit dem Finger übers Auge, als wäre ihm eine Träne entwichen.

Silke bemerkte, dass ihr der Mund vor lauter Mitgefühl offen stand.

»Aber lassen wir die traurigen Geschichten«, sagte er dann. »Ich lebe, und ich freue mich auf das Neue, das jetzt kommt.« Plötzlich wieder munter, biss er herzhaft in sein Brötchen.

Silke staunte, wie schnell er umschalten konnte. Aber ihr war es nur recht. Sie war gerade nicht in Trauerstimmung.

»Hast du eigentlich niemanden an deiner Seite?«, fragte er.

»Einen Freund? Nein, momentan nicht. Das heißt, eigentlich schon länger nicht mehr.«

»Aber wie ist das möglich? Eine Frau wie du, allein? Die Männer müssten dir doch zu Füßen liegen.«

Mit verschmitztem Lächeln warf Silke einen Blick unter den Tisch. »Ich sehe da keinen.«

Sie lachten beide.

»Deinen Humor hast du nicht verloren. Es tut so gut, mit dir zu lachen.«

Silke spürte, dass sie rot wurde. Sie räusperte sich. »Also, ich muss gleich ins Studio und bin um vier Uhr zurück. Was machst du denn heute? Hast du einen Plan?«

»Ich dachte mir, ich sehe mir all die Orte an, an denen sich damals unser junges Leben abgespielt hat, die alte Schule, den Sportplatz und so. Ich bin so gespannt, wie sich alles verändert hat.«

Unvermittelt griff Silke nach seiner Hand. »Lass uns das zusammen machen.«

»Sure, Darling, wie du willst. Dann geh ich in den Supermarkt und kaufe fürs Abendessen ein.«

»Hi, Leute.« Jana betrat die Küche. Mit zerzaustem Haar und Ringen unter den Augen wirkte sie nicht gerade wie jemand, der eine erholsame Nacht hinter sich hatte. Schnurstracks steuerte sie auf den Schrank zu und holte eine Tasse heraus. »Und?

Alles gut bei euch?« Sie nahm die Kaffeekanne von der Maschine und schenkte sich ein.

»Ja, alles bestens. Was ist mit dir? Du wirkst so … deprimiert.«

»Nein, nein, alles okay. Ich habe nur beschlossen, ein paar Tage zu verreisen. Meine Tasche ist schon gepackt. Bis Montag habt ihr die Wohnung für euch.«

»Aber unseretwegen musst du nicht verreisen.«

»Nein, natürlich nicht«, sagte auch Django.

»Aber ich habe Urlaub. Und ich habe mich gestern im Internet umgesehen und ein Zimmer in einer Pension gebucht, in Dangast, nicht weit vom Meer entfernt.«

Silke zog die Augenbrauen hoch. »Ausgerechnet in Dangast?«

Kapitel 24

Am frühen Abend erreichte Jana ihr Reiseziel. Dangast war ein kleiner Ferienort an der Jadebucht, der jetzt in den Sommerferien normalerweise komplett ausgebucht war. Sie hatte Glück gehabt, noch ein kleines Zimmer in einer Pension zu erwischen, und hatte nun fünf Tage ganz für sich allein, Zeit, die sie dringend brauchte, um sich über einiges klar zu werden.

Sie fuhr die von Blumenrabatten eingefasste Auffahrt zur Pension hinauf und stellte ihren Wagen ab. Das Haus sah genauso aus wie im Internet abgebildet, eingeschossig, aus rotem Backstein, mit bodentiefen Sprossenfenstern und einem ausladenden Dach. Neben der Eingangstür stand eine Bank mit bunten Kissen, darüber hing ein handgemaltes Schild mit der Aufschrift *Willkommen bei Greta.* Das Anwesen verströmte die für die Gegend typische Gemütlichkeit.

Jana nahm ihren Trolley aus dem Kofferraum, betrat den Empfang und läutete die Glocke, die auf dem Tresen stand. Kurz darauf kam eine Frau um die sechzig, die sich als Greta, die Inhaberin der Pension, vorstellte und Jana freundlich begrüßte. Nachdem sie die Formalitäten erledigt hatten, zeigte sie ihr das Zimmer unterm Dach. Es war recht klein, eher schlicht eingerichtet, hatte leider keinen Blick auf die Bucht, stattdessen ein Fenster nach Süden. Es war also mit heißen, schlaflosen Nächten zu rechnen. Dagegen würde auch der kleine Ventilator auf dem Nachttisch nichts ausrichten. Aber immerhin hatte Jana ihr eigenes Bad. Sie bedankte sich bei der Wirtin, packte aus, griff nach dem Bündel Briefe, das sie im letzten Moment noch mitgenommen hatte, und legte es in die Schublade des Nachttisches. Dann ließ sie sich aufs Bett sinken, um sich ein wenig von der Fahrt auszuruhen.

In der vergangenen Nacht hatte sie nur mühsam in den Schlaf gefunden. Die seltsame Begegnung mit Leonard am gestrigen Abend hatte eine Welle von beunruhigenden Gefühlen in ihr hochgeschwemmt. Immer wieder war sein durchdringender Blick vor ihr aufgetaucht, und seine letzten Worte hatten sie bis in den Traum verfolgt: »Alles tut mir leid.« Es war die Art, wie er es gesagt hatte, die sie so verwirrte, so ehrlich und aus tiefster Seele. Immer noch ging es ihr durch und durch, wenn sie sich die Szene vor Augen rief. Aber seine Worte ließen alles offen. Alles tat ihm leid, und das konnte vieles bedeuten.

Ein Knurren in der Magengegend erinnerte sie ein halbes Stündchen später daran, dass sie seit dem Snack mittags nichts mehr gegessen hatte. Sie sprang kurz entschlossen auf, hängte ihre Tasche über die Schulter, warf einen leichten Pulli über den Arm und machte sich auf den Weg in den Ort.

Die Tische vor dem italienischen Restaurant waren gut besetzt. Dort hatte sie mit Leonard einige Male bis spät in die Nacht gesessen, Pasta gegessen, Wein getrunken, geredet. Sie schlenderte daran vorbei und dachte an ihren ersten gemeinsamen Urlaub zurück. Sie hatten sich gerade zwei Wochen gekannt, als er sie spontan eingeladen hatte, mit ihm nach Dangast zu fahren. Seine Eltern besaßen dort auf dem Strandcampingplatz einen Wohnwagen, in dem sie mehr als ein Jahrzehnt lang mit Kind und Kegel die Ferien verbracht hatten. Leonard hatte Jana oft von dieser unbeschwerten Zeit erzählt.

Mittlerweile nutzten hauptsächlich Helen und Philip mit ihren Kindern den Wohnwagen. In jenem Sommer vor drei Jahren waren Leonard und Jana zur selben Zeit dort gewesen. Für alle war es im Wohnwagen natürlich zu eng gewesen, und so hatten sie sich auf dem Nachbargrundstück ein Zelt aufgebaut.

An einer Imbissbude am Strand kaufte sie sich eine Fischfrikadelle und setzte sich damit in den Sand. Die Abendsonne warf ihr weiches Licht auf das Wasser und ließ die Oberfläche glitzern. Die Luft war jetzt angenehm, und eine frische Brise wehte von der Bucht herüber. Vereinzelt waren noch Leute am Strand, einige spielten Volleyball, andere saßen einfach da und beobachteten den Sonnenuntergang, Pärchen spazierten Händchen haltend am Wasser entlang, so wie seinerzeit Leonard und sie. Es war ein friedlicher Anblick.

Jana steckte den letzten Bissen ihres Fischburgers in den Mund, knüllte das Papier zusammen und warf es in den nächsten Abfalleimer. Dann streifte sie die Sandalen ab, spazierte am Strand entlang und genoss das kühle Wasser, das ihr immer wieder über die Füße schwappte. Sie blieb stehen, blickte über die Bucht hinüber zum offenen Meer und spürte, wie sich ihr Brustkorb weitete und die Atemluft bis tief in die Lungen gelangte. In diesem Moment wusste sie, dass es die richtige Entscheidung gewesen war hierherzukommen. Die Ruhe, das Wasser, die Weite, das Alleinsein, all das würde ihren Kopf wieder frei machen.

Am nächsten Morgen packte Jana gleich nach dem Frühstück ihre Badesachen in die Strandtasche und machte sich auf den Weg zum Campingplatz. Sie hatte Helen nicht gesagt, dass sie kommen würde, und rechnete mit ein paar überraschten Gesichtern.

Vorbei am Rezeptionsgebäude marschierte sie über die Kieswege zu dem Stellplatz, auf dem der Wohnwagen von Leonards Familie stand. Das Besondere auf diesem Campingplatz war, dass die Parzellen nicht, wie sonst meist üblich, durch einen Zaun oder eine Hecke abgegrenzt waren, sondern die Wagen auf einer großen Wiese standen. Jana gefiel das. Sie schlich um den Wohnwagen herum und fand Helen unter dem Vordach vor. Sie war gerade damit beschäftigt, den Frühstückstisch abzuräumen.

»Einen wunderschönen guten Morgen«, grüßte sie munter.

Helen sah sich verdutzt um. »Jana! Was machst du denn hier?« Sie ließ das Geschirr stehen und umarmte ihre Freundin.

»Ich mache Urlaub. Genau wie ihr.«

Helen blickte am Wohnwagen vorbei den Kiesweg hoch, als würde sie noch jemanden erwarten. »Ganz allein? Ohne Jörg?«

»Es war eine spontane Aktion.«

Helen musterte sie mit besorgtem Gesichtsausdruck. »Alles okay bei euch?«

Jana verzog den Mund. Sie hatte keine Lust, über Jörg zu reden, doch sie war selbst schuld daran, dass alle glaubten, sie und er hätten eine feste Beziehung. Sie nahm sich vor, das Missverständnis aufzuklären, sobald sich die Gelegenheit dazu ergab. »Ich habe seit Tagen nichts von ihm gehört, und ich denke, das ist auch gut so.«

»Oh! Habt ihr gestritten?«

»Nein, nicht gestritten. Aber es gibt da so einige Meinungsverschiedenheiten.«

»Wo gibt es die nicht?«

»Wo sind Philip und die Kinder?«, fragte Jana, um das Thema zu wechseln.

»Kennst ja die Kids. Sie konnten es nicht erwarten, an den Strand zu kommen und an ihren Burgen weiterzubauen. Und du? Bist du gerade erst angekommen?«

»Nein, ich bin seit gestern hier. Ich habe ein Zimmer in einer Pension.«

»Die Kinder werden sich freuen, dich zu sehen. Ich bringe das Geschirr rein, und dann können wir zum Strand gehen.«

Finn und Selma buhlten um Janas Aufmerksamkeit, kaum, dass sie sich zu ihnen in den Sand gesetzt hatte. Beide gaben sich große Mühe, sie von ihrer Sandburgbaukunst zu überzeugen und sich gegenseitig zu übertrumpfen. Selma merkte allerdings schnell, dass sie gegen ihren Bruder keine Chance hatte, und sie warf sich in Philips Arme und nuckelte an ihrem Fläschchen.

Den ganzen Tag verbrachten sie am Strand, badeten, spielten Ball, lasen, sonnten sich, aßen Eis und später einen Imbiss. Erst gegen Abend, als der Strand sich langsam leerte und die Kinder müde wurden, räumten sie ihre Sachen zusammen und marschierten zum Wohnwagen. Helens Einladung, zum Abendessen zu bleiben, lehnte Jana dankend ab. Doch sie versprach, später auf ein Gläschen vorbeizukommen.

Zurück in der Pension, nahm Jana eine Dusche, cremte ihre sonnengebräunte Haut ein und zog sich um. Dabei fiel ihr Blick immer wieder auf den Nachttisch, in dem sie Leonards Briefe verstaut hatte. Sie musste sie lesen, das war sie ihm schuldig. Aber nicht heute. Sie ahnte, dass diese Briefe eine Lawine an Gefühlen in ihr auslösen würden, mit denen sie sich lieber nicht konfrontieren wollte. Der heutige Abend sollte noch unbeschwert sein, und sie freute sich auf ein gemütliches Beisammensein mit Helen und Philip.

Die Kinder schliefen bereits, als Jana am Wohnwagen ankam. Helen und Philip saßen bei Kerzenlicht und leiser Musik unter ihrem Vordach und tranken Wein. Auch für Jana stand ein Glas bereit. Sie setzte sich auf den freien Campingstuhl, und Philip schenkte ihr von dem Rotwein ein.

»Wie lange bleibst du?«, fragte Helen.

»Nur fünf Tage. Montag fahre ich zurück. Wenn ihr mal zu zweit etwas unternehmen wollt, jetzt habt ihr die Gelegenheit dazu. Ich bleibe gern bei den Kindern.«

»Oh, das wäre ja prima. Philip, wir könnten nach Oldenburg fahren und ein bisschen shoppen.«

Philip zog eine Grimasse. »Ich hab da einen besseren Vorschlag. Ich bleibe bei den Kindern, und ihr fahrt nach Oldenburg.«

Die Antwort war zu erwarten gewesen. Jana kannte keinen Mann, der gern shoppen ging. Außer Leonard. »Ich würde mich freuen, aber ich möchte auf keinen Fall euer Familienleben auf den Kopf stellen.«

»Da mach dir mal keine Sorgen. Erstens gehörst du praktisch zur Familie, und zweitens haben wir ganze drei Wochen hier. Da freuen wir uns über ein bisschen Abwechslung«, sagte Helen.

Helen und Philip waren die besten Freunde, die man sich wünschen konnte. Anfangs hatte Jana Bedenken gehabt, ausgerechnet an den Ort zu fahren, mit dem so viele wundervolle Erinnerungen verbunden waren, jedoch zwangsläufig auch die schmerzende Einsicht, dass sich all die Hoffnungen und Erwartungen für eine Zukunft mit Leonard am Ende nicht erfüllt hatten. Jetzt aber war sie froh, hier zu sein, und sie hatte nicht die Absicht, Trübsal zu blasen. Sie wollte die wenigen Tage dazu nutzen, das Chaos der letzten Wochen mit Abstand zu betrachten und ihr Leben neu zu sortieren.

»Apropos Abwechslung. Wollte Leonard nicht auch kommen? Wenigstens an einem Wochenende?«, fragte Philip.

»Davon weiß ich nichts«, antwortete Helen. »Seit er wieder arbeitet, hat er sich bei mir nicht mehr gemeldet. Und von Silke hört man auch nichts mehr. Jana, was läuft da mit den beiden? Sie sind doch nicht wirklich ein Paar, oder?«

Das Thema hätte Jana gern ausgeklammert. Das war's dann wohl mit der guten Laune. »Ihre Streitereien waren jedenfalls besser zu ertragen als die Show, die sie jetzt abziehen«, sagte sie mürrisch. »Ihr müsstet sie mal erleben, wenn sie zusammen sind. Zwei pubertierende Rotzlöffel, albern und respektlos.«

Helen und Philip blickten einander belustigt an.

»Leonard albern?«, fragte Helen. »So kenn ich ihn ja gar nicht.«

»So kenne ich beide nicht. Aber wenn sie zusammen sind, ist das wie … wie … ach, keine Ahnung, es ist, als würden sich ihre Charakterzüge gegenseitig verstärken, aber nur die negativen. Ich habe mir geschworen, mich nie wieder mit ihnen in der Öffentlichkeit zu zeigen. Es wäre für alle besser gewesen, sie hätten sich nie vertragen.«

Wieder warfen sich Helen und Philip einen vielsagenden Blick zu. Jana entging das nicht. »Nein!«, rief sie mit Vehemenz, um Irrtümern vorzubeugen. »Ich bin nicht eifersüchtig, es ist einfach nur oberpeinlich.«

»Ich hätte nicht erwartet, dass unser kleines Spielchen funktioniert«, sagte Helen.

Jana merkte selbst, wie sehr sie sich echauffierte, doch sie konnte nicht anders. Das Thema regte sie einfach auf. »Aber der Schuss ist voll nach hinten losgegangen. Von *funktionieren* kann da wohl kaum die Rede sein.«

»Immerhin, sie haben sich vertragen«, meinte Philip.

»Ob Shakespeare das auch an realen Personen ausprobiert hat, bevor er das Stück geschrieben hat?«, fragte Helen.

Einen Moment lang schwiegen alle drei, und nach und nach beruhigte Jana sich wieder.

»Weißt du noch, Jana, dein erster Urlaub hier? Wir waren total überrascht, dass Leonard eine Freundin mitbringt. Das hatte er vorher noch nie gemacht. Schon gar nicht, wenn Philip und ich hier waren.«

Jana lächelte. »Er wollte unbedingt, dass ich euch kennenlerne. Er war so stolz auf seinen kleinen Neffen.«

»Ja, er war total vernarrt in ihn.«

Jana erinnerte sich noch gut, wie liebevoll Leonard mit dem Jungen umgegangen war. Damit hatte er ihr Herz endgültig erobert. Sie waren beide so verschossen gewesen! Wo immer sie saßen, standen oder gingen, berührten sie sich, hielten inne, um sich zu küssen, und achteten nicht auf andere. Mit einem Gefühl von Wehmut blickte sie hinüber zum Nachbargrundstück, auf dem ihr Zelt gestanden hatte, kaum zehn Meter von hier entfernt, und wünschte sich die Zeit zurück.

»Ihr wart so frisch verliebt! Das war nicht zu übersehen«, erinnerte sich Helen.

Philip grinste. »Und nicht zu überhören!«

Jana spürte, dass sie rot wurde. Sie hätten einen Wohnwagen mieten sollen. So ein Zelt hatte ja praktisch keine Wände.

»Ich hatte so sehr gehofft, dass es was Ernstes mit euch beiden wird«, sagte Helen dann mit trauriger Miene.

Das hatte Jana auch gedacht.

Als sie gegen elf Uhr mit einem Gefühl des Bedauerns zur Pension zurücklief, begriff sie, warum sie hierhergekommen war. Sie wollte sich erinnern, wie Glück sich anfühlte, denn sie hatte es irgendwann vergessen. Als sie wieder in ihrem Zimmer war, griff sie sich den Stapel Briefe aus der Schublade, legte sich damit aufs Bett und begann zu lesen.

Kapitel 25

»Herrje! Man kommt hier nicht zum Arbeiten.« Evelyn stöhnte vor sich hin. Gerade hatte sie Benni in den Skatepark verabschiedet, da klingelte es nebenan. Seufzend löste sie sich von ihrem Notebook und stand auf. Wenn es nebenan klingelte, konnte sie nicht einfach sitzen bleiben, nicht mal, wenn es nur der Postbote war. Womöglich entgingen ihr wichtige Informationen. Barfuß schlich sie zur Tür und linste durch den Spion. Es war nur Thorsten mit einem bescheidenen Strauß roter Rosen, vermutlich von der Tankstelle. Aber halt! Rote Rosen? Wieso rote Rosen? Was hatte er schon wieder vor? Wollte er jetzt offiziell um Janas Hand anhalten? Aber Jana war doch gar nicht da.

Die Tür ging auf, verdutzt guckte Silke erst ihn und dann den Blumenstrauß an, den er jetzt vor die Brust hielt. »Du? Äh, Jana ist nicht da. Sie ist verreist.«

Thorsten grinste betreten. »Ja, ich weiß.«

Silke sah ihn fragend an.

»Ich … also, ich wollte zu dir.«

»Zu mir?«, fragte Silke stirnrunzelnd.

Empört stemmte Evelyn die Fäuste in die Hüften. Was zum Kuckuck hatte er vor? Warum wollte er zu Silke? Mit einem

Strauß roter Rosen? Silke und Django waren das Paar! Was mischte sich der Störenfried schon wieder ein? Kaum stand der Plot für ihre Story, kam Thorsten daher und wirbelte alles wieder durcheinander. Es blieb ihr nichts anderes übrig, sie musste einschreiten.

Doch gerade, als sie die Klinke drücken wollte, kam Django aus dem Bad und lief lässig, nur mit einem Handtuch um die Hüften, durch den Flur. »Ist meine Wäsche trocken, Darling?« Er winkte Thorsten großmütig zu und verpasste Silke ein Küsschen auf die Wange.

»Hängt auf dem Balkon.«

Django verschwand in der Küche und sang dabei. »Take me home, country roads …«

Mit offenem Mund sah Thorsten ihm nach.

Evelyn hatte fast ein bisschen Mitleid mit ihm. Aber er war selbst schuld. Was mischte er sich überhaupt ein? Mal hü, mal hott, also wirklich!

Silke hielt die Arme verschränkt und wartete offenbar auf eine Erklärung für Thorstens seltsamen Auftritt.

Der blickte verwirrt drein, setzte zum Reden an, doch dann stockte er wieder. Er wollte Silke doch nicht etwa eine Liebeserklärung machen? Hilfe, nein! Das musste verhindert werden. Gerade, als Evelyn die Wohnungstür endgültig öffnen wollte, um zu retten, was zu retten war, kam Djangos Singsang wieder näher. »… take me home, to the place I belong …« Gleich darauf dackelte er aus der Küche, seine Wäsche über die Schulter geworfen, zwinkerte den beiden erneut zu und verschwand im Wohnzimmer. Er spielte seine Rolle wirklich überzeugend, das musste Evelyn ihm lassen. Vielleicht war Silke ja sogar sein Typ. So, jetzt aber. Sie öffnete die Tür und trat ins Treppenhaus.

»Ach, hallöchen.« Sie bestaunte den Rosenstrauß, der aus der Nähe noch viel armseliger aussah. »Oh, wie schön. Hab ich einen Geburtstag verpasst?«

Thorsten guckte sie nur entgeistert an. »Äh, ich geh dann mal.« Er stolperte so schnell die Treppe hinunter, dass Evelyn sich fragte, ob er heil unten ankommen würde. »Was hat er denn?«

Nachdenklich sah Silke ihm hinterher und zuckte mit den Schultern. »Das wüsste ich auch gern.«

Evelyn gab sich nachdenklich. »Jetzt hab ich doch glatt vergessen, was ich wollte. Hm, einfach weg. Geht es dir auch manchmal so? Du willst was holen, stehst auf, läufst irgendwohin, und weg ist es. Na ja, vielleicht fällt's mir später wieder ein.« Und dann sah sie es. Ihr Herzchen an Silkes Hals! Unversehens bäumte sich etwas in ihr auf. »Wie kommst du zu meinem Herzchen? Das hab ich schon vermisst.« Benni hatte es für sie zu ihrem vierzigsten Geburtstag gebastelt.

Silke griff nach dem Stein an ihrem Hals. »Dein Herzchen? Aber du musst dich irren.«

»Das erkenne ich ohne Brille.« Ein Irrtum war ausgeschlossen. »Da, die Kerbe. Das ist *mein* Herz.« Benni war die Feile abgerutscht, und er hatte fürchterlich geheult vor Schmerzen.

»Aber ich habe es selbst gemacht, in der siebten Klasse.«

In Evelyn arbeitete es mächtig, und plötzlich ging ihr auf, dass sie sich fast selbst verraten hätte. Sofort ruderte sie zurück. »Ach so?«, sagte sie verlegen lächelnd. »Na, dann hab ich mich wohl tatsächlich geirrt. Ich sollte mir wirklich langsam eine Brille zulegen. Tja, bis später.« Evelyn huschte in die Wohnung, schloss die Tür hinter sich und stieß die Luft aus. Wie hatte sie nur so dumm sein können? Mit ihrer Impulsivität brachte sie den ganzen schönen Plan ins Wanken.

Nebenan fiel die Tür ins Schloss. Alles wird gut, sagte sie sich. Django würde ihren kleinen Patzer schon wieder hinbiegen. Er war ein Meister, wenn es darum ging, sich aus der Affäre zu ziehen. Aber ihr Herz musste sie zurückhaben, und es war ihr egal, wie er das anstellte.

Dennoch war die kleine Unterbrechung recht aufschlussreich gewesen. Thorsten hatte Jana aufgegeben. Sehr gut. Aber er konnte doch nicht so mir nichts, dir nichts auf Silke umsteigen, weil die zufällig praktischerweise in derselben Wohnung wohnte. Er brauchte jetzt dringend eine Frau, und zwar eine, die wirklich zu ihm passte.

Kaum saß Evelyn vor ihrem Notebook, klingelte es schon wieder, diesmal an ihrer Tür. Tief seufzend stand sie abermals auf und guckte durch den Spion. Thorsten! Sie verdrehte die Augen und öffnete.

»Ich komme immer zu spät!«, flennte er los, während er mit hängenden Schultern durch die Diele ins Wohnzimmer trottete. »Ich kann machen, was ich will, ich komme zu spät. Das war schon immer so, schon in der Schule bin ich immer zu spät gekommen.« Die traurigen Rosen in der Hand und den Blick auf den Boden gerichtet, jammerte er weiter, ohne Evelyn zu beachten.

Er tat ihr wirklich leid. »Aber Thorsten, wo bleibt dein Kampfgeist?«, entschlüpfte es ihr. Aber was redete sie denn da? Warum schickte sie den armen, deprimierten, etwas trotteligen Typ jetzt auch noch in einen aussichtslosen Kampf? »Ich meine, sammle deine Kräfte für die Frau, für die sich das Kämpfen lohnt.«

Fred kam aus seinem Arbeitszimmer, verschränkte die Arme und lehnte sich in den Türrahmen. »Rosen? Für wen?«

Thorsten starrte auf die Rosen, dann blickte er mit verzerrtem Gesichtsausdruck erst Fred, dann Evelyn an.

»Die brauchen Wasser«, schritt Evelyn resolut ein, bevor Thorsten noch in Tränen ausbrach, nahm ihm die Blumen ab und reichte sie an Fred weiter. Der guckte sie verdutzt an. »Was ist? Brauchst du eine Wegbeschreibung?«

Fred verstand den Wink und dackelte in die Küche.

Thorsten setzte sich auf einen Sessel, Evelyn ihm gegenüber.

»Es ist genauso wie bei *Harry und Sally.* Kennst du den Film? Jahrelang kennen sie sich, sind die besten Freunde, und dann merken sie, dass sie sich lieben. Genauso ist es bei uns. Sie war immer da, wenn ich sie gebraucht habe, wir haben uns alles erzählt, und ich hab nie gemerkt, was sie mir wirklich bedeutet.«

»Ich nehme an, du meinst Silke?«

Thorsten ignorierte die Frage und jammerte weiter. »Jetzt ist es zu spät. Sie hat einen anderen. Erst dachte ich, sie und Leonard. Das hätte ich sogar irgendwie noch verstanden. Aber der Typ da? Hast du den gesehen? Läuft halb nackt durch die Wohnung und singt 'ne alte Ami-Kamelle. Und *Darling* hat er sie genannt! Mit amerikanischem Akzent. Darling! Der ist doch nicht echt, der Typ!«

Fred brachte die Rosen in der Vase zurück und stellte sie auf den Couchtisch.

Thorsten starrte auf die Blumen. »Für *sie* hab ich die gekauft. Rote Rosen, das sagt doch schon alles, oder? Sie hat sie nicht mal angesehen. Tja, selbst schuld. Ich hab's zu spät bemerkt. Aber was soll's? Schwamm drüber. Bleib ich eben Single. Wozu brauche ich eine Frau? Ich komm doch prima zurecht. Frauen machen alles nur komplizierter. Man weiß nie, woran man bei ihnen ist. Ist doch so, was Fred?« Er grinste voller Selbstmitleid und erhob sich. »Ich werde in die Geschichte eingehen als der Mann, der zu spät kam. Tschau, Leute, lasst euch nicht die Laune verderben. Schon gar nicht von mir. Ich muss zurück in den Laden, hab ja noch ein paar Pflichten, das Leben geht weiter, es fragt sich nur, wie.«

Evelyn erhob sich ebenfalls. »Das wird schon wieder, Thorsten.« Sie strich ihm wohlwollend über die Schulter und begleitete ihn hinaus.

»Wie soll man sich davon nicht die Laune verderben lassen?«, fragte sie, als sie zurückkam. »Er ertrinkt fast in Selbstmitleid, und ich soll lächeln? Nichts gegen Thorsten, aber er hat nicht im Geringsten ein Gespür dafür, wer zu ihm passen könnte. Hast du das gehört? Es ist wie bei *Harry und Sally!* Mit etwas Fantasie könnte Silke als Meg Ryan durchgehen, aber Thorsten als Billy Crystal? Ihm fehlt absolut der Blick für die Realität. Umso wichtiger, dass ich das in die Hand nehme. Fredi-Maus, Thorsten braucht eine Frau.«

Fred seufzte. »Ich hab auch noch ein paar Pflichten«, sagte er und ging in sein Arbeitszimmer.

Kapitel 26

Im Schatten einer Trauerbuche lagen Silke und Django im Gras, lauschten dem Plätschern des Bachs und dösten vor sich hin. Die Fahrräder lehnten am Baum, Django kaute auf einem Grashalm herum, die Hände unter dem Kopf verschränkt und ein Bein lässig über das andere geschlagen.

Silke schmunzelte unentwegt vor sich hin. Wie schnell sich ihr Leben in der letzten Zeit verändert hatte! Sie lag hier mit einem gut aussehenden Mann im Gras, ein anderer brachte ihr rote Rosen, und ein dritter teilte sich mit ihr die Pizza. Apropos Leonard. Seit dem Sparrenburgfest hatte sie nichts mehr von ihm gehört. Das war schon eine Woche her. Vermutlich lag es daran, dass sein Urlaub vorbei war und er wieder arbeitete. Sie würde ihn später mal anrufen.

»Es war eine wunderschöne Fahrradtour«, sagte Django, in das dichte Laub blickend.

»Ja, das fand ich auch.« Silke lächelte immer noch.

»Danke, dass du mit mir in die Vergangenheit abgetaucht bist. Das bedeutet mir sehr viel. Auf dem Schulhof sind mir fast die Tränen gekommen.«

»Tatsächlich? Das habe ich gar nicht bemerkt.«

»Oh doch. Da hängen viele schöne, aber auch ein paar hässliche Erinnerungen dran. Und als ich so auf dem Schulhof gestanden habe, das Gebäude direkt vor mir, plötzlich war alles wieder da.«

Eine für ihn niederschmetternde Szene hatte auch Silke nie vergessen. »Du meinst die Sache mit dem alten Hintze, hab ich recht?«

»Äh, wie bitte?«

»Na, der alte Hintze, unser Religionslehrer. Es war ein offenes Geheimnis, dass er einen Narren an dir gefressen hatte. Dich hat er uns anderen immer als leuchtendes Beispiel vor Augen geführt. Kein Wunder, so brav und strebsam, wie du warst.«

»Aber nein! Das stimmt doch gar nicht!«

Silke fand es süß, wie verlegen ihn das machte. »Natürlich stimmt das. Bis die dumme Geschichte passiert ist. Das war aber auch ein Ding.«

Django lachte. »Ja, das war lustig.«

»Für die anderen vielleicht, aber für dich muss das doch niederschmetternd gewesen sein.«

Django verzog den Mund und kratzte sich am Kinn. An seinem verdutzten Gesichtsausdruck las Silke ab, dass er nicht wusste, wovon die Rede war.

»Du hast es vergessen!«, stellte sie entgeistert fest. »Aber das kenne ich. Unangenehmes verdränge ich auch gern. Soll ich dir auf die Sprünge helfen?«

»Ich bin nicht sicher, ob ich es hören will.«

»Verdrängen nützt nichts. Irgendwann holt es dich ein.«

»Also gut. Wenn du meinst.«

Silke räusperte sich. »Wir sollten ein Gedicht aus dem Religionsbuch auswendig lernen. Ich seh den Hintze immer noch vor mir, wie er über seine dicke Hornbrille hinweg durch die Reihen guckt, um einen Schüler auszuwählen. Mir blieb dabei immer die Luft weg vor Anspannung. Dir nicht?«

»Oh, ich schätze schon.«

»Okay, er hatte dann Matti herausgepickt. Aber der hatte das Gedicht nicht gelernt. Und? Fällt es dir immer noch nicht ein?«

»Äh, ja, ich denke, so langsam.«

»Hintze pickte sich den Nächsten raus, und der konnte es auch nicht. Und so ging das weiter. Der Alte war schrecklich wütend! Und wie er immer so dastand, wenn er in Rage geriet, die Fäuste in die Hüften gestemmt! Das war echt ganz schön bedrohlich. Fandst du das nicht?«

»Doch, du hast recht, wie er immer so dastand, mit seiner dicken Hornbrille, das war ganz schön Furcht einflößend.«

»Echt gruselig! Na ja, und dann sollten alle, die das Gedicht nicht gelernt hatten, die Hand heben. Es war fast die gesamte Klasse, mich selbst eingeschlossen. Nur drei nicht, und einer davon warst du.«

»Ich? Also hatte ich es gelernt?«

Silke runzelte die Stirn und wunderte sich langsam. Das musste er doch noch wissen. Es war unmöglich, dass jemand so ein oberpeinliches Erlebnis vergessen konnte. Aus einer Laune heraus – oder war es ein eigenartiger Anflug von Misstrauen? – wandelte sie das Ende der Geschichte ein wenig ab. »Hintze hat dich das Gedicht vortragen lassen, und du hast das so toll gemacht, dass er dich bei einem Wettbewerb angemeldet hat.« In Wahrheit war Django nicht so gut dabei weggekommen, doch Silke war gespannt, was ihr ehemaliger Mitschüler jetzt erwidern würde.

»Stimmt! Der Wettbewerb! Jetzt erinnere ich mich wieder. Oh dear, war das ein Ereignis, wirklich unvergesslich, die Bühne, die Zuschauer, alle Blicke auf mich gerichtet. Das war schon was.«

Silke sah ihn an und schwieg. Entweder er litt zeitweise unter Amnesie, oder er war nicht der, für den er sich ausgab. Wenn sie an die letzten Tage zurückdachte, hatte es schon ein paar Mal Kleinigkeiten gegeben, bei denen sie stutzig geworden war.

»Du trägst es Tag und Nacht, richtig?« Django blickte auf das Herzchen um ihren Hals.

»Ja, jetzt, wo ich es zurückhabe nach so langer Zeit. Ach so, hab ich dir das noch gar nicht erzählt? Meine Nachbarin hat doch gestern glatt behauptet, das Herzchen gehöre ihr. Ist das nicht ein Ding?«

»Evelyn?«

Silke starrte ihn an. »Du kennst sie?«

»Äh, nein, woher auch. Ich hab euch zufällig mal reden gehört, und da muss wohl der Name gefallen sein. Sie heißt doch so, oder?«

»Ja. Na ja, egal, jedenfalls hat sie gesagt, dass ein Irrtum völlig ausgeschlossen sei, und hat sich das Herz aus nächster Nähe angesehen. Sogar die Kerbe will sie wiedererkannt haben. Ich hab ihr natürlich klargemacht, dass sie sich irrt.«

Django richtete sich auf und schlug sich mit der flachen Hand aufs Bein. »Wie unverschämt. Was denkt sie sich? Das ist dein Herz, du hast es mir vor siebzehn Jahren geschenkt, und ich habe es dir jetzt zurückgegeben. Also, wäre ich dabei gewesen, hätte ich ihr meine Meinung gesagt.«

»So schlimm war es auch wieder nicht. Sie hat dann ja eingesehen, dass sie sich getäuscht hat.«

»Das war ihr Glück!«

Silke schmunzelte. Es war ja irgendwie goldig, wie er sich für sie einsetzte. »Du, Jana kommt heute Abend zurück. Willst du nicht noch mal dein leckeres Sauerkraut kochen?«

»Aber sicher, Darling. Du weißt doch, ich kann davon gar nicht genug kriegen.« Unerwartet sprang er auf. »Aber dann sollte ich mich auf die Socken machen. Ich muss sowieso noch in die Stadt und ein paar Dinge erledigen.«

Silke war enttäuscht. Es war ein so schöner Nachmittag gewesen, dass sie bereit gewesen war, alle Zweifel an seiner Aufrichtigkeit auszublenden. Vielleicht irrte sie sich ja auch, und alles war logisch erklärbar. Sie stiegen auf die Räder und fuhren den Weg entlang der Schrebergärten noch gemeinsam, bevor sich ihre Wege trennten.

Zu Hause angekommen, lüftete Silke zuerst die Wohnung. Wenn Jana nicht da war, verkam alles ein bisschen. Sie ging durch die Räume und öffnete alle Fenster. Beim Verlassen des Wohnzimmers stockte sie beim Anblick von Djangos speckigem Rucksack neben der Couch. Wäre es sehr dreist, einen Blick hineinzuwerfen? Als könne jemand sie beobachten, blickte sie sich verstohlen um, kniete sich auf den Boden, öffnete den Rucksack und spähte hinein. Da drinnen herrschte eine Ordnung, wie Silke sie nicht mal von ihrer ordnungsfanatischen Mutter kannte. In einer Plastiktüte befand sich die schmutzige Kleidung, daneben säuberlich zusammengerollte T-Shirts und Boxershorts, sechs von jeder Sorte, am Grund des Rucksacks ein in Folie gewickeltes Etwas. Sie nahm es heraus und wickelte es auf. T-Shirt und Boxershorts Nummer sieben mit Simpsons- Motiven, frisch gebügelt und nach Weichspüler duftend. Wirklich sonderbar. Ein kompletter Wochensatz an Wäsche. Wenn seine Wohnung abgebrannt war, musste er sich die Sachen neu gekauft haben. Aber würde neu gekaufte Wäsche nach Weichspüler duften? Wohl kaum.

Silke durchstöberte die kleineren Fächer und entdeckte Taschenmesser, Parkschein, Haarbürste, Kaugummis, Tempotücher und Nagelfeile. Seine Zahnbürste und das Rasierzeug befanden sich im Bad. Verdächtig wenig Gepäck für eine Reise von Texas nach Europa. Kein Flugticket, kein

Buch zum Zeitvertreib, keine Jacke für kühle Tage, nichts Persönliches.

Sie verstaute alles wieder ordentlich und verschloss den Rucksack. Ein merkwürdiges Gefühl befiel sie plötzlich. Es gab ein paar zu viele Ungereimtheiten. Sobald Jana zurückkam, musste sie sie interviewen. Die hatte ihn empfangen und sich eine ganze Weile mit ihm unterhalten. Vielleicht konnte irgendeine Bemerkung, ein Versprecher oder Ähnliches Aufschluss über ihren Besucher geben. Aber Moment mal. Parkschein? Wieso hatte er einen Parkschein? Sie kramte den kleinen Zettel wieder hervor und betrachtete ihn näher. Er stammte aus der Friedrichstraße, war abgestempelt am neunzehnten Juni und somit schon mehrere Wochen alt. Auf die Rückseite war eine Handynummer geschrieben. Janas Handynummer! Wieso hatte Django Janas Handynummer? In Sekundenschnelle schossen ihr diverse Szenen der letzten Tage durch den Kopf, die ihr seltsam vorgekommen waren. Beispielsweise hatte er von ihrer kleinen Rechtschreibschwäche gewusst. Woher? Davon hatte sie niemals irgendjemandem erzählt, weil es ihr so unangenehm war. Oder hatte sie in ihrem Liebeskummer etwa doch einen ihrer megapeinlichen Briefe an ihn abgeschickt? Hilfe, nein! Das hatte sie nicht wirklich getan! Oder etwa doch? Okay, selbst wenn, da war ja auch noch die Sache mit dem Hintze. Den Wettbewerb hatte es nie gegeben. Warum hatte er so getan, als erinnerte er sich gut daran? Nein, nein, nein, da war was oberfaul. Dieser Kerl war nicht Django aus Texas. Aber wer war er dann? Was hatte er vor? Spionierte er sie und Jana aus? Aber wozu? Bei ihnen gab es nichts zu holen. Der Wohnungsbrand fiel ihr ein. Darüber musste doch etwas zu finden sein. Sie setzte sich an den Computer und recherchierte im Internet. In Chicago existierte eine Baker Street, wie vermutlich in jedem amerikanischen Kaff, aber es gab nicht den kleinsten Hinweis auf einen Brand. Und das war für Silke der Beweis. Es war alles erstunken und erlogen. Na warte, Django!

Sie ging mit dem Parkschein in Janas Zimmer, legte ihn auf ihren Schreibtisch, kramte in der Schublade nach einem Stift und schrieb: Wieso hat Django deine Handynummer? Als sie den Stift zurück in die Schublade legte, fiel ihr eine DVD auf, und sie wunderte sich, dass die nicht wie alle anderen DVDs im Wohnzimmerregal stand. Sie nahm sie in die Hand und las den Titel: *Viel Lärm um nichts.* Das war doch das Stück, das sie auf dem Sparrenburgfest gespielt und das sie leider verpasst hatten. Prima, dann konnte sie es sich gelegentlich ansehen. Sie las die Kurzbeschreibung, las sie einmal, zweimal, dreimal! Und konnte es einfach nicht glauben!

Kapitel 27

Mit einem Gefühl der Erleichterung trat Jana den Heimweg an. Nachdem sie Leonards Briefe gelesen hatte, wusste sie, was zu tun war. Er konnte gut mit Worten umgehen, schrieb genauso authentisch, wie er redete, und als sie seine Zeilen las, war er ihr so nah, als hörte sie ihn sprechen. Fünfzehn ehrliche, innige Briefe, voller Reue, voller Liebe. Der erste stammte von Mitte November, nur wenige Tage nach seiner Abreise. Immer noch zutiefst verletzt von seiner Unehrlichkeit, hatte sie seinerzeit überlegt, ob sie ihn sofort zerreißen sollte. Stattdessen hatte sie ihn ungeöffnet zu dem Stapel unerledigter Papiere gelegt, so wie die anderen, die danach gekommen waren. Wie froh sie darüber war, sie nicht vernichtet zu haben, begriff sie schon, als sie den ersten Brief las.

> Meine liebe Jana,
> bis zur letzten Minute hatte ich gehofft, dass du doch noch am Gate auftauchst und dich von mir verabschiedest. Es tut weh, so auseinanderzugehen. Ich hätte dir gern noch so vieles gesagt und erklärt. Ich begreife immer noch nicht, wie sich eine so unbedeutende

Geschichte zwischen uns stellen konnte. Vielleicht hätte ich dir sagen sollen, dass es da mal eine gemeinsame Nacht mit Ilona gegeben hat, die ich allerdings schon am nächsten Tag bereut habe. Vielleicht hätte ich dir auch sagen sollen, dass Ilona mich nach Peru begleitet. Für mich aber war es vollkommen irrelevant, denn sie ist meine Kollegin, und mehr nicht. Zugegeben, der erfundene Ehemann war eine törichte Kurzschlussreaktion, doch er diente dem Zweck, das von deiner Cousine hochgekochte Thema abzukühlen. Das ist mir offenbar gründlich misslungen. Ja, Silke hat recht, Ilona ist nicht verheiratet. Aber welche Rolle spielt das für uns beide? Ilona interessiert mich nicht, denn ich liebe dich, Jana, dich und keine andere. Wenn du kommst, können wir noch mal in Ruhe über alles reden.

Cusco ist eine fantastische Stadt. Ich hatte heute Gelegenheit, mir das Zentrum ein wenig anzusehen. Stell dich darauf ein, dass du die ersten Tage wie auf Wolken wandelst, weil die Luft hier oben so dünn ist. Ich kann es kaum erwarten, dich in meine Arme zu schließen.

Ich weiß nicht, wie die Verhältnisse in den Bergen sein werden, doch es ist möglich, dass ich tagsüber nicht zu erreichen bin, weil es dort keinen Handyempfang gibt. Wenn du mich anrufst, hinterlasse mir bitte eine Nachricht. Ich werde dich am Abend vom Hotel aus zurückrufen.

Ich vermisse dich. Dein Leonard.

Trotz ihrer rigorosen Ablehnung war er immer noch davon ausgegangen, dass sie sich, wie ursprünglich besprochen, am zweiundzwanzigsten Dezember in den Flieger setzen und zu ihm kommen würde, er hatte an ihre Liebe geglaubt und war sicher gewesen, dass sie ihm den Fauxpas verzeihen würde. Und was hatte sie getan? Sie hatte das Flugticket, sein vorgezogenes Weihnachtsgeschenk, in einen Umschlag gesteckt und ohne jeden Kommentar zurückgeschickt.

Mit jedem weiteren Brief, der unbeantwortet geblieben war, hatte sich sein Ton verändert, die Zweifel wurden größer, die Zuversicht schwand. Das letzte Schreiben, das sie Anfang des neuen Jahres erhalten hatte, enthielt nur noch wenige Zeilen. Die aber hatten Jana am meisten berührt.

> Meine liebe Jana,
> du bist Weihnachten nicht gekommen, und ich habe begriffen, was du mir damit sagen willst. Mir bleibt nur noch, dir alles Glück für dein Leben zu wünschen. Mehr weiß ich nicht zu schreiben. Leonard.

Inzwischen konnte Jana nicht mehr verstehen, wie sie es fertiggebracht hatte, die Briefe monatelang zu ignorieren und unangetastet im Schreibtisch liegen zu lassen. Sie war so verbohrt gewesen, als ginge es einzig darum, den einmal eingeschlagenen Kurs des Nichtverzeihens mit allen Mitteln zu verteidigen.

Sie blinkte rechts und verließ die Autobahn. Die Tage am Meer mit den Erinnerungen an eine wundervolle Zeit, den vertrauten Gesprächen mit Helen und Philip, den unbeschwerten Stunden mit den Kindern, den langen Märschen am Wasser entlang und mit den Tränen, die beim Lesen von Leonards Briefen geflossen waren, all das hatte ihr geholfen, sich die eigentliche Ursache für ihr gegenwärtiges Gefühlschaos bewusst zu machen.

Angefangen hatte es mit der hirnverbrannten Idee, Leonard mit Silke zu verkuppeln. Nein, nicht ganz. Angefangen hatte es damit, dass sie zu stolz gewesen war, zuzugeben, dass sie ihn noch liebte. Nicht vor den anderen und nicht mal vor sich selbst. Ihrem verdammten Stolz hatte sie es zu verdanken, dass sie sich sogar als Kupplerin angeboten und schließlich noch ihren Ex zu Hilfe geholt hatte, um Leonard glauben zu machen, dass sie nicht auf ihn gewartet hatte. Aber die Krönung ihrer Selbsttäuschung war der verzweifelte Versuch, Silke von Leonard abzulenken und ihr einen falschen Django zu präsentieren. Nicht mal da hatte sie sich ihre Liebe zu Leonard eingestanden, sondern nach anderen Gründen gesucht, die ihr Handeln rechtfertigten. Die Django-Idee entsprang natürlich wieder Evelyns Hirn, genauso wie die Verkupplungsidee. Egal, sie, Jana, hatte aktiv mitgemischt und sogar in Silkes alten Briefen rumgeschnüffelt, um Django ein paar Informationen liefern zu können. Und überhaupt, hatte sie denn gar nicht weitergedacht? Was, wenn Silke sich in Django verliebte, er aber kein Interesse an ihr hatte? Dann wäre sie für das gebrochene Herz ihrer Cousine verantwortlich. Es wurde Zeit, die Farce zu beenden und alles aufzuklären.

Zu ihrer Überraschung stellte Jana fest, dass es direkt vor ihrem Haus einen freien Parkplatz gab. Zum ersten Mal seit drei Jahren! Sie konnte ihr Glück kaum fassen. Endlich hatte sie Gelegenheit, es genauso zu machen wie die anderen, sich ein Monatsticket zu kaufen oder aufs Rad umzusteigen und den Wagen genau dort stehen zu lassen, wo er jetzt stand. Mit siegessicherem Grinsen räumte sie ihr Gepäck aus dem Kofferraum und ging hinauf.

Es war niemand zu Hause. Silke war vermutlich im Studio und Django irgendwo unterwegs. Sein Rucksack lag auf jeden

Fall noch im Wohnzimmer, und das bedeutete, dass alles noch beim Alten war.

Auf ihrem Schreibtisch fand sie Silkes Notiz: *Wieso hat Django deine Handynummer?* Sonderbar, dachte sie sich. Warum hatte sie ihn nicht persönlich danach gefragt? Oder war sie etwa misstrauisch geworden? Wie auch immer, spätestens heute Abend würde sie den Schwindel ohnehin aufklären und jede Schuld auf sich nehmen. Also, fast jede Schuld. Dass sie Silkes vor Fehlern nur so strotzende Briefe an ihren Mitschüler gelesen hatte, durfte auf keinen Fall öffentlich werden. Silke würde vor Scham im Boden versinken, und das würde sie ihr gern ersparen.

Jetzt aber hatte sie das dringende Bedürfnis, mit Jörg zu reden. Um sieben Uhr waren sie in seinem Penthouse verabredet. Wenn sie ehrlich war, graute ihr vor dem Gespräch. Mit seiner überlegenen Art schaffte Jörg es nur allzu leicht, dass sie sich klein und unvollkommen fühlte. Aber sie wollte es hinter sich bringen, wollte einen Schlussstrich ziehen und ihm zu verstehen geben, dass sie für seine Zwecke nicht mehr zur Verfügung stand. Sie durfte sich nur nicht wieder von ihm einwickeln lassen.

Sie beschloss, die Strecke bis zu seiner Wohnung zu joggen. Nach der langen Autofahrt würde ihr die Bewegung guttun und außerdem den Kopf frei machen. Sie schlüpfte in ihre Joggingsachen, lief die Straße hinunter Richtung Grünstreifen, dann die Platanenallee entlang durch den Ravensberger Park und erreichte bald das Neubauquartier.

Kapitel 28

Selten war Silke bei einem ihrer Kurse so unkonzentriert gewesen wie heute, und noch nie hatte sie das Ende so herbeigesehnt. Es brannte ihr unter den Nägeln, Leonard endlich von ihrer ungeheuerlichen Enthüllung zu berichten. Am Telefon hatte sie noch kein Wort verraten. Es wäre doch zu schade, wenn ihr sein ungläubiger Gesichtsausdruck dabei entginge.

Sie schob einen wichtigen Termin vor, um den Kurs ein paar Minuten früher beenden zu können, und stieß bei den Teilnehmerinnen auf allgemeines Verständnis. Sie kramte ihre Siebensachen zusammen und machte sich mit ihrem Fahrrad auf den Weg.

Leonard war gerade damit beschäftigt, eine Auflaufform in den Backofen zu schieben, als sie sein Apartment betrat.

»Hi.« Sie ging auf ihn zu und küsste ihn wie immer auf die Wange.

»Willst du was mitessen?«

»Was gibt's denn?«

»Kartoffel-Blumenkohl-Gratin. Rest von gestern.« Er stellte den Backofen an und wandte sich ihr zu. »Ist irgendwas Besonderes? Du klangst so aufgeregt am Telefon.«

»Könnte man so sagen. Du erinnerst dich doch, dass auf dem Sparrenburgfest ein Stück von Shakespeare aufgeführt wurde?«

»Ja, natürlich. Das Stück, das wir verpasst haben.«

»Genau. Und jetzt weiß ich auch, warum wir es verpasst haben. Kennst du den Inhalt? Weißt du, worum es geht?«

»Ich muss gestehen, nein. Warum fragst du? Willst du mich ins Theater schleifen?«

»Für ein Theaterstück müssen wir nicht zwangsläufig ins Theater gehen.«

»Sondern?«

»Wir zwei beiden, wir befinden uns mitten in einem Stück, wir sind quasi die Akteure.«

Leonard zog die Augenbrauen hoch.

Silke kramte die DVD aus der Tasche und hielt sie in die Höhe. »Das hier ist die Verfilmung des Stücks. Die DVD hab ich rein zufällig in Janas Zimmer entdeckt. Es geht um eine Frau und einen Mann, die nichts lieber tun, als sich gegenseitig anzugiften. Und diese beiden sollen mithilfe einer kleinen Intrige verkuppelt werden. Das haben sich ihre Freunde so ausgedacht. Sie erzählen dem einen, dass der andere unsterblich in ihn verliebt sei, und umgekehrt. Kommt dir das irgendwie bekannt vor?« Gespannt beobachtete Silke Leonards Reaktion. Mit offenem Mund starrte er sie an.

»Wie bitte? Du meinst …?«

»Genau das.«

Ein paar Sekunden lang stand Leonard da und rührte sich nicht. »Ich brauch jetzt ein Bier. Du auch?«

»Immer gern.« Silke nahm zwei Gläser aus dem Schrank und setzte sich an den Esstisch, gleich darauf kam Leonard mit dem Bier zurück. Er öffnete die Flaschen, reichte ihr die eine und schenkte sich selbst ein.

Silke schüttelte den Kopf. »Das ist so unglaublich dreist!«

»Es ist unfassbar!«

»Jetzt wissen wir auch, warum Jana es plötzlich so eilig hatte, das Fest zu verlassen. Sie hat befürchtet, dass uns ein Licht aufgeht, wenn wir das Stück ansehen.«

Leonard sah sie mit großen Augen an. »Aber das würde ja bedeuten, dass Jana von der Intrige wusste.«

»Aber hallo! Sie war es doch, die mir so ganz nebenbei gesteckt hat, dass du unglücklich in mich verliebt bist, das aber niemals zugeben würdest, weil du wüsstest, dass deine Liebe nicht erwidert wird. Mein Gott, wie überzeugend sie das gebracht hat!«

»Oh! Das hätte ich ihr nicht zugetraut.« Leonard wirkte geknickt. Er trank einen großen Schluck Bier und schenkte sich gleich nach. »Hast du ihr das etwa abgekauft?«

»Natürlich nicht! Ich habe sie ausgelacht.«

Leonard kniff die Augen zusammen. »Thorsten, der Hund! Jetzt wird mir erst bewusst, welche Show er abgezogen hat, von wegen ›Was sich neckt, das liebt sich‹ und ›Silke liebt dich, das sieht doch ein Blinder‹! Natürlich habe ich auch darüber gelacht, aber ich wäre doch nie darauf gekommen, dass er das Ganze nur spielt. Es klang so verdammt überzeugend.«

Jetzt war es Silke, die geknickt war. »Thorsten wusste also auch Bescheid?«

»Und meine eigene Schwester! Die hat mich unter einem Vorwand zu ihm geschickt.«

»Ich schätze, sie sind alle beteiligt.«

»Und wann sie das ausgeheckt haben, können wir uns ja ausrechnen.«

»Klar, auf der Grillparty.«

»Genau, nachdem wir beide abgehauen waren.«

»Sie stecken alle unter einer Decke.«

»Alle! Jana, Thorsten, Helen, Philip, sogar Fred.«

»Evelyn nicht zu vergessen.«

»Ich möchte sogar wetten, dass es auf ihrem Mist gewachsen ist.«

»Sie haben sich einen netten Spaß draus gemacht.«

»Auf unsere Kosten.«

Sie schwiegen einen Moment und starrten vor sich hin.

»Aber eins verstehe ich nicht«, sagte Silke dann nachdenklich.

»Hm?«

»Wer ist Django, und was hat er damit zu tun?«

»Django, der Cowboy?«

»Du kennst ihn?«

»Nein. Fred hat ihn nur mal kurz erwähnt. Er soll dein Mädchenschwarm gewesen sein?«

»Für den hat er sich zumindest ausgegeben.« Silke erzählte Leonard, wie Django plötzlich in ihrem Wohnzimmer gesessen, sich bei ihr eingenistet und mit netten Lügengeschichten ihr Vertrauen erschlichen hatte.

»Verstehe. Deshalb hast du seit Tagen nichts von dir hören lassen.«

»Der Typ hat mich voll in Beschlag genommen, und zugegeben, ich war ziemlich fasziniert von ihm. Er hat großzügig seinen Charme versprüht, und ich dumme Gans bin darauf reingefallen. Das ist mir noch nie passiert. Dabei hat es von Anfang an eine ganze Reihe Ungereimtheiten gegeben. Ich hätte es echt merken müssen.«

»Klingt nach einem Heiratsschwindler.«

»Wenn es bei mir was zu holen gäbe, hätte ich das auch angenommen. Nein, ich denke eher, dass er in diese Verkupplungsgeschichte verwickelt ist. Ich weiß nur noch nicht, wie. Aber das werde ich heute in Erfahrung bringen.« Silke schlug sich auf die Stirn. »Oh, mein Gott, wie gutgläubig ich war! Wenn ich bedenke, welche intimen Geheimnisse mir dieser wildfremde Kerl entlockt hat! Es macht mich ganz schön nervös, dass ich keinen Schimmer habe, was da gespielt wird. Wieso weiß der Typ so viel über mich, und was will er von mir? Also, eins steht fest, Leonard: Bevor ich den Gauner gehen lasse, werde ich mir noch einen kleinen Spaß mit ihm erlauben. Der soll mich mal kennenlernen.« Silke lachte bissig.

Leonard zog die Stirn kraus. »Angenommen, er hat tatsächlich in irgendeiner Form mit dem Verkupplungsspiel zu tun. Welche Rolle sollte er dabei spielen?«

»Das ist ja eben die Frage, über die ich schon den ganzen Nachmittag nachdenke. Leider ohne Erfolg. Die Antwort kennt wohl nur einer. Und ich werde sie aus ihm herauskriegen. Lass mich nur machen.«

Die Küchenuhr klingelte, Leonard stand auf, nahm die Auflaufform mit zwei Topflappen aus dem Ofen und stellte sie auf den Herd. Einen Moment stützte er sich mit beiden Händen an der Arbeitsfläche ab, zog die Schultern zusammen und ließ den Kopf hängen.

»Was ist?«, fragte Silke.

»Ach, nichts. Ich merke nur gerade, dass ich gar keinen Hunger habe.«

Resolut stand Silke auf, suchte Teller und Besteck zusammen und deckte den Tisch. »Ich lass mir von der Saubande doch nicht den Appetit verderben.«

»Hast recht.« Leonard rang sich ein Lächeln ab.

Silke langte ordentlich zu und begann zu essen, während Leonard sich einen bescheidenen Löffel von dem Gratin auffüllte und die Gabel in die Hand nahm.

»Aber du musst zugeben, dass die Aktion auch was Gutes hatte«, meinte Silke.

»So?«

»Wir zwei können hier zusammensitzen wie ganz normale Menschen. Das war jahrelang nicht möglich, wenn du dich erinnerst.«

»Ja, das ist allerdings etwas Gutes.« Er legte sein Besteck zur Seite, ohne einen Bissen gegessen zu haben, und holte sich ein weiteres Bier aus dem Kühlschrank.

»Weißt du, ich würde mich zu gern bei unseren Freunden revanchieren. Wir können sie doch nicht so einfach davonkommen lassen«, sagte Silke in schadenfreudiger Erwartung.

»Und wie willst du das anstellen?«

»Wir drehen den Spieß einfach um. Ich lege die DVD unauffällig zurück an ihren Platz, wir erwähnen mit keiner Silbe, dass wir hinter das Komplott gekommen sind, und tun so, als wäre die Aktion erfolgreich. Ich würde zu gern ihre Gesichter sehen, wenn wir dann noch unsere Verlobung bekannt geben.« Silke lachte herzhaft, und Leonard stimmte ein.

Dann aber wurde er ernst. »Ja, das wäre sicher ganz witzig. Wenn da nicht Gefühle im Spiel wären.«

Auch Silke hörte auf zu lachen. Sie beobachtete, wie Leonard mit dem Finger immer wieder über den Rand seines Glases fuhr. Er wirkte unglücklich. »Du liebst sie immer noch, oder?«

»Jana? Ja, ich liebe sie immer noch. Aber ich hab's wohl vermasselt.« Er nahm die Gabel, stocherte damit im Blumenkohl herum und schob den Teller dann von sich weg. »Ich habe geglaubt, wenn ich öfter in ihrer Nähe sein kann, hab ich eine Chance, sie zurückzugewinnen. Ich habe Jörg unterschätzt, hab gedacht, er ist kein ernst zu nehmender Konkurrent. Aber da hab ich mich geirrt.«

»Ach. Deshalb bist du zu mir gekommen und hast dich bei mir entschuldigt? Um in Janas Nähe zu sein?«

Schuldbewusst senkte Leonard den Blick, dann sah er Silke an. »Ja. Nur deshalb.«

»Und wenn ich mich tatsächlich in dich verliebt hätte?«

Leonard lächelte. »Was heißt hier *hätte?* Hast du etwa nicht?«

Jetzt lächelte auch Silke. »Ich bin froh, dass ich Gelegenheit hatte, dich von einer anderen Seite kennenzulernen. Du bist gar nicht so überheblich, wie ich immer dachte. Du bist ein feiner Kerl. Und ein toller Berater in Sachen Mode. Aber mein Herz, das gehört einem anderen. Nur leider sieht der mich nicht.«

»Doch, er sieht dich. Das ist sogar mir aufgefallen. Seit du dich so verändert hast, sieht er dich. Und zufällig weiß ich, dass er ziemlich deprimiert über Djangos Erscheinen ist.«

Silke spürte, dass sie rot wurde. »Du … du meinst …?«

»Ja, ich meine Thorsten. Fred hat es mir gesagt. Thorsten hat sich bei ihm wohl ausgeheult.«

Silke verschlug es für einen Moment die Sprache. Ihr selbst war es ja auch schon aufgefallen, wie Thorsten sie neuerdings musterte. Und dann die Rosen! Und die Einladung zum Kaiserstuhl! Eine simple, aber eindeutige Sprache. Sie hatte es für eine vorübergehende Laune gehalten und nicht weiter beachtet. »Männer sind doch wirklich einfach gestrickt«, überspielte sie ihre Verlegenheit. »Abgesehen von dir natürlich. Thorsten hat nie die Frau in mir gesehen, für ihn war ich immer ein guter Kumpel. Und plötzlich interessiert er sich für mich, nur weil ich ein paar neue Klamotten und etwas Lippenstift trage? Ich bin immer noch dieselbe.«

»Schon. Aber er sieht dich mit anderen Augen. Und wenn ich mich nicht getäuscht habe, ist er dir auch nicht ganz egal.«

Silke lächelte. »So gesehen haben wir keinen Grund, auf irgendwen böse zu sein.«

»Stimmt. Die Intrige hat uns zu guten Freunden gemacht, und du hast sogar deine Liebe zu Thorsten entdeckt beziehungsweise er wohl eher seine Liebe zu dir. Ist doch alles bestens.«

Nicht ganz, dachte Silke, während sie ein unangenehmes Gefühl der Reue ergriff. Sie hatte in Leonard einen neuen Freund gefunden, aber sie war auch schuld daran, dass er seine große Liebe verloren hatte. Und plötzlich hielt sie es für sehr wahrscheinlich, dass auch Jana ihn noch liebte. Die beiden mussten wieder zueinanderfinden, zumindest brauchten sie eine Chance. Silke legte ihre Hand auf seine. »Jana war für ein paar Tage verreist, allein, ohne Jörg. Sie kommt heute Abend zurück. Geh zu ihr, rede mit ihr.«

»Nein! Ganz sicher nicht. Ich habe es oft genug versucht. Es wäre jetzt an ihr, einen Schritt auf mich zuzugehen, und eigentlich hatte ich die ganze Zeit darauf gehofft. Aber sie hat sich wohl anders entschieden. Okay, dann ist es eben so.«

Silke hatte inzwischen aufgehört zu essen und lehnte sich nachdenklich zurück. »Wer weiß, ohne die Verkupplungsaktion wärt ihr zwei vielleicht längst wieder zusammen.«

»Wie kommst du darauf?«

»Na ja, also, denk doch mal nach. Wenn Jana nicht damit gerechnet hat, dass wir uns wieder vertragen – was ich für sehr wahrscheinlich halte –, dann spielt sie das Spiel mit, ohne ein Risiko einzugehen.«

»Risiko? Inwiefern?«

»Sie muss gar nicht befürchten, dich an mich zu verlieren, weil sie davon überzeugt ist, dass sich an unserer gegenseitigen Abneigung eh nichts ändert.«

»Aber ...«

»Lass mich den Gedanken doch mal zu Ende spinnen. Jetzt kommt nämlich alles anders. Wir zwei sind plötzlich ein Herz und eine Seele, hängen ständig zusammen und erwecken den Eindruck, als könnte da was laufen. Was macht Jana daraufhin? Sie klammert sich aus lauter Verzweiflung an Jörg.«

»Silke, gib dir keine Mühe.«

Silke überging Leonards Einwand und verfolgte ihren Gedanken weiter. »Jörg markiert den großen Macker, lässt seinen Charme spielen, verspricht Jana die Sterne vom Himmel, und sie ist hin und weg, kurzfristig jedenfalls. Dann aber merkt sie, dass es mit ihm gar nicht funktioniert und geht auf Distanz.

Und das ist jetzt keine Hypothese mehr: Sie haben sich seit dem Sparrenburgfest nicht mehr gesehen. Und Jana ist allein verreist! Ohne ihn! Das sagt doch schon alles!«

»Das ist echt lieb von dir gemeint, Silke, aber es ist zu spät. Ich habe mich für ein weiteres Projekt in Peru entschieden. In drei Tagen geht es los.«

»Oh! Jetzt bin ich aber baff. Das wusste ich ja gar nicht.«

»Es hat sich heute erst definitiv ergeben.«

Darauf wusste Silke nichts zu sagen. Sie wusste nur eins: Jana und Leonard durften so nicht wieder auseinandergehen. Dafür musste sie sorgen. Aber wie? Sie beobachtete, wie er die Teller zusammenräumte, unmotiviert, desillusioniert, mit bedrückter Miene. Er war der Verlierer in dem Spiel. Aber das durfte sie nicht zulassen. Sie ließ ihn nur ungern so zurück, doch jetzt hatte sie ein paar wichtige Dinge zu erledigen. Sie warf einen Blick auf ihre Armbanduhr und stand auf. »Es tut mir leid, ich muss jetzt gehen. Wir sehen uns noch mal, bevor du abreist, okay?«

»Ich weiß nicht, ich hab viel vorzubereiten, keine Ahnung, ich denke, wahrscheinlich eher nicht.«

»Lass uns telefonieren, okay?«

»Okay.«

Kapitel 29

Seit der Besichtigung war Jana nicht mehr in dem Penthouse gewesen. Eigentlich war Jörg kein Mann der schnellen Entscheidungen, in Sachen Yogaschule aber hatte er ein erstaunliches Tempo vorgelegt. Kaum war die Wohnung gekauft, war sie auch schon eingerichtet. Das große Wohnzimmer ließ auf den ersten Blick erkennen, dass sich hier Vertreter einer yogabegeisterten Spezies zusammenfinden würden. Zarte indische Klänge erfüllten den Raum, auf einem eleganten weißen Sideboard gab es eine Hochglanz-Hi-Fi-Anlage, ebenfalls in Weiß, an den Fenstern wehten luftige Stores, ein Regal beherbergte Kissen, Yogamatten und akkurat zusammengefaltete Decken, und die Wände schmückten ein paar Naturaufnahmen, die garantiert kein welkes Laub fallen ließen. Das absolute Highlight aber war der Liegesessel aus weißem Leder. Jana sah es direkt vor sich, wie Jörg sich in seinem hellen Leinendress darin präsentierte. Alles war so rein und jungfräulich, dass sie sich in ihren verschwitzten Joggingsachen zwangsläufig schmutzig fühlte.

»Jana, Täubchen. Ich wusste, dass du dich besinnen wirst. Und wenn du dich entschuldigen willst, ich habe dir bereits vergeben.« Jörg spazierte aus dem hinteren Zimmer herbei und runzelte die Stirn, als er näher kam. Kritisch musterte er sie von oben bis unten. »Aber Jana, Mädchen, du bist ja ganz verschwitzt. Und dein Gesicht glüht ja vor Hitze.«

»Ja, ich bin hierher gejoggt.«

»Das habe ich befürchtet. Nimm schnell eine Dusche, und zieh dir das hier an.« Er griff ins Regal, nahm weiße Wäsche heraus und reichte sie ihr.

»Was ist das?«

»Deine Arbeitskleidung. Hab ich dir im Internet bestellt. Die Größe hab ich geschätzt, aber ich denke, es dürfte hinkommen.«

»Aber ich will nicht duschen. Ich will gleich weiterlaufen.«

»Kannst du doch auch. Danach.«

»Wonach?«

Jörg blickte sie erstaunt an. »Aber Täubchen. Der Fotograf kommt jeden Moment.«

»Fotograf? Welcher Fotograf? Ich verstehe kein Wort.«

Jörg verzog den Mund und legte die Sachen ab. »Du machst es mir heute aber schwer. Ich hatte dir doch am Telefon gesagt, dass ich an meinem Internetauftritt bastele.«

»Ja. Und?«

»Dafür brauchen wir ein paar Aufnahmen.« Mit beiden Händen warf er sein langes Haar über die Schulter und nahm in dem Liegesessel Platz. »Sieh doch mal. Ich dachte mir, ich sitze hier.« Er schlug ein Bein über das andere, legte den linken Arm vor die Brust und die rechte Hand ans Kinn. »Wie seh ich aus, hm? Geht das so?«

»Äh …«

Bevor Jana antworten konnte, sprang er auf und zog sie neben den Sessel. »Und du stehst hier und legst mir deine Hand auf die Schulter. Diese Geste schafft Vertrauen.« Er setzte sich wieder und griff nach Janas Hand, um ihr zu demonstrieren, wie er sich das vorstellte.

Unsanft zog Jana ihre Hand weg. »Jörg, ich bin gekommen, weil ich mit dir reden muss.«

»Ja, ich weiß. Ich muss auch mit dir reden. Aber ich fürchte, das müssen wir verschieben. Wo bleibt denn nur der Fotograf?« Er warf einen Blick auf seine Armbanduhr.

Jana ärgerte sich. »Du kannst es einfach nicht lassen, oder? Du verfügst über mich, ohne mir auch nur ein Wort zu sagen. Ich habe dir hundert Mal gesagt, dass ich das hasse!«

»Aber Täubchen. Ich dachte, das wäre klar. Ich habe dir am Telefon gesagt, dass wir Fotos machen müssen.«

»Du hast nur leider mit keiner Silbe erwähnt, dass ich da inbegriffen bin.«

Er sprang auf und fasste sie an beiden Schultern. »Aber wer denn sonst? Ich und du. Wir machen das zusammen. Es ist unser gemeinsames Vorhaben.«

»Das ist es eben nicht. Es ist *dein* Vorhaben.«

»Aber dann *machen* wir es zu unserem Vorhaben. Wo ist das Problem?«

Jana stieß einen tiefen Seufzer aus. »Das Problem ist, dass ich eine miserable Yogalehrerin abgeben würde. Allein schon deshalb, weil es mir an Überzeugung fehlt. Es ist nicht mein Ding, verstehst du?«

Jörg schnaubte, ließ sie los und richtete seinen Blick aus dem Fenster. Dann sah er sie strafend an. »Du willst mir aber jetzt nicht sagen, dass dein Ding der Kinderladen ist?«

»Doch! Genau das will ich sagen.«

»Ich begreife es nicht. Sieh dich hier um, Jana.« Mit einer ausladenden Handbewegung wies er durch den Raum. »Sind dir stinkende Windeln und laufende Rotznasen wirklich lieber als diese Ästhetik, diese Reinheit, diese paradiesische Ruhe?«

»Ja, Kinder machen Lärm und Dreck und Arbeit, aber sie haben so viel zu geben. Für mich gibt es nichts Schöneres als ein lachendes Kindergesicht. Mir geht das Herz auf, wenn ich ein glückliches Kind sehe. Und wenn ein Kind traurig ist, habe ich das Bedürfnis, ihm beizustehen. Verstehst du das nicht?«

Jörg legte beide Hände auf die Brust, schloss die Augen und atmete tief ein und aus.

»Du bist übrigens auch als kackender Schreihals auf die Welt gekommen. Das scheinst du vergessen zu haben«, fügte Jana hinzu.

»Du bringst dich um die Chance deines Lebens«, betete Jörg seine Worte herunter wie ein Mantra. Dann öffnete er die Augen. »Ich kann dich nicht zur richtigen Entscheidung zwingen. Aber sag mir doch bitte mal eins: Warum hast du mich zu dir geholt?«

»Das weißt du doch. Du solltest für ein paar Tage meinen Lover spielen. Und das war von Anfang an klar.«

»Das kaufe ich dir nicht ab. Es kann doch nicht sein, dass ich all deine Signale falsch gedeutet habe, deine bewundernden Blicke, deine Sorgen, die du mir anvertraut hast, dein Interesse an meiner Yogaschule und …«

Janas Gewissen meldete sich, während er seine Aufzählung fortsetzte. Ganz unrecht hatte er nicht. Was als harmlose kleine Finte begonnen hatte, war schnell in eine unüberschaubare Richtung abgedriftet. Schon nach wenigen Tagen war nicht mehr zu übersehen gewesen, dass Jörg eine Stippvisite nicht reichte. Er wollte mehr, hatte sich in den Kopf gesetzt, dass sie beide schicksalhaft zusammengehörten. Und auch für sie hatte es Momente gegeben, in denen sie begonnen hatte, sich ein gemeinsames Leben mit ihm vorzustellen. Aber das war nur am Anfang so gewesen. Sie räumte ein, ihre Einstellung dazu nicht früh genug deutlich gemacht zu haben. »Ich gebe zu, anfangs war ich sehr beeindruckt, von deinem selbstsicheren Auftreten, von deiner Erscheinung, von deinen weisen Ratschlägen. Aber inzwischen weiß ich, dass das alles Show ist und nur dazu dient, dein großspuriges Leben zu finanzieren. Mit einer Yogaschule kannst du auf angenehme Weise viel Geld verdienen. Und darum geht es dir. Du hast kein Interesse, irgendwem den richtigen Weg zu weisen, wie du gern behauptest. Es geht dir immer nur um dich. Tja, wie du siehst, bist du nicht der Einzige, der sich weiterentwickelt.«

»Was ist falsch daran, sich eine Existenz aufzubauen, vorzugsweise mit dem, was man gern tut? Das wünscht sich jeder, aber leider schaffen es die meisten nicht, weil sie kein Risiko eingehen wollen.«

»Du hast gut reden. Mit dem Erbe deiner Tante hält sich dein Risiko ja auch in Grenzen. Aber darum geht es gar nicht. Jörg, es geht darum, dass ich dich nicht liebe. Und du liebst mich auch nicht. Du liebst deine Idee von der Yogaschule, von mir als deiner Teilhaberin, und vermutlich denkst du, dass du mich mit der Zeit schon überzeugen wirst. Aber vor allem liebst du dich selbst.«

»Jana, Täubchen, ohne Selbstliebe kommst du niemals dahin, wo ich jetzt bin.«

»Ja, das kann sein. Aber da will ich auch nicht hin. Deine Welt ist mir zu …«, um sich blickend suchte sie nach dem passenden Wort, »… farblos. Es würde nicht gut gehen mit uns. Ich wünsche dir trotzdem alles Gute, für dich und deine Yogaschule.«

»Ich habe dich überschätzt. Du bist wohl noch nicht so weit.«

Jana schmunzelte, ersparte sich jeden weiteren Kommentar, verließ die Wohnung und setzte ihre Laufrunde fort.

Kapitel 30

Als Silke sich von Leonard verabschiedet hatte und nach Hause fuhr, rollten ihr doch tatsächlich ein paar Tränen über die Wangen. Kaum hatte sie sich an ihn gewöhnt, an ihre gemeinsamen Shoppingtouren, die Biergartenabende, die vertrauten Gespräche, da wurde ihre neu entdeckte Freundschaft auch schon wieder für Monate auf Eis gelegt. Er wollte nach Peru. Er hatte sich entschieden, wieder ans andere Ende der Welt zu gehen. Bei dem Gedanken an Thorsten aber wurde sie munterer, und ein Lächeln stahl sich auf ihre Lippen. Thorsten, ihr langjähriger Freund mit der großen Klappe, brachte kein Wort heraus, wenn es um die Liebe ging. Er hätte doch mit Django in Wettstreit treten können? Wo war das Problem?

Sie stellte das Rad im Hof ab, ging hinters Haus zu den Mülltonnen und packte die Handschellen aus, die sie im Bahnhofsviertel in einem zwielichtigen Shop besorgt hatte. Damit ihr Plan nicht in die Hose ging, testete sie vorab, wie die Dinger funktionierten, steckte sie dann in die hintere Jeanstasche und entsorgte die Verpackung im Müll. Jana war bei Jörg und würde erst in circa einer halben Stunde zu Hause eintreffen. Das hatte sie Silke übers Handy mitgeteilt. Alles war perfekt.

Schon im Treppenhaus duftete es köstlich nach Sauerkraut. Djangos Abschiedsessen. Schade eigentlich, dass ihre Episode so traurig enden musste. Sie mochte Männer mit einem Faible für Küchenarbeit.

Tatsächlich fand sie ihren Meisterkoch am Herd vor, eine Schürze um den Bauch gebunden und mit dem Kochlöffel eifrig in einem Topf rührend.

»Mhmmm, das riecht aber lecker«, sagte sie kokett und pirschte sich an ihn heran.

»Wie schön, dass du kommst, Darling. Ich dachte schon, ich muss das Sauerkraut heute allein essen.«

»Sorry, ich musste uns noch eine Kleinigkeit besorgen. Ich dachte mir nämlich, dass wir uns heute mal einen unvergesslichen Abend machen.«

»Das ist wirklich zu lieb von dir. Ich weiß gar nicht, wie ich dir danken soll.«

»Also, ich wüsste da schon etwas.« Sie schmiegte sich an seinen Rücken, schob die Hände über seine Hüften und schaltete den Herd aus.

»Äh, was tust du?«, fragte er.

Silke musste schmunzeln. Wenn sie sich nicht täuschte, vernahm sie einen Hauch von Panik in seiner Stimme. »Du, ich dachte mir, das Sauerkraut kann warten, und wir tun jetzt, was wir schon die ganze Zeit tun wollten.« Sie zog am Schürzenband, sodass die Schürze zu Boden fiel, drehte ihn sanft zu sich herum, nahm ihm den Kochlöffel ab und fuhr mit den Händen über seine Brust.

Er schluckte mit offenem Mund. »Was hast du vor?«

»Müssen wir das hier in der Küche besprechen?« Sie nahm ihn an die Hand und zog ihn mit sich in ihr Zimmer.

»Aber die Kartoffeln … äh, die müssen … auf den Herd.«

»Na komm, Cowboy. Lass uns doch mal etwas Spaß haben.« An ihrem Bett angelangt, verpasste sie ihm einen sanften Schubser, und er landete auf der Matratze.

»Aber Silke, so einer bin ich nicht, ich meine …«

»Pssst.« Rittlings hockte sie sich über ihn und machte sich an seinen Hemdknöpfen zu schaffen. »Nicht reden. Augen schließen und genießen, Darling!«

»Okay, ich versuche es.« Er schloss die Augen und riss sie gleich darauf wieder auf. »Aber meine Betty? Ich … ich bin noch nicht über sie hinweg und … und ich habe sie noch nie betrogen.«

»Ich werde kein Sterbenswörtchen verraten. Vertraust du mir etwa nicht?«

»Doch, natürlich.«

Silke legte eine Hand über seine Augen, damit er sie wieder schloss, und zog mit der anderen die Handschellen aus der Hosentasche. Noch bevor er registrieren konnte, wie ihm geschah, legte sie blitzschnell das eine Ende um sein Handgelenk und ließ das andere am Bettgestell einrasten. »Du kannst die Augen wieder öffnen. Django!«, sagte sie rüde und stieg von ihm herunter.

Django riss die Augen auf, starrte entsetzt auf die Handschellen, dann auf Silke. »Was soll das? Mach mich los!«

Silke setzte sich mit aller Gelassenheit in ihren Clubsessel, verschränkte die Arme hinterm Kopf und schaukelte hin und her. »So! Django! Jetzt mal raus damit. Wer bist du, und was willst du hier?«

»Aber Silke, Darling. Das weißt du doch. Ich bin dein Django aus der Schule.«

»Mein Django aus der Schule hat keinen Preis für seinen Gedichtvortrag bekommen. Er hatte das Gedicht nämlich gar nicht gelernt. Und weil er zu feige war, das zuzugeben, hat der Hintze ihn aus der Klasse gejagt! Und zwar achtkantig!«

Django schaute gequält. »Aber das mit dem Vortrag habe ich doch nur erfunden, weil es mir so peinlich war. Ich weiß, ich war ein Feigling. Niemand gibt das gerne zu.« Er robbte ein Stück höher, sodass er nun aufrecht am Betthaupt lehnte.

»Dann bist du also ein richtig, richtig kleiner Feigling, ja?«, äffte Silke ihn mit übertrieben amerikanischem Akzent nach. Damit entlockte sie Django doch glatt ein schiefes Grinsen. »Und was hast du mit Shakespeare zu tun?«

Er runzelte die Stirn. »Shakespeare? Wieso Shakespeare?«

Silke griff sich einen Kaugummi vom Tischchen neben sich, wickelte ihn gemächlich aus dem Papier, schob ihn sich in den Mund und schlug ein Bein über das andere. Sie hatte keine Eile.

»Gut, du hast recht. Ich bin nicht dein Django aus Texas. Aber glaub mir, es gibt eine ganz einfache Erklärung dafür.«

»Ich höre.«

»Ich kann es dir nicht sagen. Aber sieh mal: Ich bin doch ein richtig netter Typ, oder? Ich habe nichts gestohlen, niemanden misshandelt oder umgebracht, und ich kann gut kochen. Du siehst, ich bin ein ganz zivilisierter Mann. Also lass mich frei, wir essen noch gemütlich unser Sauerkraut, und dann bist du mich los.«

Silke schnaubte vor Wut. Die coole Nummer lag ihr nicht. »Weißt du eigentlich, was für ein Scheißgefühl es ist, wenn du rauskriegst, dass du von vorn bis hinten verarscht wirst, wenn da einer kommt, der Sachen über dich weiß, die er gar nicht wissen kann, weil niemand davon Kenntnis hat außer dir selbst? Wieso, zum Beispiel, weißt du von meiner kleinen Rechtschreibschwäche, die übrigens nur eine temporäre Erscheinung war?«

»Das hab ich dir an deiner Nasenspitze angesehen.«

»Sehr witzig!« Plötzlich ging Silke ein Licht auf. Die Briefe an den dreizehnjährigen Django fielen ihr ein, die gut versteckt im Wohnzimmer im Geheimfach ihrer Fotokiste lagen. Jörg hatte im Wohnzimmer übernachtet und Zeit genug gehabt, darin herumzuschnüffeln. Zum Beispiel während seiner Meditation, bei der er um keinen Preis gestört werden wollte! »Jörg, das Schlitzohr!«, schoss es aus ihr heraus. »Hat er dich engagiert?«

»Wer ist Jörg?«

»Aber was hat Jörg mit Shakespeare zu tun?«, fragte Silke mehr sich selbst.

Django runzelte die Stirn und sah sie an, als zweifelte er an ihrem Verstand. »Hey Silke, alles wird gut. Bleib ganz ruhig, es gibt für alles eine Erklärung.« Nervös blickte er um sich, rüttelte am Bettgestell und fummelte an den Handschellen herum.

Silke grübelte weiter, doch die Puzzleteile passten einfach nicht zusammen. »Aber er ist der Einzige, der infrage kommt.«

»Ja, du hast recht. Es war Jörg. Er hat mir davon erzählt. Jetzt weißt du es, also mach mich los.«

Entgeistert starrte Silke ihn an. »Ich kapier's nicht.« Sie stand auf, legte die Hand an die Stirn und lief auf und ab. »Jetzt mal von Anfang an: Sie wollen, dass ich mich mit Leonard versöhne. Okay. Jana und Thorsten spielen die Intriganten. Okay. Leonard und ich versöhnen uns tatsächlich. Bis dahin alles nachvollziehbar. Und weiter? Wie geht es weiter?«

»Ach so, langsam begreife ich. Das ist die Handlung von *Viel Lärm um nichts.* Deshalb hast du mich nach Shakespeare gefragt.«

»Du gibst also zu, das Stück zu kennen?«

»Natürlich kenn ich das. Ich bin doch ...« Django stockte.

»Du bist was?«

»Ich bin doch kein Banause, wollte ich sagen. Jeder kennt das Stück. Es wurde auch verfilmt, mit Emma Thompson, wenn ich nicht irre. Wann kommt denn Jana zurück?«

»Apropos Jana. Wie hast du es eigentlich geschafft, sie von der Django-Story zu überzeugen?«

Django setzte ein stolzes Grinsen auf. »Ich kann ziemlich überzeugend sein. Ein bisschen Drama, ein bisschen Herzeleid, hat doch bei dir auch funktioniert.«

»Ich glaube, du verkennst den Ernst der Lage. Ich könnte die Polizei rufen.«

»Nein, das machst du nicht.«

»Ach, und warum nicht?«

»Weil du weißt, dass ich ein netter Typ bin.«

»Gut, warten wir, bis Jana kommt. Ich habe keine Eile.«

Kapitel 31

Jana war erleichtert, als sie nach Hause joggte. Zwischen ihr und Jörg war nun alles geklärt, und so schwer, wie sie befürchtet hatte, war es gar nicht gewesen. Aber das war nur die erste von drei Baustellen, die es aufzuräumen galt. Als Nächstes würde sie den Schwindel mit Django aufklären und schließlich Silke und Leonard ihren Segen geben. Wenn die beiden sich wirklich liebten, dann war es eben so. Eines Tages würde sie sicher darüber hinwegkommen. Ab morgen galt ihre Aufmerksamkeit der Gründung des Kinderladens. Das erforderte ohnehin ihre gesamte Energie. Für Liebesangelegenheiten blieb da keine Zeit.

Vom Joggen ausgepowert, lief sie die Treppe hinauf und betrat die Wohnung. Silkes Zimmertür stand weit offen. Sie steuerte darauf zu und fand zu ihrem Erstaunen Django auf dem Bett vor, während Silke kaugummikauend im Sessel saß.

Django grinste erfreut. »Jana! Na endlich.«

Erst jetzt bemerkte sie, dass seine Hand ans Bett gekettet war. »Hallo? Was treibt ihr denn hier?«

»Wir spielen Räuber und Gendarm. Rate mal, wer der Räuber ist.« Schief grinste Silke zu Django rüber.

»Äh, Django? Wieso? Hat er was geklaut?«

»Ich bin unschuldig«, beteuerte Django.

»Nein, er hat sich nur unter falschem Namen bei uns eingenistet. Mir ist es ein Rätsel, wie er das geschafft hat. Er weiß Dinge von mir, die er gar nicht wissen kann, zum Beispiel die Sache mit meiner Rechtschreibschwäche.«

Schuldbewusst blickte Jana zu Boden. Oje, die Rechtschreibschwäche. Sie hatte Django nur davon erzählt, weil sie annahm, dass der echte Django es gewusst haben musste. Immerhin hatte Silke in der Klasse neben ihm gesessen. »Du … eine Rechtschreibschwäche? Das ist ja was ganz Neues.«

»Ein temporäres Problemchen, nicht der Rede wert. Jetzt denk doch mal nach. Du hast dich am ersten Abend mit ihm unterhalten. Hat er dir irgendwas über sich erzählt, was uns weiterhilft? Aus ihm ist ja nichts rauszukriegen.«

Janas Kopf war mit einem Mal ganz leer. Sie hatte sich ihre Erklärung so schön zurechtgelegt, und jetzt kam alles ganz anders. »Na ja, also, das war so …«, begann sie. Dann klingelte es. Das war ihre Rettung. Sie ging hinaus und öffnete die Tür. Fred stand da, mit einem leeren Plastikbehälter in der Hand.

»Wir bräuchten noch mal etwas Mehl für unsere Pfannkuchen.«

»Bedien dich nur. Oben, mittlere Tür.« Jana wies ihm den Weg in die Küche und ging wieder in Silkes Zimmer.

»Also, was hat er dir erzählt?«, drängte Silke.

»Äh, mir?« Jana grübelte, wie sie anfangen sollte.

»Ich bin unschuldig«, beteuerte Django wieder.

Plötzlich stand Fred mit seiner Schüssel in der Tür. »Oh! Was ist hier denn los?«

»Stell dir vor, Fred, der Typ hat sich unter falschem Namen bei uns eingeschlichen«, erklärte Silke.

»Hallo Fred«, sagte Django und hob die Hand zum Gruß. »Lange nicht gesehen.«

Silke sah Fred verblüfft an. »Ihr kennt euch?«

Bevor Fred antworten konnte, stürmte Evelyn ins Zimmer. »Was ist denn hier los?«, rief sie aufgebracht.

»Hallo Evelyn«, sagte Django trocken.

Evelyn richtete sich auf. »Wer ist der Kerl? Woher kennt der meinen Namen?«

Jetzt bahnte sich auch noch Benni einen Weg durch die Ansammlung. »Papa! Was machst du denn hier?«

»Papa? Wieso Papa?« Völlig perplex sah Silke von einem zum anderen. Fred, Evelyn und Jana senkten schuldbewusst den Blick.

Benni sprang aufs Bett, hüpfte darauf herum und wandte sich den Handschellen zu. »Warum bist du ans Bett gefesselt?«

»Kleiner Irrtum. Die Frau hat mich für einen Einbrecher gehalten.«

»Echt? Und sie hat dich überwältigt und dir Handschellen angelegt? Wie eine echte Polizistin?«

»So ähnlich.«

»Ts!«, gab Evelyn spöttisch von sich.

Silke kramte in ihrer Hosentasche nach dem Schlüssel und befreite Django.

»Kann ich die haben?«, fragte Benni mit Blick auf die Handschellen.

Django stand auf und rieb sich das Handgelenk. »Nein, nein, nein! Das ist kein Spielzeug.«

Silke stemmte die Fäuste in die Hüften. »Da gibt es jetzt wohl einiges zu erklären, was?«

»Ich mache euch einen Vorschlag«, sagte Evelyn. »Wir trinken einen schönen Eistee bei Fred im Wohnzimmer und klären die Missverständnisse in aller Ruhe auf.«

Wenige Minuten später hatte sich die komplette Mannschaft um Freds Couchtisch versammelt. Benni hatte es sich zur Aufgabe gemacht, sich fortzubewegen, ohne den Boden zu berühren, und krabbelte über Tische, Stühle, Fensterbänke, Couch- und Sessellehnen. Fred füllte die Gläser auf dem Tablett mit Pfirsicheistee und reichte sie herum.

»Nun gut«, begann Evelyn. »Dann fang ich mal an. Darf ich vorstellen: Richie, mein Ex, Bennis Vater, Schauspieler, derzeit, das heißt eigentlich immer ohne Engagement.« Sie warf Richie einen strafenden Blick zu.

»Schauspieler. Ach so. Na, das erklärt einiges«, sagte Silke.

»Er hat schon im *Tatort* mitgespielt«, rief Benni stolz.

»Ach! Deshalb kam mir dein Gesicht so bekannt vor. Tatort. Wow! Nicht schlecht.«

Richie strich verlegen sein Haar zurück.

»Tja«, meinte Evelyn. »Er hat ein Riesentalent, so riesig, dass es noch keiner geschafft hat, ihm eine adäquate Rolle auf den Leib zu schreiben. Nicht wahr, Richie?«

»Als Django war er jedenfalls sehr überzeugend«, bemerkte Silke.

Richie strahlte. »Es war eine echte Herausforderung. Normalerweise kenne ich meinen Text und weiß, worum es in der Szene geht. Steht ja alles im Drehbuch. Aber hier musste ich spontan reagieren, wie beim Improvisationstheater. Ich glaube, das ist echt mein Ding, das ist so lebendig, wie im richtigen Leben …«

»Ja, ja, ja«, schritt Evelyn ein, »wir wissen, dass du toll bist.«

»Einmal hat er eine Leiche gespielt. Und die sah voll echt aus. Das war so gruselig«, rief Benni, als er gerade einen Spagat zwischen zwei Sessellehnen hinlegte.

»War nur eine kleine Nebenrolle. Aber jetzt hab ich die Hauptrolle in einer neuen Krimiserie. Kommissar Beckstein. Als Auftakt drehen wir einen Kinofilm.«

»Ach nee! Nimmst du die Rolle doch an? Trotz der zehn Kilo, die du dir anfuttern sollst?«

»Wir haben uns auf fünf Kilo geeinigt. Apropos Gewicht. Kann es sein, dass du abgenommen hast? Du wirkst so … anders.«

»Ja, das ist mir auch schon aufgefallen«, stimmte Jana zu.

»Mir auch«, nickte Silke.

Evelyn reckte ihre Brust und fuhr sich mit beiden Händen über die Taille. »Ich gehe jetzt ins Fitnessstudio.«

»Das Kleid ist auch neu, oder? Das kenn ich gar nicht«, sagte Richie.

»Ich war letzten Samstag shoppen und hatte einen guten Berater an meiner Seite.« Evelyn zwinkerte Silke zu.

»Das helle Blau steht dir ausgesprochen gut«, bemerkte Richie anerkennend. »Es betont deine ausdrucksstarken Augen.«

»Und du warst beim Friseur«, stellte Jana bei der Gelegenheit fest.

Verlegen fasste Evelyn sich ins Haar. »Ich dachte schon, es fällt keinem auf. Mein Lebensgefährte hat es jedenfalls nicht bemerkt.« Sie warf Fred einen bösen Blick zu. »Aber es war dringend nötig. Orangefarbenes Haar! Da bin ich ja nun mittlerweile wirklich rausgewachsen.«

»Dieses rötliche Braun passt perfekt zu dir. Es betont deinen zart gebräunten Teint. Irgendwie erinnerst du mich jetzt an Milva. Eine klasse Frau!«, schwärmte Richie mit theatralischer Gestik.

»Sag mal, Evelyn«, intervenierte Fred, »kann es sein, dass dein Ex dich gerade in Anwesenheit deines neuen Lebensgefährten anbaggert?«

»Stimmt das, Richie?«, fragte Evelyn. »Baggerst du mich gerade in Anwesenheit meines neuen Lebensgefährten an?«

»Echt Papa? Du baggerst Mama an, obwohl Fredi-Maus dabei ist?« Albern kicherte Benni drauflos.

»Was denkt ihr von mir? Natürlich nicht. Man wird doch wohl noch ein Lob aussprechen dürfen. Aber Fred, es würde dich doch nicht stören, wenn Evelyn mich zur Premiere begleitet, oder?«

»Du meinst, ich soll mit dir … zur Premiere … zwischen all den Stars? Natürlich hat Fred nichts dagegen, nicht wahr, Fredi-Maus?«

»Wenn ich nicht mitgehen muss«, brummte Fred.

Evelyn kniff ihn in die Seite. »Bist ein Schatz.«

Einen Moment herrschte Stille.

»So! Jetzt mal ans Eingemachte«, sagte Silke. »Mir fehlt da noch eine Erklärung. Was sollte das Spielchen mit Django? War das einfach nur eine Übung fürs Improvisationstheater, oder was?«

»Das war alles meine Idee!«, schoss es aus Jana heraus.

»Jana, lass mich mal«, unterbrach Evelyn sie. »Es ist nämlich so: Richie, mein Ex, der hat sich in dich verkuckt, Silke.«

Richie, Jana und Silke rissen gleichermaßen die Augen auf.

»Was?«, rief Silke amüsiert.

»Echt, Papa? In die Bohnenstange?«, kicherte Benni schon wieder.

»Nur du, Silke, und das muss jetzt mal in aller Deutlichkeit gesagt werden, du hast ihn keines Blickes gewürdigt«, sagte Evelyn vorwurfsvoll.

»Ich hab den Mann nie zuvor gesehen!«

»Sag ich doch! Nicht eines Blickes!«

»Oh, das tut mir echt leid«, sagte Silke zu Richie.

Der zog eine bedauernswerte Miene.

»Er war am Boden zerstört, der Arme. Das konnten wir nicht länger mit ansehen, nicht wahr, Jana?«

Jana gab eine Mischung aus Nicken und Kopfschütteln von sich. »Und da ist mir die Geschichte mit Django eingefallen … weißt du, die du immer erzählst, wenn du angetrunken bist und mal wieder die Schnauze voll hast von den Männern.«

»*Du* steckst also dahinter? Hätte ich auch von selbst draufkommen können.«

»Ich weiß, es war eine ziemlich bescheuerte Idee.«

»Da muss ich dir recht geben. Genau wie euer Verkupplungsspiel übrigens. Wessen Idee war das denn?« Silke blickte in die Runde.

»Oh. Du weißt davon?«, fragte Jana und schloss prompt daraus, dass auch Leonard davon wissen musste. Oh nein!

Silke schüttelte den Kopf. »Ganz schön durchtriebene Freunde hab ich da.«

»Die Shakespeare-Idee stammt von mir«, gab Evelyn zu.

»Dann muss ich mich ja bei dir bedanken. Und auch bei dir, Jana. Du hast deine Rolle sehr überzeugend gespielt. Leonard und ich haben uns nach Jahren wieder versöhnt. Aber diese Django-Geschichte hättet ihr euch schenken können. Tut mir leid, Richie, bist ein feiner Kerl, aber ich liebe einen anderen. Und ich denke, es wird Zeit, dass er es erfährt.«

»Boah ey, Glück gehabt!«, rief Benni. Vor lauter Freude rutschte er von der Lehne ab und landete am Boden.

Janas Herz wurde mit einem Mal schwer. Silke liebte Leonard also tatsächlich. Bis gerade eben hatte sie noch gehofft, dass es nicht so war, dass es noch eine Chance für sie und ihn geben würde.

»Jana, du solltest auch endlich über deinen Schatten springen und Leonard verzeihen«, sagte Silke.

»Aber ich hab ihm doch längst verziehen.«

»Weiß er das auch?«

»Äh, ich weiß nicht, nein, vielleicht nicht …«

»Ich mach dir einen Vorschlag. Du bringst mich schnell zu Thorsten, dann muss ich nicht mein Fahrrad nehmen, und danach fährst du gleich zu Leonard und sagst es ihm, okay?«

»Thorsten? Wieso Thorsten?«, fragte Evelyn verdutzt.

Es dauerte einen Moment, bis auch Jana begriff. Silke liebte Thorsten, nicht Leonard. Und Leonard? Was war mit Leonard?

»Also was jetzt? Leonard packt schon seinen Koffer für Peru.«

Die Nachricht schockierte Jana. Er wollte wieder nach Peru gehen? Aber … das durfte er nicht, nicht bevor sie ihm gesagt hatte, was ihr auf der Seele lag, dass sie endlich seine Briefe gelesen hatte, dass sie ihre Sturheit bereute, dass sie ihn liebte. Das alles musste er doch wissen! Sie durften nicht wieder so auseinandergehen! »Dann aber flott!«

»Halt! Stopp!« Evelyn sprang auf und hielt Silke die offene Hand hin. »Meine Kette!«

»Oh, Pardon.« Silke öffnete den Verschluss des Anhängers, reichte ihn ihr und wandte sich an Richie. »Kompliment. Die Geschichte mit dem Anhänger war nicht schlecht. Völlig unglaubwürdig, und trotzdem hab ich sie dir abgekauft.«

Richie rieb sich grinsend die Hände. »Dann wäre ja alles geklärt. Wer hat Lust auf ein leckeres Sauerkraut mit Mettwürstchen und Kartoffelbrei?«

Evelyn zog die Augenbrauen hoch. »Du isst Sauerkraut mit Mettwürstchen und Kartoffelbrei?«

»Bis zum Drehbeginn dauert's nicht mehr lang. Ich muss fünf Kilo zulegen.«

Jana und Silke verabschiedeten sich und machten sich auf den Weg.

»Da hab ich zum ersten Mal in meinem Leben eine Parklücke vorm Haus erwischt, und schon muss ich sie wieder freigeben«, sagte Jana bedauernd, als sie in ihren Wagen stiegen.

»Was für ein hartes Los. Aber es geschieht dir nur recht. Wer heimlich die Briefe anderer Leute liest, muss bestraft werden.«

»Oh, tut mir leid. Aber irgendwie brauchten wir ja ein paar Informationen über Django. Schlimm?«

»Na ja, also das mit der Rechtschreibschwäche hättest du nicht herausposaunen müssen. Aber sonst … nee, ich bin nicht böse. Ich weiß ja, warum du es gemacht hast.«

»Ja, Richie wollte dich unbedingt kennenlernen.«

»Der arme, arme Richie«, sagte Silke übertrieben dramatisch. »So ein Schauspieler hat ja auch keinen Schimmer, wie man eine Frau anspricht.«

Verdutzt blickte Jana zur Seite. »Was willst du damit sagen?«

»Ich will damit sagen, dass ich nicht so blöd bin, wie ihr offenbar glaubt. Richie! In mich verliebt! Also wirklich. Nein, du hast das arrangiert, weil du mich von Leonard ablenken wolltest. Du hast nämlich gemerkt, dass du ihn noch liebst.«

Jana schluckte, dann lächelte sie. »Ja, stimmt.«

»Und was ist mit Jörg?«

»Ach Jörg! Er hat mich ganz schön hinters Licht geführt, hat mich glauben lassen, dass er den Kinderladen unterstützt, dabei hatte er das nie vor. Er kann Kinder nicht ausstehen, und mit seiner Idee von mir als Yogalehrerin wollte er mich sogar davon abbringen. Das wäre ihm auch beinahe gelungen, blind, wie ich war. Aber was ist mit dir und Thorsten? Seit wann weißt du, dass es mehr als Freundschaft ist?«

»Hm, eigentlich schon immer. Aber er hat sich nie für mich interessiert.«

»Und das hat sich jetzt geändert?«

»Ja, neuerdings sieht er mich mit anderen Augen. Das ist sogar Leonard aufgefallen. Und das habe ich alles meinen hinterhältigen Freunden zu verdanken.«

»Gern geschehen«, sagte Jana grinsend, lenkte den Wagen in den Innenhof der Weinhandlung, ließ Silke aussteigen und beobachtete, wie Thorsten sie empfing. Er schien angenehm überrascht zu sein und wirkte verunsichert wie ein Grünschnabel bei seinem ersten Date. Jana stieg aus, sagte kurz Hallo, ließ sich von Thorsten eine Flasche Rotwein holen und wünschte den beiden einen schönen Abend.

Inzwischen war es dunkel und der Himmel sternenklar. Ein wundervoller Sommerabend für ein Rendezvous, dachte Jana, als sie wieder im Wagen saß. Es war ein langer Tag gewesen. Der Abschied von Helen, Philip und den Kids, die lange Autofahrt, und kaum war sie zu Hause gewesen, hatten sich die Ereignisse geradezu überschlagen. Das Gespräch mit Jörg, Richies Enthüllung, das anschließende Durcheinander bei Fred, Silkes Offenbarung, dass sie Thorsten liebte, all das hatte ihr kaum Zeit zum Durchatmen gelassen. Doch jetzt, so allein im Auto, wurde ihr bewusst, was sie gerade tat. Sie befand sich auf dem Weg zu Leonard. Plötzlich machte es ihr Angst, ihm gleich gegenüberzustehen. Was sollte sie ihm sagen? Wie würde er reagieren? Sollte sie ihm alles Gute wünschen für seine Reise nach Peru, obwohl es ihr am liebsten wäre, wenn er bliebe? Sie atmete tief durch. Nein, umkehren kam nicht infrage. Sie wusste, dass sie das früher oder später bereuen würde. Nicht noch einmal konnte sie ihn ohne Abschied gehen lassen.

Als sie die Treppen zu seiner Wohnung hinaufstieg, waren ihre Knie weich wie Butter. »Lass dich nicht von seiner gleichgültigen Haltung verunsichern. Er ist gekränkt. Aber glaub mir, er wartet sehnsüchtig auf dich«, hatte Silke ihr noch geraten, während Thorsten den Wein geholt hatte.

Mit verschränkten Armen stand Leonard in der Wohnungstür. Von Sehnsucht keine Spur, so würde er vermutlich auch einen Staubsaugervertreter empfangen. »Ich brauche nichts, schönen Tag, auf Wiedersehen.«

»Hallo Leonard«, sagte sie.

»Hallo Jana«, antwortete er ausdruckslos. Er machte keine Anstalten, sie hereinzubitten. »Ich hab dich durchs Fenster kommen sehen und einen Moment überlegt, ob ich die Tür öffnen soll.«

»Ich kann mir schon denken, warum.«

»Es ist irgendwie eigenartig, wenn mich die Frau, mit der ich mal sehr vertraut war, auf hinterlistige Weise mit einer anderen verkuppeln will.«

»Oh, also, das muss ich vielleicht erklären«, hob Jana an.

»Danke, bin nicht interessiert.«

Sie blickte ihn verdutzt an. So bockig kannte sie ihn gar nicht. »Willst du dir nicht wenigstens anhören, was ich zu sagen habe?«

»Du meinst, so wie du mich angehört hast?«

Jana blickte ihm entschlossen in die Augen. »Ich bin gekommen, um mit dir zu reden. Aber wenn du mir jetzt sagst, dass ich gehen soll, dann gehe ich.«

Er schwieg einen Moment, seufzte und löste die verschränkten Arme. »Komm rein.«

Im Wohnzimmer standen Bügelbrett und Wäschekorb herum, ein paar gebügelte T-Shirts stapelten sich auf dem Sofa. Leonard hatte schon immer Wert auf ordentlich gebügelte Wäsche gelegt.

Janas Blick fiel auf den Esstisch, der mit Fotos, vermutlich Aufnahmen von Peru, übersät war. Sonst hatte sich hier nichts verändert. Auf dem Bord oberhalb des Tischs standen immer noch dieselben drei Fotos wie seinerzeit, zwei von ihr allein, eins von ihnen beiden.

»Es ist ein bisschen unordentlich hier. Ich sortiere gerade die Fotos von Peru. Und außerdem muss ich langsam meine Sachen packen.« Er steckte die Hände in die Hosentaschen und lehnte sich an die Tischkante.

»Silke hat mir erzählt, dass du für ein neues Projekt zugesagt hast.«

»Ja, das habe ich. Kann ich dir etwas anbieten?«

»Wenn du zwei Gläser hättest … ich habe eine Flasche von unserem Lieblingswein mitgebracht.« Sie holte die Flasche aus ihrer Tasche und stellte sie auf den Tisch.

»Du willst einen Wein mit mir trinken? So wie in alten Zeiten?« Sein Sarkasmus war nicht zu überhören.

Jana verzog den Mund. »Du machst es mir nicht gerade leicht!«

»Du, eigentlich habe ich auch überhaupt keine Zeit. Du siehst ja, ich habe jede Menge zu tun.«

»Bitte!« Sie sah ihn eindringlich an.

Nach kurzem Zögern holte er zwei Gläser und einen Korkenzieher aus dem Schrank, nahm die Flasche und öffnete sie. »Hier drinnen oder lieber draußen bei Kerzenlicht und Sternenhimmel?«

Jana ging nicht auf seine überflüssige Bemerkung ein. Sie nahm die Gläser und ging hinaus auf die kleine Loggia. Ein warmes Gefühl der Geborgenheit durchströmte sie, als ihr Blick auf das runde Tischchen und die beiden Holzstühle mit den Sitzkissen fiel, dann über bunte Petunien hinweg auf die angestrahlte Kirche und den heimeligen Platz mit den Bänken unter alten Bäumen. Sofort tauchten Bilder aus der gemeinsamen Zeit vor ihr auf, die Abende, an denen sie hier gesessen hatten, mal innig vereint, mal heiß debattierend, mal fröhlich oder enttäuscht, aber niemals an ihrer gegenseitigen Liebe zweifelnd. In diesem Moment spürte sie, wie sehr ihr all das gefehlt hatte und wie leer ihr Leben ohne ihn gewesen war.

Leonard schenkte den Wein ein, und sie nahmen Platz. Als müssten sie Abstand zueinander halten, lehnten sie sich mit ihren Gläsern zurück und tranken jeder einen Schluck. Einen Moment lang sprach keiner von ihnen ein Wort. Aber Jana war nicht gekommen, um zu schweigen, sie wollte endlich loswerden, was ihr auf der Seele brannte, seit sie in Dangast gewesen war.

»Es war nicht meine Absicht, dich mit Silke zu verkuppeln. Aber wer hätte denn auch ahnen können, dass ihr euch wieder vertragt? Damit hätte ich nie im Leben gerechnet. Plötzlich seid ihr ein Herz und eine Seele, und da hab ich mich aus lauter Not an Jörg geklammert.«

»Aus lauter Not? Heißt das, ich habe mich umsonst über ihn geärgert?«

»Du hast dich über Jörg geärgert? Warum?«

»Warum wohl? Er durfte bei dir sein und ich nicht.«

Jana schenkte ihm ein offenes Lächeln. Das hatte er nett gesagt. »Na ja, jedenfalls war es wohl ziemlich dumm, dass Verkupplungsspiel mitzumachen, aber ich wollte kein Spielverderber sein. Das heißt, nein, das ist eigentlich nicht der wahre Grund.«

»Und was ist der wahre Grund?«

Jana zuckte mit den Schultern und blickte zu den tiefblauen und weißen Petunien an der Brüstung, dann wandte sie sich ihm zu. »Ich habe mitgemacht, weil ich mir nicht eingestehen wollte, dass ich dich immer noch liebe.«

Leonard strich sein Haar zurück. »Oh, das hat auf mich aber ganz anders gewirkt.«

»Ja, ich weiß, ich war ziemlich stur. Aber als ich vor ein paar Tagen deine Briefe gelesen habe, da war es mir plötzlich klar. Ich will dich nicht noch mal ohne Abschied gehen lassen.«

Er beugte sich über den Tisch und nahm ihre Hand. »Jana, es muss keinen Abschied geben. Ich kann das Projekt absagen. Ich habe es sowieso nur deshalb zugesagt, weil ich dachte, dass du nichts mehr von mir wissen willst.«

»Aber geht das denn so kurzfristig?«

»Mein Kollege wird sich freuen.«

Jana schluckte. Er würde wirklich das Projekt absagen und hierbleiben, hier bei ihr. Das hätte sie sich nie träumen lassen. »Bist du sicher?«

»Natürlich bin ich sicher. Ich liebe dich, Jana, und ich finde, wir haben schon viel zu viel Zeit verloren.« Er nahm ihr Gesicht in beide Hände und beugte sich zu einem Kuss vor.

»Moment. Eins musst du mir noch versprechen.«

»Alles, was du willst.«

»Das nächste Weihnachtsfest verbringen wir in Cusco.«

»Wenn es weiter nichts ist.«

Wenige Tage später saß Evelyn vor ihrem Notebook. An *ihrem* Küchentisch! In *ihrer* Wohnung! Was blieb ihr anderes übrig, nachdem Fred sie höflich, aber bestimmt aus seiner Wohnung hinauskomplimentiert und ihr zu verstehen gegeben hatte, dass sie beide in mancher Hinsicht nicht kompatibel waren. Nun gut, was sollte sie dort auch noch? Die Liebenden hatten zueinandergefunden, es gab nichts mehr zu recherchieren. Jana und Leonard – das konnte sie ja irgendwie noch verstehen. Aber Silke und Thorsten! Das passte ja nun gar nicht! Da verging einem doch die Lust am Schreiben. Verliebte waren schrecklich unberechenbar und ihre Handlungen in keiner Weise nachvollziehbar. Immerhin hatte es auch etwas Gutes. Sie wusste jetzt, dass Liebesromane nicht ihr Ding waren. Sie musste auf ein anderes Genre setzen. Krimis! Krimis waren klar, logisch strukturiert, psychologisch erklärbar. Täter – Opfer – Motiv – fertig! Da wusste man, woran man war.

Sie stützte das Kinn in einer Hand ab, mit der anderen scrollte sie deprimiert durch das Manuskript. Dreizehn lächerliche Seiten, mindestens die Hälfte davon unbrauchbar. Wie konnte es jemand fertigbringen, einen Roman mit drei-, vier- oder fünfhundert Seiten zu schreiben? Sie jedenfalls nicht. Ihr Ding waren wohl eher Kurzgeschichten. Aber hatte schon irgendwann irgendwer einen Bestseller mit einer Kurzgeschichte gelandet? Es war zum Heulen.

Und während sie sich selbst bemitleidete, drang Richies sanfte Stimme an ihr Ohr. »Das helle Blau steht dir ausgesprochen gut. Es betont deine ausdrucksstarken Augen.« Wie bewundernd er sie angesehen hatte! Ein warmherziges Lächeln umspielte ihre Lippen bei dem Gedanken an ihren Ex.

Und plötzlich hatte sie einen Geistesblitz. Richie! Warum war sie nicht gleich auf ihn gekommen? Sie würde ihm seine Rollen auf den Leib schreiben. Sie kannte ihn am besten. Drehbücher waren kurz und prägnant, eine Seite pro Minute, neunzig Filmminuten, neunzig Seiten. Drehbücher für Krimis – das war genau ihr Ding!

Ehe sie sich's versah, verlor sie sich in Tagträumen; sie und Richie bei den Filmfestspielen in Cannes, zwischen all den großen Stars, er im schicken schwarzen Anzug, nominiert zum besten Hauptdarsteller, sie im Designerkleid, als beste Drehbuchautorin. Das passende Kleid für diesen Zweck hatte sie bereits im Auge. Es hing in dem Schaufenster, an dem sie Tag für Tag vorbeimarschierte; sie hatte sich auf den ersten Blick in das Kleid verliebt, bei der Anprobe war es ihr um die Hüften leider reichlich eng gewesen.

Kurz entschlossen klappte sie das Notebook zu und sammelte ihre Sportsachen zusammen. Das Drehbuch konnte warten. Neunzig Seiten waren schnell geschrieben. Jetzt gab es Wichtigeres zu tun. Sie musste sich auf ihre glamouröse Zukunft vorbereiten.

39164771R00162

Printed in Poland
by Amazon Fulfillment
Poland Sp. z o.o., Wrocław